드므

드므

인쇄 2014년 12월 24일 | 발행 2014년 12월 27일

지은이 · 김경해
펴낸이 · 한봉숙
펴낸곳 · 푸른사상사
주간 · 맹문재 | 편집 · 지순이 | 교정 · 김수란

등록   제2-2876호
주소   서울시 중구 충무로 29(초동) 아시아미디어타워 502호
대표전화   02) 2268-8706(7) | 팩시밀리   02) 2268-8708
이메일   prun21c@hanmail.net
홈페이지   www.prun21c.com

ⓒ 김경해, 2014

ISBN 979-11-308-0316-6 03810
 값 15,000원

    이 도서의 국립중앙도서관 출판시도서목록(CIP)은 서지정보유통지원시스템 홈페
    이지(http:// seoji.nl.go.kr)와 국가자료공동목록시스템(http://www.nl.go.kr/kolisnet)에
    서 이용하실 수 있습니다.(CIP제어번호 : CIP2014037762)

8 푸른사상 소설선

드므

김경해 소설집

푸른사상
PRUNSASANG

이제서야 나의 처녀 소설집이 세상에 나오게 됐다. 새로운 인생을 시작하는 것처럼 설레기도 한다. 발표한 지 오래된 소설들이라서 지금 읽기에 어울리지 않을지 모르나, 일단은 그때의 느낌으로 남겨두기로 했다. 부디 너그럽게 이해해 주기를 바라면서 말이다.

열정적으로 글을 쓰던 때가 있었다. 새벽녘에 일어나서 글을 쓰고, 일상이 끝나고 난 밤이면 또다시 글을 쓰며, 오로지 좋은 글을 쓰는 게 최선이라고 믿었다. 열망하던 등단을 하고 나서 아무 것도 아닌 허망함에 많이 우울했다.

그 우울함이 치기가 되기도 했던 어느 날은 술을 마시고 전철을 타고 가다가 구역질이 올라와 문이 열리자마자 내렸다. 그날 나를 따라내려 내 등을 두드려주던 낯선 청년의 듬직한 손에 다가 나는 내 글에 대해서 떠들어 댔다. 왜 내 글을 알아주지 않느냐고, 눈물을 쏟기도 했다.

그때 글만큼이나 나를 옭아매고 놓아주지 않았던, 아직 불안하고 서툴고 쓸쓸했던 마음들도 있었다. 소주 한 잔을 넘기면, 맹물같이 거침없이 내려간 알코올 기운으로 허세를 부리기도 했다. 그런 날은 괜히 누군가에게 내 진심을 쏟아내고 싶기도 했다.

소설만 잘 쓸 수 있다면, 어떤 짓도 괜찮을 기라고 자신하던 무모한 그때, 그때는 왜 그렇게 혼란스럽고 복잡한 감정들이 휘감아 쳤던지, 어떤 소설들과 영화와 노래가 모두 내 얘기만 같았다. 그 오래된 소설들이 창작집으로 나오게 됐다.

너무 늦은 내 첫 창작집은 실컷 좋아해 보지도 못하고 오래전 헤어진 애인처럼 싸하고 가슴 아프다. 그래서 차마 다시 읽어보지 못하겠다. 이젠 내 젊음과의 이별인 것 같아서 쓸쓸하기도 하다.

내 젊은 날이여, 안녕.

부디, 잘 가기를.

이제 나는 새로운 인생을 다시 시작한다. 다시 소설로 돌아왔고, 소설에 헌신하는 인생 제2기라고 나름, 거창하게 이름 붙였다. 지금 나에게는 쓰라린 충고보다도 애정 어린 격려가 힘이 된다. 더 좋은 소설을 쓸 것이며, 오래도록 쓸 것이다.

부족하고 오래된 소설을 세상에 내놓게 해주신 박덕규 선생님과 맹문재 선생님, 그리고 푸른사상 여러분께 감사드린다.

2014년 12월
김경해

작가의 말 · 5

드로

드므

그는 오지 않은 게 분명했다. 오늘 이곳에서 만나지 못하면 다시는 볼 수 없을지도 몰랐다. 인간의 몸과 영혼이 함께 자유로울 수 있는 집을 짓겠다는 그였다. 이 세상과 우주의 일부인 사람이 그 전체 세상과 자유롭게 교감할 수 있는 집을 짓고 살아야 한다, 는 그의 말이 왜 그렇게 멋있게 들렸는지, 나는 그를 다시 바라보았다. 처음 보는 그의 말만 듣고 그가 진짜 건축가인지는 알 수 없었지만 그 집에 살게 되면 교만하고 욕망에 찬 심성까지도 치유되고, 자연과 조화된 집의 정기를 받아 인격도 갖추게 될 거라는 말을 듣고 나는 비웃지 않았다. 한밤중에 이런 곳에 몰래 숨어들어 무엇을 보고 어떻게 할 것인지 의심이 갔지만 '자유로운 영혼이 사는 집'이란 말에 축축하고 차가운 밤공기마저 훈훈해지는 듯했다. 내가 자유로운 영혼이 된 것처럼 오랜만에 밝고 가벼워지는 것 같았다. 단 한 칸의 방도 없어 여기, 사람들의 시선과 탐욕을 피해 찾아든 은신처, 이곳에서 그의 말을 나에겐 너무 사치라고 비난할 수 없었다.

제일 처음 이곳에서 밤을 보낸 그날, 그를 만났었다. 그날, 하루 종일 떠돌아다니다 이곳으로 온 나는 사람들이 나가기 시작하자 불안해졌다. 그 집, 아버지의 일을 도와주던 먼 친척 아저씨의 나보다 어린 아들이 나를 모욕했던 곳으로 가기는 싫었다. 나는 죄지은 사람처럼 괜히 사람들을 피해, 나가는 곳의 화살표와 반대방향으로 조심스럽게 숨어들고 있었다. 관리인에게 들켜 파출소로 넘겨져 하룻밤을 보내더라도 그게 더 나을 듯싶었다. 가만히, 아무 소리도 내지 않고 숨어 있다가 밤이 되면. 그것까지는 생각하지 않았었다.

강녕전의 뒤, 연길당의 상청 아래, 불을 지피기 위해 드나들었던 통로로 짐작되는 돌로 된 네모난 구멍 안에 나는 최대한으로 몸을 웅크리고 앉아있었다. 그런 구멍이 세 개가 있었는데 나는 두 번째 구멍을 택했다. 특별한 이유는 없었다. 크지 않은 키에 마른 내 몸은 그 안에서 아늑하기까지 했다. 처음엔 오로지 다른 사람의 눈에 띄지 않기 위해 다리가 저린 것도 참고 있었다. 사람들의 말소리가 전혀 들리지 않고 날이 어둑해지기 시작하자 나는 몸을 돌려 밖으로 다리를 뻗었다. 이곳을 점검하기 위해 관리인이 다시 올 것 같지는 않았다. 도난당할 보물이 있는 것도 아니고, 잠긴 문을 몰래 열고 들어가 봤자 켜켜이 쌓인 먼지와 오래도록 쌓인 황량함과 공허함의 무게로 괜히 들어왔다는 후회만이 일어날 것이라는 것을 누구보다도 잘 알 거라고 생각했다. 그날 하루를 해결하고 나면 끝날 문제가 아니었지만 나는 아무도 없는 이곳이 좋았다. 어떻게 돈을 벌어 대학을 갈 것이며, 살집을 마련할 수 있을까. 내 능력으로는 감당할 수 없는 현실은 잠시 미뤄두었다. 그래도 저절로 나오는 한숨을 조심스럽게 빼낼 때, 그림자 하나가 내 발 앞에 서 있었다. 걸렸구나. 나는 어쩔 수 없다는 듯이 고개를 들었다. 커트가 잘 된 긴 머리, 마르고 긴 다리의 윤곽이 드러난 청바지, 검정 셔츠. 뜻밖에도 젊은 남자가 나를 내려다보고 있었다. 일단 관리인이 아니라서 다행이었지만 나 아닌 다른 사람이 있다는 게 놀라웠다. 멸망한 지구에 혼자 생존한 슬픔을 위로해 줄 단 하나의 인간을 만났을 때, 그런 기분을 느꼈을까.

우린 서로 상대에 대한 의구심과 호기심, 왠지 모를 위안을 동시에 나눠가졌다. 일단 나는 그 네모난 구멍에서 나와 흙바닥 위에, 그 옆에 앉았다. 맥주 캔과 훈제 오징어를 꺼낸 건 그였다. 어쩌다 충동적으로 주저앉게 된 나와 달리 그는 가볍게 소풍 나온 사람처럼 보였다. 술을 좋아하지는 않았지만 날이 밝기 전까지는 나갈 수 없는 이곳의 낯설음과 막막함에 그가 건네준 맥주 캔을 나는 마다

하지 않고 급히 마셨다. 톡, 쏘는 짜릿함이 지나간 뒤 몸 안에서 열 기가 뻗쳐 올라왔다. 그제서 나는 왜 이곳에 있는 거냐고 그에게 물 어볼 수 있었다. 그는 오히려 내게 물었다.

"너는 왜 여기 숨어 있던 거지?"

나는 그를 바라보며 천천히 말했다.

"집이 없어서."

그렇게 대답하면서 부끄러움은 없었다.

"이젠 네가 말할 차례야. 너는 왜 여기 있는 거지?"

나는 당당하게 그에게 물었다.

"자유로운 영혼이 사는 집을 짓기 위해."

처음엔 그의 대답에 터져 나오는 웃음을 참지 못하고 터트리고 말았다. 내 거침없는 웃음은 전각 7,225간의 궁 안에 막힘없이 퍼져 나갔다. 그는 당황해하며 내 입을 자기 손으로 막았다. 집이 없는 나, 자유로운 영혼이 사는 집을 만들겠다는 그. 물론 그의 말을 믿 지 않았다. 단지, 나처럼 갈 곳이 없는 사람이거나 모험심을 즐기려 는 엉뚱한 남자, 아니면 조상의 후광을 입고자 하는 왕손의 후예, 그것도 아니면 억울하게 죽어간 한 많은 후궁을 위로하려는 후손. 그것은 모두 나의 빗나간 추측이었지만 낯선 밤을 같이 보낼 수 있 다는 사실에 처음 보는 그였지만 나는 마음을 풀 수 있었다. 거기다 가 자유로운 영혼이 사는 집이라니. 그 말은 내 가슴속을 파고들었다. 눈동자 속에 물이 맺혀 나는 눈을 몇 번 깜박거리기까지 했다. 그는 내 감동을 눈치 챘는지 내게 맥주 캔 하나를 더 주었다.

오늘은 시간이 늦어 여기에 들어오지 못할 뻔했다. 사장은 퇴근 시간이 가까워지자 시계를 들여다보고 조급해하는 나를 못마땅해했다. 그 시간에 특별히 손님이 많은 건 아니었다. 밀려드는 손님 맞을 준비로 바쁠 그런 시간이었다. 주인 남자는 꼭 한 가지씩 부탁을 하면서 번번이 퇴근 시간을 넘기게 했다. 이곳에서 가깝다는 이유로 시간당 천 원이 싼 걸 감수했는데도 주인 남자는 내게 인색하게 굴었다. 그것도 내일이 끝이었다. 나는 잠자리가 보장되는 다른 일을 구했다. 그와 같은 대학의 건축과를 나와 파리 벨빌건축대학의 우노스튜디오에서 일한 적이 있고 지금은 그룹 사무실에 속해 있는 그의 친구가 소개해주었다. 모델하우스 안내인을 하기엔 내 얼굴이 너무 굳어 있고 남성적이고 키도 작아 건설회사 측에선 나를 쓰고 싶지 않아 했다. 하지만 그의 친구의 부탁을 거절할 수는 없었다. 다른 아파트와 비교할 수 없을 정도로 고급스러우면서도 실용적이고 깔끔하게 마무리한 인테리어 솜씨와 앞으로도 계속 일하고 싶은 마음 때문에 나를 채용한 것도 알고 있었다. 그런데 나는 그의 친구가 없는 자리에서 한 가지 조건을 더 내세웠다. 내가 모델하우스 안내인을 하겠다고 한 것도 그 유혹적인 조건을 미리 계획

하고 있었기 때문이었다. 비록 넉 개월이 지나면 해체되고 말 집이었지만 밤부터 아침까지 지낼 수 있게 해달라는 거였다. 건설회사의 분양 담당 과장은 아주 곤란하다고 고개를 흔들었다. 적어도 모델하우스는 육 개월 이상은 버텨 있어야 하고 만약 조그만 부주의로 불이라도 난다면 사업에 치명적인 피해를 가져올 수 있다는 거였다.

"그러면 '드므'를 갖다놓으면 되잖아요."

지금 이 상황에서 그게 무슨 말 같지 않은 소리냐고 흰 와이셔츠 위에 회사이름이 새겨진 점퍼를 입은 남자는 불쾌한 표정으로 나를 노려보았다. 나도 그대로 물러설 수는 없었다. 육 개월에서 일 년 정도를 최고급 아파트에서 공짜로 살 수 있는 생존에 관한 일이어서 나로선 최선을 다해야 했다.

"경복궁은 가보셨겠죠?"

남자는 어이없는 표정으로 맘껏 지껄여보라는 듯이 팔짱을 낀 채로 나를 쳐다보았다. 경복궁, 근정전 월대 앞에 넓적하게 생긴 큰 독이 있어요. 그게 드므거든요. 요즘 사람들은 그 용도를 몰라 거기다가 껌 종이나 휴지, 담배꽁초를 몰래 던져 놓기도 하는데, 사실은 그 안에 물이 차 있어요. 하늘의 화마(火魔)가 그 물에 비친 자기 얼굴을 들여다보고 제 꼴에 놀라 달아나라는 뜻이거든요. 나는 그에게서 들은 얘기를 최대한 과장되게 했다. 나무로 만들어서 불을 가장 경계해야 되는 것은 궁궐이나 모델하우스나 마찬가지였다. 남자 역시 주술적 소방용구를 얘기하는 내 주술에 걸려들어 결국은 승낙하고 말았다. 그 모델하우스에서 단 하룻밤이라도 그와 같이 보내고 싶었다. 만약, 오늘 그를 만난다면 임시적인 내 집이지만 그를 초대할 생각이었다.

늦어서 들어오지 못하면 그를 만날 수 없을까봐 숨이 차서 뛰어들어 오는 나를 입장권을 받는 남자가 수상쩍게 쳐다보기는 했었다. 오후 다섯 시. 다른 사람들은 이미 나왔거나 나오는 중이었다. 나는 누군가, 몇 년 만에 재회하는 남자나 군대에서 휴가 나온 애인이 기다리고 있는 듯한 애매모호한 표정을 하고는 검지로 '근정전'을 가리켰다. 입장권을 반으로 찢어 유리 상자에 넣으며 남자는 고갯짓으로 얼른 들어가라고 했다. 오늘 같은 일이 세 번쯤 반복되면 나는 의심을 받을 것이고, 다시는 이곳에 들어올 수 없을 것이다. 당분간, 이곳에서 밤을 보내는 일은 없을 테니까 상관없었다. 그렇지만 여기서 많은 밤을 보낸, 근정전 안 용상에 앉아 계시던 임금님과 만조백관과 호위하는 군사들과 음악을 연주하는 악공들과 시립한 여러 관리들과 노복, 궁녀, 내시들의 혼령이 따라다니는데, 조심해야 했다.

이곳, 세상 어느 누구도 범접할 수 없는 나만의 이곳을 나는, 나의 집이라 여겼다. 그래야 나는 살 수 있을 것만 같았다. 나는 이곳을 험하고 고단한 세상에서 나를 지켜주고 숨겨 줄 수 있는 집, 욕망을 키우는 집이라고 가슴속에 꾹꾹 담아 넣고 살았다. 집이 어디냐고 묻는 그에게 엉뚱하게 이메일 주소를 가르쳐 주는 대신 나는 그의 총명한 머리로 추리하게 했다. 서울에서 가장 크고, 지하철 3호선에서 내려 5번 출구로 나와야 하고, 길 건너에 불란서 문화원이 있었고, 뒤편으로 백악산과 인왕산이 보이고. 그때쯤 그는 웃음기를 거두고 내 얼굴을 빤히 쳐다보다가 다섯 손가락을 편 손을 내 얼굴에 들이대고 흔들었다.

집이, 밖의 일상을 끝내고 들어와 쉬고 잠자고 내일을 향한 꿈을 꾸는 곳이라면 내 말은 틀리지 않았다. 나는 이곳에서 불완전하게나마 평안을 맛보고 선잠을 잤으니까 말이다. 아버지는 평생의 꿈이던 국회의원 선거에 낙선한 뒤, 이곳에 나를 데리고 와 근정전의 품계석을 하나하나 어루만지다가 눈물을 떨구고 내 손을 잡았었다. 비록 내게 아무 말도 남기지 않았지만 나는 침묵의 유언을 느낄 수 있었다. 나를 맡길 집으로 가다가 아버지는 차를 이곳에 댔다. 그 집이 이곳에서 가깝기는 했지만, 그때 아버지가 왜 이곳에서 자신의 회한에 찬 인생을 되새겼는지 의아했을 뿐이었다. 다음날, 아버지는 자신의 구형 그랜저를 타고 가다 낭떠러지에서 굴렀다. 아버지가 죽고, 빚으로 집이 넘어가고, 먼 친척 아저씨 집에 끼어 살기 시작했던 그때 나는 고3이었다.

세월의 풍상을 고스란히 껴안고 있는 그 집은 조상의 몇 대조가 무슨 벼슬을 지냈다는 것을 자랑으로 읊으시곤 하던 할아버지가 마지막으로 남겨놓은 집이었다. 그 집에서 태어나고 자랐기 때문에 내겐 집이란 원래부터 살았던 곳이고 끝까지 살아야 하는 곳이라고 여겨졌다. 재래식 화장실이 아직도 그대로 딸려 있던 그 집은 마당 한 곁에 배추 백포기 정도를 심을 수 있는 밭이 있고, 얼마 전 죽은 라일라라는 이름을 가진 내 몸보다 더 큰 개가 마음대로 돌아다닐 수 있는 마당도 있었다. 집의 기둥과 서까래는 본래의 색을 이미 잃어버리고 썩고 낡아 긴 손톱으로 틈의 구멍을 쑤셔대면 작은 벌레들 같은 가루가 계속 떨어져 내렸다. 아마 그 가루들은 나에게 이렇게 말했는지도 몰랐다. 이렇게 사라져 버리는 게 인생이다. 그 썩어가던 나무와도 같이 나의 부모와 할아버지는 병든 가슴을 안고 더 이상 어떻게 회생할 가능성도 없는 인생을 안고 죽었다.

그 집에서 나는 겨우 옷가지 몇 개와 책 몇 권을 가지고 나올 수 있었다. 대학을 갈 수 없었음에도 나는 독서실에서 밤을 새우고 아침을 굶고 학교로 가는 날이 많았다. 그때부터 나의 꿈은 추락하기 시작했다. 평생 신기루를 쫓으며 허망하게 죽은 아버지 대신 젊고 똑똑한 여자 정치가가 되겠다는 야망은 내가 생각해도 우스웠다. 대통령의 아내 영부인이 되겠다는 황당한 어렸을 적 꿈 대신, 지하방이든 옥탑방이든 온전한 내 방 하나를 갖고 싶다는 현실적

꿈을 갖게 되었다. 나의 집이 아닌 다른 집에서 난 독립할 나이와 능력이 있음에도 빌붙어 사는 뻔뻔한 인간으로 전락해버렸다.

다리가 아프도록 거리를 배회하다가 그래도 집이라고 그 집으로 가면서 버스가 신호에 걸려 광화문을 바라보게 될 때면, 아버지가 생각나 이곳에 들렀다. 아버지가 내게 빚으로 넘어 갈 집 대신 이곳에 나를 데려와 유언 대신 비통한 눈으로 나를 쳐다보기만 한 이유를 나는, 알 듯했다. 돈 대신 명예와 권력에 대한 허상만 남겨놓은 할아버지와 마찬가지로 아버지 역시 이름만 그럴듯한 여러 직책을 새긴 명함을 뿌리며 두 번씩이나 국회의원 선거에 낙선했다. 정일품에서 종팔품까지의 품계석을 차례차례 둘러보고, 아버지는 끝내 이루지 못한 욕망을 원망했다. 국회의사당 대신 보도블록처럼 네모 반듯반듯하고 표면이 거친 바닥에 깔려 있는 박석에 주저앉아 아버지는 허공을 바라보았었다.

나는 그런 아버지와 사람들이 이상하게 아버지를 흘깃대는 게 싫어 조금 떨어져 근정전 월대 앞에 서서 앞을 바라보았다. 내 눈은 아버지를 비켜서 더 멀리, 멀리, 바라보았다. 세종로 동쪽의 교보빌딩, 한국통신, 미국대사관, 문화관광부, 서쪽의 세종문화회관, 정부종합청사 등이 거리를 뛰어넘어 보였다. 정치, 행정, 외교, 언론, 문화, 산업, 종교의 중심지인 그곳에서 나 역시 당당히 서고 싶었다.

내가 시간당 오천 원을 받고 일했던 햄버거 가게도 그 건물 중 하나의 옆을 끼고 조금만 들어가면 쉽게 찾을 수 있었다. 곧게 줄이 선 바지와 한 여름에도 긴 소매 흰 와이셔츠를 입고 짧게 깎은 머리에 무스를 살짝 발라 빗어 넘긴 젊은 남자들이 간식으로 햄버거를 사갈 때면 난 왠지 마음이 아팠다. 그 이름 지을 수 없는 아픔은 밤이 돼서 혼자 길을 걷다가 머리카락을 흩날리는 힘없는 바람에도 나를 쓰러뜨릴 것만 같았다. 그랬기에 험하고 고단한 세상에 자신과 가족을 감싸고 지켜주는, 세상과 나 사이의 물리적인 경계를 만들어주는 집을 짓는 게 건축가라고 자신을 정식으로 소개했을 때, 나는 문득 그에게 기대고 싶은 마음이 일었다. 인류가 처음 집을 만들고 살기 시작할 때부터 집이 인간의 몸을 보호할 수 있는 안전한 은신처이어야 하는 절실한 이유는 아직도 바뀌지 않았다는 그는, 호화주택이나 전원주택을 지어 파는 장사꾼이 아닌 인간을 위한 진정한 건축가란 생각도 들었다. 집은 재난이나 위험을 피하여 숨는 보호된 장소만이 아니라 대부분의 생활을 그 밖에서 하되 필요할 때 숨을 수 있고, 쉴 수 있는 장소라는 의미가 더 크다고 했을 때, 나는 그와 함께 같은 집에서 꿈을 키우며, 평온하게 살고 싶었다.

이곳에서의 마지막 날을 보내고 있는 내게 기다리는 그 대신, 바람이 내 베이지 후드 잠바 품으로 들어왔다가 가슴을 타고 올라와 볼을 스치고 지나갔다. 그의 말대로 자유롭고 평안한 영혼의 작별인사인가. 어스름한 저녁, 내 모습은 소나무, 팽나무, 느티나무와 사계절마다 돌아가며 꽃을 피우는 매화, 모란, 앵두, 철쭉 등과 풀에 어우러져 잘 보이지 않을 것이다. 경사면에 장대석(長大石) 네 개의 단과 네 개의 육각형 굴뚝이 내려다보이는 이곳, 아미산은 그가 일러준 대로 숨어 있기에 최적의 장소였다. 땀이 식어 약간 몸이 떨렸다. 담배가 몹시 피우고 싶었지만 아직은 참아야 했다. 순간의 유혹을 참지 못해 지상의 이곳, 아름답고 큰 꿈을 간직한 이 집에서 쫓겨날 수는 없었다. 더군다나 올해는 다시 이곳에 오지 않을 것이다.

굴뚝 사이로 관리인이 지나가는 게 보였다. 소주 냄새를 풍기며 흔들흔들 걸어가는 폼이 설사 나를 보았다하더라도 어여쁜 처녀 귀신이라고 웃으며 손을 들어 줄 것만 같았다. 관리인의 뒷모습을 쳐다보며 담배를 꺼내 들었다. 바람이 차가웠다. 추웠다. 바람이 몰려다니는 소리와 나뭇잎들이 부딪치는 소리가 스산하게 들렸다. 낙엽들이 땅바닥을 쓰는 소리, 풀벌레와 귀뚜라미 우는 소리가 쓸쓸하게 파고들었다. 청바지를 입은 나는 풀 위에 몸을 웅크리고 앉았다.

어둠이 깊숙이 내려앉았다. 그를 만날 수는 없을 것 같았다. 배가 고팠다. 나는 가방을 열었다. 인사동에서 사서 넣은 토기 때문에 가방이 묵직했다. 나는 점심시간을 겸한 한 시간의 휴식시간에 인사동 좌판에서 청동의 색이 도는, 드므와 가장 비슷한 모양의 토기 한 점을 샀다. 모델하우스 과장에게 한 말 때문만은 아니었다. 정한수

를 떠놓고 비는 여인네처럼 나 역시 밤마다 깨끗한 물을 나의 드므
에 받아놓고 머리맡에 두고 잘 것이다. 나의 드므에 들어온 화마가
드므 속 자기 얼굴을 보고 놀라 도망가지 않도록 해달라고 나는 빌
것이다. 이사간 집에서 불이 난 꿈을 꾸면 집이 확 일어난다는 말처
럼 내 인생이 이제부터라도 불길처럼 활활 타오를 수만 있다면, 나
는 더 큰 드므라도 기꺼이 들고 모델하우스에 갈 것이다.

신문지에 싸여진 나의 주술용구 드므를 한 번 만지고 나는 새우
햄버거 한 개와 콜라를 꺼냈다. 햄버거 가게에서 일하는 동안 내 저
녁 식사는 하루도 변함이 없었다. 김빠진 콜라는 다 마시지 않고 잔
디에 부어버렸다. 이제는 담배를 피워도 괜찮을 듯싶었다. 이곳에
서 담배를 피울 때는 항상 조심해야 했다. 담배 연기보다도 담뱃재
불씨가 잔디에 불을 낼까봐 나는 바짝 신경을 썼다.

"궁궐에 잔디밭은 맞지 않는 거야."

그는 언젠가 밤을 견뎌내기에 담배가 제일 문제라고 했을 때 퉁
명스럽게 얘기했었다. 우리 고유의 조경에는 사람 사는 집의 울타
리 안에는 잔디를 심지 않았다고 했다. 이곳의 잔디는 궁궐에 가득
들어찼던 수많은 건물들이 헐리고 없어진 자리, 말하자면 건물의
무덤이라고 했다. 그래도 나는 전각과 전각 사이의 마르고 단단한
황토빛의 모래와 흙이 섞인 듯한 넓고 반듯한 길의 쓸쓸함보다는
초록빛의 생생함이 좋았다. 그와 내가 아무도 없는 전각 천추전, 사

정전과 만춘전 사이의 바싹 마른 흙 위에 앉아 있으면 고노(固都)의 이방인처럼 느껴졌다.

　요즘은 그를 전혀 만나지 못했다. 압구정동의 스파게티 집 마무리 공사로 거의 매일 밤을 새운다고 그의 친구가 말해주었다. 압구정동의 노천카페에서 처음 만난 그의 친구는 자기보다 훨씬 나이 어린 나를 동생처럼 대해주었다. 햄버거 가게에서 아르바이트를 하고 있고, 부모가 없고, 집이 없다고 솔직하게 내 신상을 얘기했을 때, 그는 아무렇지 않았는데 오히려 그의 친구가 안절부절 못했다. 유복한 가정에서 자라 유학까지 다녀온 그의 친구는 이 세상에서 가장 불쌍한 사람을 만난 듯 내게 친절하려고 애썼다. 전혀 생각지도 않았던 모델하우스 안내인을 해보지 않겠냐는 제의를 했을 때도, 곧 더 좋은 자리를 알아보겠다고 미안해했다. 동정심이어도 나는 그의 친구 제의를 마다할 이유가 없었고, 모델하우스라는 그 임시적인 집도 유혹적이었다.

　처음에 그는 압구정동 스파게티 집의 증축공사를 처음부터 거절했다. 상업적 유행의 건축물을 지을 수 없다는 이유였다. 다 쓰고 나면 버려지는 소비의 속성을 반영하듯 건물의 외관이나 내부가 빠르게 변화하는 곳에 언젠가 버려질 것에 공을 들이고 싶지 않다고 그는 단번에 거절했었다. 최신의 유행을 쫓기 위한, 남보다 튀기 위한 몸부림이 사람이나 건축이나 다를 것이 별로·없는 천박한 곳에

건축을 하지 않겠다는 그를 나는 배부른 자의 허영이라고 생각하지 않았다. 다만 그의 그런 확신에 찬 태도와 믿음이 어디에서 나오는지 알고 싶었다. 주인이 최소 십 년 동안은 실내장식을 바꿀 필요가 없는 건물로 고치고 싶다는 요구를 듣자 그는 작업을 하겠다고 했다.

그를 따라 90%정도 공사가 끝난 그곳에 가보았었다. 1층에는 일본, 중국, 이탈리안 레스토랑과 한국식 민속주점까지 함께 있는 그야말로 퓨전 건물이었다. 원래의 공간은 15평 남짓 되었는데 음식 맛이 좋다고 입 소문을 듣고 찾아온 사람들을 상대하기엔 너무 좁아 주인이 증축공사를 의뢰했던 것이다. 주인은 지중해의 강렬한 태양 아래, 야외에서 이국의 음식을 먹는 느낌을 갖는 파스타 집으로 다시 태어나게 해달라고 주문했다고 한다. 아직 다 끝나지 않은 공사였지만 내가 보기엔 아주 성공적이었다.

그는 기존의 공간에다 북쪽에는 정사각형의 매스를, 서쪽에는 남북의 긴 장방형매스를 덧붙였다. 기존의 박스공간을 ㄴ자로 에워싼 모습인데 정사각형 매스는 철판으로, 장방형 매스는 유리로 감싸 육중함과 가벼움이라는 상반된 이미지의 외관으로 구성하였다. 건물보다는 요란한 간판들만 넘실대는 압구정 거리에서 덧붙여진 매스만으로 선전효과는 충분해 보였다. 천장은 철골 위로 유리를 씌워 오픈시켰는데, 유리로 막히지 않는 하늘을 그대로 바라보게 하려는 그의 의도임이 분명했다. 좁은 공간을 최내화시키기 위해 시잇공간을 이용한 것도 마음에 들었다. 증축면적의 건물과 옆 건물 사이에 남북으로 뻗은 버려진 공간을 활용해 붉은 벽돌 아래 테이블과 의자세트를 일렬로 놓았다. 건물 사이 천장은 유리로 되어 있어 푸른 하늘과 어둠에 묻힌 하늘을 고스란히 볼 수 있었다. 그 건물의 마무리 공사가 끝나면 그가 지난여름 여기에서 고뇌하면서 구상했던 가회동의 작업이 본격적으로 들어갈 것이고, 그는 나의 존재를 전혀 기억하지 못한 채 일에 몰두할 것이다.

나는 가방에서 샴페인을 꺼냈다. 그를 만다면, 그의 성공적인 증축공사와 나의 새로운 집 입주를 겸한 축하주를 마실 생각이었다. 춥기도 하고 혼자 있는 시간이 멈춰버린 것 같은 두려움에 나는 샴페인의 고리를 잡아당겼다. 세게 당기지도 않았는데 뻑, 하는 소리가 유난히 크게 났다. 거품이 흐르도록 내버려둔 뒤, 나는 병 채로 샴페인을 마셨다. 복숭아 향이 부드럽게 혀 안에 감겼다. 나는 계속 샴페인을 들이켰다. 머릿속이 빙그르르 돌았다. 입 속에서 자꾸 웃음이 새어나왔다. 헛웃음이 멈춰지면 나는 다시 샴페인을 마셨다. 공허하기도 하고, 희망이 없기도 하고, 한탄 같기도 한 버석거리는 웃음은 금방 끊어져 버렸다.

술기운 때문이었던가. 그를 처음 만난 그날 나는, 주절주절 지껄이기 시작했었다. 너무나 현실적이지 못했던 아버지, 할아버지와 아버지를 감당하지 못해 정신을 놓고 끝내 스스로 생을 끊어버린 엄마, 남만 못한 아버지의 친척들, 방 한 칸 없는 내 처지, 침식제공의 유혹적인 일자리. 거기까지 얘기했을 때 잠자코 듣고 있던 그는 한 마디 했었다. 그 얼굴로는 안 돼지. 나는 어깨를 들어 올리며 맞다, 고 고개를 끄덕였다. 그러나 못할 것도 없었다. 왜? 나는 하면 안 되는 거지? 돈을 벌기 위해 술을 따르고 몸을 내주고 웃고. 그런 것들을 비난할 만큼 자존심이 남아 있다는 게 더 혐오스러웠다. 중요한 건 무엇을 하기엔 내가 너무 위축되고 자신감이 없다는 거였다. 내가 감당하기에 너무 큰일들을 당하자 나는 성숙치 못한 여자애로 세상에 나뒹굴어져 있었다. 그런 비애감으로 담배에 불을 붙이자, 한 모금 빨기도 전에 그는 내 입에서 담배를 빼내 꺾어서 불을 껐다. 그는 갑자기 남은 맥주 캔을 입안에 다 털어 버렸다. 빈 캔을 구겨서 먹다 남은 오징어 다리와 함께 배낭에 쓸어 담았다. 완전범죄를 꾀하는 사람처럼 그는 술 마시던 자리를 고개를 들이밀고 깨끗이 치웠다. 꺾어버린 담배도 배낭 안에 집어던졌다. "가자." 그는 먼저 일어서며 말했다. 그와 나는 몇 백 년 전에 죽은 혼령이 되었다. 그는 내 손을 잡고 가볍게 날아갔다. 알코올에 분해된 내 몸은 정말로 자유로운 영혼이 된 듯 가볍고 자유롭고 행복했다. 그의 따뜻한 손을 놓치고 싶지 않았다.

경회루 앞 연못가에 그는 나를 세웠다. 담 너머 도심의 빌딩과 거리의 불빛만으로도 경회루 연못의 연꽃은 아름나워 보였나.

"지금은 아무렇지 않아 보이지만 한 때, 화려하고 아름다웠던 정자였지."

그는 꼭 과거에 거기에 있었던 사람처럼 얘기했다.

"사람의 운명이란 알 수 없는 거야. 세조 때 교서관에서 근무하던 구종직이란 사람이 한밤중에 일반인은 올 수 없는 경회루에 침입했다가 세조와 맞닥뜨렸어. 그 기회로 즉석에서 시험을 보고 노래하고 춤추다 벼락출세를 했다는 일화가 있지."

경회루를 올려다보며 그는 내게 말했다.

"그게 나와 무슨 상관이지?"

그의 옆에 서 있던 나는 술기운으로 달아오른 얼굴을 그에게 들이밀었다.

"자신의 의지가 강하면 기회를 얻을 수 있다는 말을 해주고 싶었을 뿐이야."

"하! 그래."

콧소리가 섞인 강한 비웃음이 연못으로 퍼져나갔다. 기회라고? 나는 기회라는 말보다는 운명이란 말에 대한 두려움이 먼저 앞서는 사람이었다. 할아버지와 아버지와 엄마의 운명에 이어진 내 운명까지. 나는 그 운명의 사슬을 끊고 싶은 사람이었다.

그는 내 손을 잡고 연못 둘레를 걷기 시작했다. 처음 만난 그가 오래된 연인처럼 느껴졌다. 국적불명의 서구식 이층집이나 유행하는 전원주택을 짓는 현장에서 허드렛일을 하면서 굴러먹던 인간은 아닌 모양이었다.

"왜 여기에 있는 거지?"

나는 다시 그에게 물었다. 작가가 작업에 들어가기 전, 구상해 놓은 소재를 안에서 육화, 숙성시키듯 자기에게도 그런 짧지 않은 시간들이 꼭 필요하다고 했다. 그때, 그가 품고 있던 것은 가회동 한옥이었다. 경복궁 화랑가 건물들의 끝자락의 오래된 한옥을 철거하고 갤러리와 살림집을 겸한, 전통과 현대의 이미지에 부합된 이층 건물을 짓는 일이 그로선 벅찬 모양이었다. 가회동은 한옥보존지역으로 한옥의 기와지붕 곡선이 반드시 사용돼야 하고, 재료로는 화강석을 써야하며, 구청의 허가를 얻어야 하는 까다로운 조건이 있다고 했다. 그런 조건을 만족시키면서 자유로운 영혼이 깃들 수 있는 집을 짓기 위해 그는 나보다도 먼저 이곳에서 밤을 보낸 일이 많았던 것 같았다. 나이에 비해 이른 성공과 명성은 그의 철저한 프로정신 때문이었을 것이다. 그의 동료나 친구들 중 누구하나, 그의 그런 말없는 작업을 몰랐을 것이다. 굳이 여기에 오지 않았어도, 몰래 숨어서 이곳의 정기를 마시지 않았어도 되는데, 더군다나 자유로운 영혼이라는 말은 이곳과 맞지 않았다. 자유로운 영혼이라니? 총 1063,5간 그러니까 1933.4m로 궁성이 둘러져 있고, 여기에 후원을 에워싼 685,5㎡ 12/0m의 담이 덧대어진 구중궁궐 안에서 영혼이 더 자유롭다고 그는 생각했던 걸까?

내가 알기로 여기는 불행한 역사의 현장이었다. 동궁은 임진왜란 때 불타 없어졌던 것을 고종 때 복원한 것이다. 복원된 동궁, 자선당에서 세자노릇을 했던 유일한 사람이 순종이었다. 순종은 고종을 따라 러시아 공사관으로 옮겨가 있다가 독이 든 차를 마시고 거의 반편이 되었다. 나중에 황제가 된 순종은 나라를 빼앗기는 치욕적인 역할을 하고, 황제에서 '창덕궁 이왕'으로 격하되어 창덕궁에서 살다가 죽었다. 일본의 황궁, 러시아의 크렘린궁, 영국의 윈저궁, 버킹엄궁, 프랑스의 엘리제궁은 현재도 왕이든 수상이든 대통령이든 최고 권력자 혹은 상징적 국가 원수가 기거하면서 활동하기 때문에 살아 있는 궁이지만 여기 경복궁을 비롯한 우리 궁은 모두 죽어 있다고밖에 생각할 수 없다.

그래서 가장 중요하다고 할 '드므'에 뚜껑을 덮어놓기도 하고, 몰래 쓰레기를 버리는 지도 몰랐다. 덕분에, 들어가지마시오, 금연 등의 푯말을 건드리지 않고 상청에 살짝 걸터앉아 그는, 자유로운 영혼이 사는 집을, 나는 내 영혼이 자유롭게 살 수 있는 집을, 꿈꾸는 비밀의 집으로 만들 수 있었는지도 몰랐다.

아무래도 몸이 이상했다. 한기가 몸속까지 들어와 떨렸다. 이가 서로 부딪히며 덜덜거렸다. 며칠 전부터 감기 기운이 돌긴 했지만 괜찮았다. 햄버거 가게 옆 편의점에서 산 진통제를 찾았다. 두통이나 생리통이 오면 얼음과 같이 두 알을 씹어 넘기곤 주문을 받았다. 어디서 한 알이 빠졌는지 세 알이 남아 있었다. 나는 샴페인을 먼저 마신 다음 남은 세알을 넣고 고개를 뒤로 젖혀 흔들었다. 양손으로 어깨를 감싸 안았다. 오싹 소름이 돋았다. 나는 다시 담배에 불을 붙였다. 흰 담배연기가 바람에 따라 날려갔다. 샴페인 병에 재를 털었다. 건물의 무덤이라고 하지만 잔디에 재가 떨어지지 않도록 조심했다.

퇴적된 삶의 지층들이 과거뿐 아니라 미래와 소통된다는 믿음 때문이었는지 그는 건물의 무덤에 눈을 감고 누워있기를 좋아했다. 일본이 우리 국권을 강탈해 가는 시기에 궁궐은 그 일차적인 공략 대상에 들었는데 특히 경복궁은 첫 번째 대상이 되었다고 그는 분노와 안타까움이 밴 목소리로 말했다. '시정오년기념조선물산공진회(始政五年記念朝鮮物産共進會)'를 계기로 일제는 경복궁을 본격적으로 파괴하였고, 절에 있어야 할 탑과 부도, 불상들을 뜯어다 옮겨놓음으로써 절을 파괴하고 경복궁을 능욕하는 이중삼중의 효과를 본 것이라고 했다. 경복궁의 전각들을 헐어 없애고 그 자리에 르네상스식 5층 석조 건물로 완성될 조선총독부를 짓기 위한 속셈이었다고 했다.

고난과 치욕의 이곳에서 자유로운 영혼을 말하는 그는 어쩌면 영원히 그런 집을 지을 수 없을지도 몰랐다. 내가 그에게 결코 특별한 존재가 될 수 없다는 걸 나는 처음부터 알고 있었다. 지금, 내가 여기에서 자신을 기다리고 있다는 것을, 몇 번 되지도 않았던 그와의 만남을 되새기고 있다는 것을, 피곤에 지쳐 등받이에 깊숙이 기대앉아 커피를 마시며 그는 생각지도 못할 것이다. 그는 자유로운 영혼을 말하지만 나는 평화로운 영혼을 꿈꾼다.

몸을 일으켜 세워 걷기 시작했다. 과거로 돌아간 것이 아니라 미래에 와 있는 듯한 느낌이 들었다. 몸은 점점 더 떨리기 시작했다. 세 알의 약도 소용이 없었다. 그가 없으면 오늘밤은 별 의미가 없었다. 차라리 다시 밖으로 나가고 싶었다. 따뜻한 방에서 이불을 목까지 끌어올려 덮고 꿈꾸지 않고 푹 자고 싶었다. 둘씩 짝지어 다니던 정복을 입은 전경들, 쓰레받기를 들고 다니며 휴지를 주워 담던 청소원 아저씨, 두루 마리 화장지를 화장실 칸칸이 끼워두던 청소원 아줌마, 관리소 옆에서 나무를 쌓아두던 아저씨를 만난다면 오히려 반가울 것 같았다.

아미산에서 내려와 건순문 앞으로 발을 내딛으려는 순간, 머리가 핑하고 돌았다. 나는 바로 옆에 있던 육각형 굴뚝을 한 손으로 짚었다. 다시 정신을 차리고 경회루 쪽으로 걸었다. 경회루로 통하는 첫 번째 문이 잠겨있었다. 조금 더 내려왔다. 오른손으로 살짝 밀어봤는데도 인무문은 밀렸다. 나무틀에서 나는 빡빡한 소리가 유난히 컸다. 침범당하지 않고 비로소 온전한 평화와 자유를 누리는 영혼들을 놀라게 한 불경스런 죄에 나는 두 손을 모으고 고개를 숙였다. 고개를 조금 숙이고 인무문을 나와 경회루 앞에 섰다. 연못에는 연꽃이 가득했다. 연못 서쪽, 만세산 위에는 만세궁, 봉래궁, 일월궁, 벽운궁 등의 불빛이 화려했다. 경회루 아래층에는 비단으로 장막을 둘러치고 기생들이 가무를 연주하고 있었다. 연못 속에 비단으로 만든 연꽃, 금과 은 비단으로 장식한 여러 꽃, 동물 모양의 등불이 떠 있었다.

아래로 늘어진 체인을 살짝 넘어 나는 경회루의 돌다리를 밟았다. 임금님이 걷던 높은 가운데 길, 어도가 아니라 그 옆, 약간 내려앉은 길 삼도를 걸어 이층의 나무 계단을 디뎠다. 나는 한 계단을 올라가기 전에 난간 먼저 꼭 쥐어 잡았다. 세게 디디면 계단이 무너져 다시 돌아올 수 없는, 세계로 빠져버릴 것 같은 두려움에 나는 조심조심 발을 옮겼다. 약 기운 때문인가. 발을 떼는 순간이면 몸이 붕 뜬 것 같이 가볍고, 머릿속은 핑하며 빙그르르 한바퀴 도는 것 같은 느낌이었다. 기분이 나쁘지는 않았다. 이층에 다 올라서자 내 몸은 한결 더 무엇인가에 촉진되기 시작했다. 어둠과 불빛 대신, 연꽃과 동물 모양의 등불들이 나를 밝혀주고 있었다. 연한 분홍과 녹색 물감들을 풀어놓은 듯한 등불의 색은 나를 더 어질어질하게 했다. 현기증이 일어났다가 가라앉았다가 했다. 얼굴은 등불들의 열기로 붉게 달아올랐다. 나는 시린 손으로 두 뺨을 감싸 쥐었다. 손이 따뜻해졌다.

어제, 퇴근 시간이 끝나고 교육을 받으러 간 모델하우스의 불빛도 이것만큼 나를 취하게 했었다. 너무 밝고 화려한 빛에 나는 눈을 한번 감았다가 떴었다. 정말, 따뜻해 보이는 집이었다. 임시로 지었다가 다시 부숴 버리기엔 너무 아까웠다. 때문에 나라도 그 집을 사용하고 폐기처분해야 정당할 것만 같았다. 그래서 나는 더 당당하게 말했다. 모델하우스가 없어질 때까지만 지낼 수 있게 해달라고. 그 규격화된 공간에서 그 만큼만의 통제된 자유라도 나는 소중하게 누리고 싶었다.

눈을 뜨자 색색의 불빛들은 모두 꺼져 있었다. 몸은 더 떨려왔다. 어깨에 매달려 있는 배낭이 바닥으로 나를 끌어내리는 것만 같았다. 이렇게 주저앉아 화석이 될 수는 없었다. 나는 다시 난간을 꼭 잡았다. 눈을 감은 채로 나는 한 계단씩 발로 더듬으며 천천히 내려왔다. 갑자기 눈앞에 불빛이 보였다. 그 빛은 나를 향해 흔들거렸다. 빛이 점점 가까워졌다. 나는 움직일 수가 없었다. 그러나 저 빛에게 끌려갈 수는 없었다. 나는 도망쳐야 했다. 한 발을 띠고 다음 발을 딛는 순간, 몸이 휘청거렸다. 나는 쓰러지지 않고 중심을 잡았다. 뛰기 시작했다. 아직 남은 약 기운 때문인지 몸은 가볍게 움직여 주었다.

"누구야?"

쫓아오는 남자가 소리쳤다. 나는 대답하지 않았다.

"여기서 뭐하는 거야?"

뛰느라 숨이 찬 남자의 목소리가 가깝게 들렸다.

"여긴 내 집이에요."

"뭐라고?"

내 영혼이 자유롭게 쉴 수 있고 희망을 가질 수 있는 곳이라고 나는 남자에게 부드럽게 말해주고 싶었다. 남자치고는 조금 느리게 달려왔다. 어둠 속이지만 숨을 곳은 전혀 없었다. 나는 관리사무소 쪽으로 방향을 틀었다. 천추전과 만춘전과 사정전을 지나쳤다. 전각까지의 길이 길게 느껴졌다. 전각과 전각 사이는 바싹 마른 흙길이 뻥하니 뚫려 있어 내 모습은 선명한 한 점으로 찍혀질 것 같았다. 과거 속에 뛰어든 현재의 사람이 아니라 현재에 뛰어든 과거의 영혼 같은 내 모습 때문에 남자가 선뜻 나를 잡을 수 없는 모양이었다.

나는 마지막 힘을 냈다. 민속박물관 쪽으로 방향을 틀자 이층의 관리소 사무실이 보였다. 유리창에 불이 켜져 있었다. 나와 남자의 발자국 소리를 듣지 못했는지 그 앞에 다른 사람은 없었다. 살이 통통하게 오른 다람쥐가 오르락내리락하던 소나무 곁을 지나쳐 나는 건축문을 향해 뛰기 시작했다. 겨드랑이에서 땀이 축축하게 묻어났다. 저 문 위에 올라가 뛰어내리면 그만인 것이다. 나는 이 집을 잃어버리고 싶지 않았다. 나는 두 손바닥으로 돌계단을 짚으며 기다시피 올라갔다. 정면은 굳게 닫힌 문이었다. 드므가 든 배낭이 어깨를 묵직하게 눌러왔다. 겨우 중심을 잡고 섰을 때, 기왓장이 바스러지는 소리가 났다. 밑창이 얇은 단화의 바닥으로 뾰족한 조각이 느껴졌다. 나는 망설일 게 없었다. 나는 눈을 꼭 감고 담 저쪽, 내가 살아야 할 도시의 불빛을 향해, 내일부터 내 집이 될 모델하우스의 따사로운 빛을 향해 뛰어내렸다. 자유로운 영혼이여 안녕. 나는 그에게 마지막 인사를 했다.

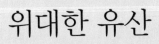

위대한 유산

위대한 유산

꿈은 실제인 것처럼 생생했기 때문에 나는 전화벨 소리를 듣고도 다시 현실로 걸어 나오기가 혼란스러웠다. 꿈속에서 그것들은 사람처럼 보이지는 않았다. 그렇지만 머리 한가운데가 상투를 튼 것처럼 불쑥 솟아오르고, 굵게 웨이브 진 파마머리에 양팔을 가슴에 꼭 감싸 안고 있는 게 남자와 여자의 모습이었다. 손으로 만지면 만질만질한 감촉이 느껴질 것처럼 윤기가 흘렀다. 그 조그만 남자와 여자의 얼굴은 몸 전체의 반을 차지할 만큼 크고, 키는 작고 통통했다. 똑같이 가운처럼 긴 옷을 걸친 채로 아무 표정 없이 그저 두 손을 가슴에 모아 쥐고 서 있기만 했다. 도자기처럼 아주 반들반들해 보였고, 어디선가 흘러들어 오는 빛을 받아서 반짝거렸다. 꿈속이지만 이상한 건, 그들의 표정이었다. 내게 위협적인 눈빛을 보내지도 않고 묵묵히 앞만 바라보고 있었다. 단순히 검정 눈동자만 있는데도 얼굴에서는 순종적이고 소박한 인상을 풍겼다. 양팔을 가슴에 꼭 끌어안고 있어서 그런 인상이 들었는지도 모르겠다. 남자는, 주인님 말씀만 하십시오, 그 말을 막 끝낸 하인 같았다.

요즘 들어 꿈속에서 나는 언제나 쫓기기만 했다. 몸통이 굵고 선명한 무늬를 가진 구렁이의 날름거리는 혀를 피해 도망가기도 했고, 죽어서도 한 달에 1센티씩 자란다는, 무덤 속에서 나온 길고 치렁치렁한 머리카락에 온몸이 휘감겨 숨통이 막혀 오기도 했다. 어떤 날은 광견병에 걸린 커다란 사냥개에 물리기 직전 깨어나기도 했다. 그런데 그 조그만 남자와 여자는 그저 나를 쳐다보기만 했다. 나를 가만히 바라보기만 하는 그들의 목적이 무엇인지 알 수 없었다. 내가 조금 편안해진 마음으로 그들을 보고 있을 때 나타난 건 뜻밖에도 아버지였다. 가만히 서 있는 조그만 남자와 여자 뒤의 아버지는 생전에 비해 거대하고 당당해 보였다. 아버지는 늘 그렇듯이 굳게 입을 다물고 있었다. 하지만 그들을 내려보는 순간 만족스러운 미소가 입가에 가득 퍼졌다.

아버지.

낮고 조심스런 내 목소리를 들은 아버지가 나를 쳐다봤다. 아버지의 미소는 쓸쓸하고 안타까운 표정으로 확 바뀌었다. 왜 그래요?

나는 아버지의 뜻을 전혀 짐작할 수 없었다. 아버지는 내게 무슨 말인가를 하려는 것처럼 입술을 움직였지만 전혀 알아들을 수가 없었다. 네? 뭐라구요? 더 크게 말해 봐요. 대답 대신에 아버지는 조용히 웃고는 다시 입술을 천천히 움직였다. 무슨 말인지 모르겠어요. 더 크게 말해요. 나는 버럭 소리를 지르고 말았다. 눈을 뜨면서 나는 내가 지르는 소리에 놀라고 말았다.

어둠 속 방안에서는 초침 돌아가는 소리에 섞여 전화벨이 희미하게 들려왔다. 누굴까, 이 밤에 하면서 벽면에 있는 스위치를 눌렀다. 아직 열 시도 안 된 밤이었다. 집에 있기 시작한 지 한 달이 되자 전화를 걸어오는 사람은 끊겼다. 아무런 기대감 없이 수화기를 들었다. 여보세요? 하는 남자의 목소리는 낯설었다. 하긴 여기와는 낮과 밤이 다른 먼 곳에 있는 그가, 너에 대한 것은 모두 묻어두고 싶다던 그가 전화 할 리가 없었다. 누구시죠? 잠에서 깨어난 지 얼마 안 된 가라앉은 내 목소리 때문인지 수화기 저편은 아무 말이 없었다. 나는 말간 정신을 찾는 시간을 기다리듯이 잠자코 있었다.

혹시, 김동환 씨 따님이신가요?

오랜만에 들어보는 아버지 이름이었다. 금방 꿈속에서 보았던 아버지, 조그만 남자와 여자가 형광등 빛이 반사된 유리문에 어리었다. 꿈이 엉뚱하지는 않았나 보았다. 무슨 일이죠? 살아 있는 사람도 아니고 이미 고인이 된 사람을, 그것도 조그만 항아리 속 뼛가루로, 온전하게 땅에 묻혀 있지도 못한 사람을 찾는다는 게 너무나 곤혹스러웠다.

전동차를 내리자 지하에서 떠돌던 탁하고 건조한 바람이 얼굴을 확 스치고 지나갔다. 별것 들어 있지 않은 가방이 어깨를 뻑적지근하게 눌러댔다. 반들거리는 바닥에 비춰지는 희미한 내 그림자를 따라 걸었다. 잠을 잘 자지 못한 날, 특히 밤새 쫓기는 꿈을 꾼 날은 중노동을 한 것 같은 피곤함으로 하루 종일 헤맸다. 요즘 들어서는 매일 그런 꿈을 꾸었다. 쫓기는 꿈은 불안하기 때문이라고 오랜만에 전화를 한 사무실 후배가 그랬다. 나는 그 말에 전적으로 수긍했다. 당연한 일이다.

어제 꿈은 다른 날에 비하면 평온했다. 다만 아버지가 내게 무슨 말인가를 하고 싶어했지만 전혀 알아듣지 못한 게 마음에 걸렸다. 이렇게 사는 내가 걱정이 돼서 그런 것인가. 그래서 아버지의 유산을 내게 남겼다는 말을 하고 싶어 꿈속에 나타났던 것인가.

고궁으로 나가는 지하도에는 아무도 없었다. 지금 같은 때, 사람들은 힘들고 고달프게 일한다. 그래서 조금 나은 생활을 기대하고 희망을 키워 간다. 안정되고 편안한 삶, 안락하고 행복한 인생. 그런 욕망을 조금씩 채워가고 싶어 한다. 나도 그랬다. 오히려 나는 그런 욕망이 더 강했다. 지금 나의 미래는 전혀 예측할 수가 없었다. 어떻게 해서 먹고 살아야 하는가, 하는 문제가 내 앞을 가로막고 있었다. 남자를 만나기로 한 오늘 오후, 박물관으로 가는 지금조차도 그것들에서 완전히 자유로울 수가 없다. 요즘 들어 쫓기는 꿈에 시달리는 것도 그런 내 상황 때문일지도 모른다. 그렇지만 어쩌면 한순간 모든 것이 달라질 수도 있다. 남자를 만나서 아버지의 유산을 받게 된다면, 그것으로 내 궁핍한 생활은 끝나게 될 것이고, 내 운명은 달라질 수도 있는 것이다.

직장에 다닐 때라고 해서 내가 지금보다 훨씬 산뜻하고 평안했던 건 아니다. 내가 받는 월급으로는 그런대로 계획적이고 평범한 생활을 할 수 있었다. 하지만 권태롭고 숨가쁘던 시간이 지나고 회한의 세월이 쌓여서, 누구나 가야 되는 아주 멀고 낯선 곳에 가게 되리라는 생각이 잠과 의식의 경계선에서 갑자기 나를 사로잡을 때가 있었다. 전혀 상상하지 못했던, 그래서 준비할 수도 없었던, 그것을 어떻게 받아들일 수 있는지 생각하면 저절로 도리질이 쳐질 만큼 무섭고 끔찍했다. 그렇게 죽음에 대한 본능적인 두려움이 있기 때문에, 죽음에 대해 함부로 쉽게 쓴 소설 따위를 읽을 때면 그 작가에 대한 적의와 경멸을 누를 수 없었다. 아버지의 평안해 보이는 주검도 죽음에 대한 내 무서움을 덜어 주지는 못했다. 병원 침대에 누워 있는 아버지 얼굴은 저렇게 좋아 보일 수 있을까 할 정도로 평안하고 깨끗해 보였다. 그런 아버지를 화장한다는 게 죄스럽기까지 했다. 하지만 혼자서는 어쩔 도리가 없었다. 벅세 근처의 시립 화장터에 도착해서 나는 눈이 부실 정도로 뜨겁게 빛나는 하늘을 바라볼 수가 없었다. 아버지를 화장하는 시간 동안 햇빛이 들지 않는 의자에 앉아 당신이 늘 아들이 없는 것을 애석하게 생각했던 게 당연하다고 자책했다. 남보다 특별난 능력도 없고, 물려받을 유산은커녕 결혼식장에 손잡고 들어가 줄 아버지도, 아버지를 대신해 줄 어머니도, 아무도 없다는 상실감에 나는 서러웠다. 너무 많은 눈물을 흘려서 눈물 자국이 느껴졌다. 그래도 그때는 시원한 생수를 사다 주고 스포츠 향이 나는 손수건으로 눈물을 닦아주던 그가 옆에 있었다. 죽으면 한 관 속에 나란히 손잡고 누워 영원히 함께 하자던 그가 나를 위로해 주었다. 지금 나는 아무도, 아무것도 없다는 허전함과 궁핍함을 아무렇지 않은 거라고 다독거릴 허세만이 남아 있다.

꿈이야, 그까짓 것하며 모르는 척할 수 있지만 아버지가 남긴 유산에 대해서 조바심이 이는 건 어쩔 수 없었다. 아버님이 남기신 물건을 전해 드리려고 합니다. 아버지 이름을 대며 나를 찾던 젊은 남자는 정중하게 얘기했다. 그때부터 나는 다른 것은 생각할 수가 없었다. 그 남자가 내게 전해 주겠다던 물건을 나는 아버지의 굉장한 유산으로 생각해 버렸다. 그래서 기묘하지만 착한 인상의 남자와 여자, 흡족히 바라보던 아버지, 아버지가 내게 하려고 했던 말들을 그냥 지나쳐 버렸다. 그리고 남자가 일본에서 와서 내게 전해 주겠다던 물건, 아버지의 유산, 새로운 희망이 될, 그것만이 기다려졌다. 아버지의 유산, 그것은 아버지가 매일 닦고 사랑해 주었던 청자일 거라고 나는 그렇게 단정 짓고 말았다. 그 이외의 다른 아버지의 유산은 있을 수가 없었다. 일확천금을 꿈꾸는 사람처럼, 헛된 욕망으로도 행복할 수 있는 사람처럼 아침에 거울 앞에서 눈썹을 그리다 말고 음흉하게 웃어도 봤다. 아버지도 내게 유산을 남겼구나. 나는 설렘으로 가슴이 뛰었다.

아버지는 특별했다. 삶의 방식이 내가 아는 다른 아버지와 달랐다. 나는 아버지의 그 다른 점이 싫었다. 아버지가 일했던 곳이 특별나고 세상살이와 거리가 멀어서였을까. 서울에서 자동차로 두 시간 정도 걸리는 곳에 아버지의 미술관이 있었다. 병원에서 간암이라는 진단이 나와서 입원하기 직전까지 아버지는 그곳에서 일했다. 돈 많은 어느 서예가의 개인 미술관이었지만 규모도 커보였고 아버지한테 들은 얘기지만 보물급 문화재도 있다고 했다. 특히 백자나 청자 중에는 그 미술관에만 있는 진품이 있기 때문에 철저한 보안 장치가 필요하다고 했다. 아버지는 미술관의 경비는 물론이고 잔디밭 한쪽 구석에 있는 마스틴종 사냥개를 보살피는 일처럼 자질구레한 잡일도 해야 했다. 삼 일에 한 번은 밤 근무도 서야 했다. 미술관 앞으로는 버스가 다니지 않았다. 큰길에서 포장된 도로를 따라 쭉 들어와야 했기 때문에 일반인들은 잘 몰랐다. 도로 입구에 미술관이라는 표지판이 있었지만 관람객은 거의 없었다. 그야말로 개인 소장품을 위한 미술관이었다. 아버지가 오랜 세월을 미술관에서 일했고, 청자에 대한 관심이 있었다는 이유로, 나는 내게 남겨진 굉장한 도자기를 꿈꾸기 시작했다. 아버지의 위대한 유산을.

전화를 한 그 남자만 아니었더라면 나는 늦은 아침을 먹고 매일 발행되는 여러 종류의 벼룩 신문을 가지러 나갔을 것이다. 눈이 아프도록 비슷비슷한 구인 광고를 보다가 현기증이 일고 속이 메스꺼워지면 다시 침대에 누워 천장에 붙어 있는 야광별을 볼 것이다. 천장을 바라보고 있노라면 금방 떠오른 즉흥적인 계획은 뚜렷해지기도 전에 자꾸만 흔들렸다. 남는 건 주체할 수 없는 시간과 두통으로까지 발전되는 잡념뿐이었다. 더구나 오랜 시간 함께 부대끼던 그가 영국으로 떠나자 한꺼번에 모든 것을 잃어버린 것 같아 아무런 의욕도 생기지 않았다. 악착같은 집요함과 끈기가 있었더라면 그런대로 회사에 남아 있었을지도 모른다. 얼마간의 굴욕을 감수하면 가능한 일이었다. 아이엠에프 이후 고급 여성 의류를 제작 판매하던 회사는 급격히 몰락하기 시작했다. 계절을 앞서가던 디자이너들의 제품은 더 이상 쌓아둘 수 없는 재고품으로 창고에 남았다. 부도설도 나돌았다. 당당함과 오만함으로 활기찼던 디자인실은 보이지 않는 견제와 음모로 탁한 공기를 내뿜었다. 디자인실 인원 중 오십 프로는 영업부로 넘어가야 한다고 말하는 실장은 괴로워 보였지만 결정은 이미 암암리에 이루어진 듯했다. 아직 미혼인, 더군다나 새로 신설된 공모전에서의 입상 경력으로 특차로 입사한, 거기다가 실장과 충돌이 잦았던 내가 퇴출 일순위인 건 너무나 당연하다는 표정들이었다. 책상을 맞대고 일하던 후배 신입사원은 나를 위로한답시고 핏대를 올리며 실장에게 들으라는 듯이 소리쳤다. 영업이라니, 그것도 백화점에 나가서 직접 손님에게 옷을 팔고, 실적이 안 좋으면 매장은 없어진다면서. 그러면 사람도 자동으로 퇴출당하는 거잖아. 나는 순순히 손을 들었다. 다른 곳에 내 자리가 있을 거라는 기대는 없었다. 다만 그동안의 세월이 지겹고, 그가 떠난 뒤 모든 게 다 귀찮고 싫어졌기 때문이었다.

박물관 매표소에는 단체 관광을 온 나이 든 일본인들로 북적댔다. 여기, 박물관에 올 때마다 일본 사람들을 마주치지 않은 적이 한 번도 없다. 가이드가 입장권을 사서 일본 관광객한테 다 나누어 줄 때까지 기다렸다. 그들이 박물관 안으로 들어가는 걸 보면서 나는 천천히 계단을 올라갔다. 평일이라 한산했다. 천천히 홀 중앙으로 곧장 걸어갔다. 몇몇 사람이 난간을 짚고 아래를 내려다보고 있었다. 경복궁 모형이 커다랗게 보였다. 경복궁이 훼손되기 전의 모형에는 회색 기와집들이 반듯하게 줄서 있었다.

어디부터 둘러볼까. 아버지의 위대한 유산을 위해서라면, 도자기를 보러 가는 것이 마땅하지 않을까. 나는 그렇게 결정했다. 왠지 모를 벅찬 기분을 진정시키려고 먼저 화장실에 가서 찬물로 손을 씻었다. 화장실은 깨끗하고 좋은 향이 났다. 종이 수건에 손을 닦고 나왔다. 바로 옆에는 음료수와 커피 자판기가 있었다. 나는 밀크 커피를 뽑아 소파에 앉았다. 특별히 갈 곳이 없을 때, 박물관에 오면 좋았다. 사람들이 별로 없는 정적감, 대리석 바닥을 걸을 때의 가벼움, 자판기 커피, 문화적 고급함, 정화되는 것 같은 마음. 이런 것들이 좋아서 가끔 왔다. 어쨌든 아버지의 영향도 있을 것이다. 아직 남은 커피를 마시면서 고려자기, 조선분청사기, 조선백자, 사랑방이 그려진 안내도를 보았다. 그래, 도자기를 보려면 여기를 둘러보면 되겠구나. 나는 오랜만에 느긋하고 생기가 도는 한가로움에 빠져들었다. 아버지의 유산이 고려청자쯤 된다고 기대하는 나, 속물적인 나. 그렇지만 정말 그렇다면, 세상은 역시 공평한 거야. 나는 겸손하게 살겠다고 마음먹었다.

맑고 투명한 유리벽 안의 청자들을 나는 찬찬히 훑어보며 지나쳤다. 너무 진하지도 연하지도 않은 청자의 빛깔은 성숙하고 겸손한 느낌을 주었다.

아, 저 '청자완'.

나는 걸음을 멈추고 말았다. 그의 집에서 보았던 찻잔과 비슷했다. 아무런 무늬도 없이 굽이 달려 있고 위로 올라가면서 급격히 넓어져, 뒤집어 놓으면 삿갓을 엎어놓은 것과 비슷할 것 같았다. 찻잔으로서는 크다 싶은 생각이 들었지만 그의 어머니는 그 큰 잔을 소중하게 다루었다. 그의 어머니는 다도를 열심히 배운 분이었다. 처음으로 그의 집에 갔을 때, 그의 어머니는 긴 시간을 들여 녹차를 준비해 내왔다. 그의 어머니의 무거운 침묵 속에서 따라 준 녹차에서는 차의 갈색과 청자의 푸른색이 서로 비슷하기도 하고 어울릴 것 같지도 않으면서도 이상적으로 조화되어 보였다. 찻잔을 감싸쥐고 고개 숙인 내게 그의 어머니는 비로소 얘기를 하기 시작했다. 차는 기호식품이 아니다, 선종의 깨달음에 이르는 길로써 마시는 거다, 라고 설명해 주었다. 따라서 차를 담는 찻잔은 아주 중요한 것이고, 그래서 고려시대에는 찻잔이 금값보다 비쌌다고 했다. 특히 청자 찻잔은 독이 닿으면 은처럼 변해서 더 소중히 여겼다고 했다. 엄마 없이 자란 내가 친엄마처럼 생각하며 대하기에 너무 멀리, 높게 느껴졌다. 그와의 결혼도 그만큼 비현실적으로 다가왔다. 나와 그는 푸른색 찻잔을 내려다보며 머리를 조아리고 있었다. 찻잔이 차보다 더 중요한 이유를 찾으며 나는 순종하지 않는 내 마음을 마셔 버리고 싶었다. 정갈하고 안정된 삶, 계층의 상승을 위해 급격한 사다리를 오르기 위해 안간힘을 쓰지 않아도 되는 그의 여유로운 인생이 부럽기는 했었다. 이 시대에도 쉽게 섞일 수 없는, 엄연히 존재하는 무엇이 있었다. 결혼해서 그와 함께 내가 누릴 수 있는 안락함이 분수에 넘치는 욕망이라고 은근하게 경멸하는 그의 어머니에 대한 적개심은 참기 힘들었다. 그는 귀찮은 통과의례를 빨리 끝내기 위해서, 자신을 불신하는 어머니에 대한 반발 때문에 고개를 숙이고 조용히 차를 마셨다.

아버지도 찻잔에 대한 얘기를 했다. 구색을 갖춘 살림살이는 아니었지만 나는 예쁜 잔이 있으면 사서 모아 두는 취미가 있었다. 특별한 캐릭터 그림이 그려진 잔이나 백화점 수입코너에서 공들여 고른 고급스런 수입 머그잔, 또 자기가 마신 잔을 가져갈 수 있는 장흥의 카페 싸구려 잔까지 유리문이 달린 장식장에 진열해 두었다. 괜한 감상에 빠질 때마다 내 기분에 맞는 잔에다 진한 커피를 가득 타서 마셨다. 내가 보랏빛 들꽃 무리가 잔잔하게 그려진 파인 본차이나의 머그잔에 우유를 많이 넣은 커피를 마시는 걸 보면 아버지는 꼭 그 얘기를 했다. 일본의 보물 중에는 국보로 지정된 조선시대 찻잔이 있다고 했다. 아버지가 그 말을 할 때는, 당신이 만든 자기를 일본인들이 숭상하는 것 같은 자랑스러움이 배어 있었다. 그런데 그 보물이라는 것이 막사발이라고 했다. 일본의 다도 의식을 보면 조그만 잔이 아니라 대접만한 커다란 잔을 사용하는데 거기다가 연두색의 찻가루를 넣어 휘휘 저은 후에 마신다고 했다. 내가 들고 있는 머그잔을 보면 커다란 막사발이 생각난다고 했다. 막사발과 차, 그와 나의 결혼처럼 격이 맞지 않는 것 같았다. 그런데 막사발이 국보라고, 생각하면 아버지의 비웃음도 일리가 있는 것 같다.

여기, 박물관에 오면 아버지와 그에 대한 생각을 떨쳐 버릴 수 없었다. 회사를 그만두고 난 후, 나는 여기를 몇 번인가 왔었다. 그 두 사람에 대한 그리움과 회한 때문에 다른 곳을 방황하느니 여기가 좋았다. 마음 편했다. 그저 천천히 걸으면서 몇 십 년, 몇 백 년, 몇 천 년의 세월을 보기만 해도 모든 게 무상인 것처럼 느껴질 때가 있었다. 하나밖에 없던 딸에게 무관심하고 섭섭하게 했던 아버지나 부모님의 반대로 끝내 나와의 결혼을 포기하고 떠나 버린 그에게나 더 이상의 원망이나 분노가 아무 소용이 없다는 걸 깨닫게 될 때가 있었다. 사랑은 승화, 아니면 비극, 그 두 가지 중하나라고 누군가 말해 주었을 때, 그래 내 사랑은 확실한 비극이라고, 나는 참담하게 인정했다.

서당 개 삼 년이면 풍월을 읊는다는 식으로 나도 다른 사람보다 들은 풍월은 많다. 아버지는 도자기, 그것도 청자에 대해 유난한 관심과 애정이 있어 보였다. 다른 아버지들처럼 자신의 철학을 무조건적으로 믿게 하고 싶었던 아버지는 학교 성적이나 집안 살림, 불량한 친구와 용돈의 씀씀이, 남자친구, 그런 것들에 대해서 묻지 않았다. 가슴 설레는 첫사랑의 열병이나 남자를 알고 싶고 사랑에 빠지고 싶은 열망을 전혀 눈치 채지 못했을 뿐만 아니라 모르는 체했다. 대신 도자기에 대해 이야기하는 걸 좋아했다. 아버지가 내게 했던 얘기 중에서 생각나는 게 있다. 그와 만난 지 얼마 되지 않은 때였는데, 아버지의 '불' 얘기가 가슴에 와닿았다. 도자기를 구울 때 중요한 건 온도인데, 가마에 삼일 정도 불을 때면 도자기 굽기에 알맞은 온도가 된다고 했다. 온도가 낮으면 불도 하얗고 도자기도 하얗게 되고, 온도가 알맞게 오르면 불도 자기의 색도 푸르스름해지면서 익기 시작한다고 했다. 푸르스름한 빛깔로 다가오는 그의 사랑을 느낄 때였다. 불의 온도가 너무 낮으면 익지 않고 주저앉아 버린다는데, 그의 사랑은 그렇게 미지근하게 느껴지지 않았다. 그래서 도자기를 만들 때 중요한 것은 불이라고 아버지가 말했을 때, 나는 그의 열정과 사랑이 충분하다고 믿었다. 한 가마 안에 백 점을 집어넣었을 때, 완성품은 십 점 정도밖에 되지 않을 정도로 성공률이 낮지만 그와 나는 푸르스름한 빛깔의 도자기로 완성되어 오래오래 그 빛깔이 퇴색되지 않을 거라고 믿었다.

아버지가 언제가 내게 보여 준 적이 있는 진품인 청자, 희미하게 톡. 톡. 톡, 세 개의 눈물 흔적이 감춰져 있던 진품과 비슷한 '참외 꽃병' 앞에 서서 그 남자가 내게 전해 주려는 것이 저런 청자가 아닐까, 하는 생각을 해보았다. 알 수 없는 건, 아버지와 그 남자의 관계였다. 아버지는 거의 세상을 모르고 살았다. 더구나 일본은 가본 적도 없었다. 그런데 아버지의 물건을 전해 주러 일본에서 온다니, 그 남자에 대한 궁금증과 호기심 때문에 자꾸 손목시계를 보았다.

저, 청자를 꺼내서 뒤집어 보고 싶다. 문득 그런 충동이 들었다. 그러면 진짜 '눈물 흔적'을 볼 수 있을까. 나는 전시실 유리벽에, 청자 앞에 두 손을 대고 들여다보았다. 내 열 손가락 자국만이 희미하게 남았다. 혼자 자는 밤이 무서워 야간 근무를 하는 아버지를 따라 미술관에 간 적이 있었다. 숙직실이 따로 있는 게 아니어서 커다란 책상과 의자가 있는 사무실에서 밤을 보내야 했다. 나는 문제집을 풀고 아버지는 일층과 이층의 전시실을 비추는 모니터를 보고 있었다. 나는 공부를 하다 말고 어렵게 아버지한테 말을 했다. 무슨 과를 갔으면 좋겠어요? 나는 대학을 가겠다던 말 대신에 그렇게 얘기해 버렸다. 대학을 꼭 가야 되는 거냐? 대학 진학에 전혀 무관심했던 아버지는 내 얼굴을 쳐다보지도 않고 물었다. 나는 대답도 하기 전에 눈물부터 나왔다. 하나밖에 없는 자식의 장래를 위한 투자나 기대가 없는 부모란, 애정이 모자란다는 뚜렷한 증거라고 나는 속으로 아버지를 원망해 왔다. 아버지가 정말 원망스러웠다. 내 최소한의 자립 기반을 마련해 주는 건 당연하다고 여겼고, 또 그래야 한다고 생각했다. 아버지가 대학을 보내 주는 건, 그건 아버지의 의

무예요. 그 말이 머릿속에서만 입 속에서만 맴돌았다. 아버지처럼 다른 사람을 위한 사람으로 살고 싶지 않았다. 나는 그렇게 묵묵히 한 곳에서 오랜 시간을 버티며 일하는 아버지를 이해할 수 없었다. 다른 곳에 비해 보수가 훨씬 좋은 것도 아니면서 그저 평범한 생활을 해나갈 수 있을 정도의 대가를 받고도 당연한 것처럼 붙어 있는 아버지가 답답했다. 아버지가 다른 사람의 그늘에서 순응해 사는 삶은 부당해 보였다. 내가 대학을 못 가는 것도 너무나 부당했다.

언젠가 미술관의 주인인 저명한 서예가를 본 적이 있었다. 그의 위엄과 권력과 부와 명예가, 그 모든 것이 한눈에 드러나 보였다. 아버지는 미술관을 나가는 그의 차를 위해 항상 닫아 두었던 철대문을 열고 깊이 고개를 숙였다. 차가 다 빠져나가고 난 뒤, 호수 곁을 지나칠 때까지. 그때 나도 처음으로 미술관 바로 앞에 있던 호수에 갔다. 큰길에서 미술관 입구로 들어가는 샛길 옆으로 호수가 있었다. 내게는 커다랗고 깊어 보였던 호수는 실제로는 그렇지 않은 것 같았다. 보트를 타거나 낚시를 하는 사람을 본 적이 없었다. 그저 조용한 물을, 푸르지 않은, 구름 같은 빛깔의 물을 보니까 울음이 쏟아질 것만 같았다. 항상 가슴속에 들어찬, 알 수 없는, 무엇이라고 딱 명명할 수 없는 감정들이 복받쳐 왔다. 그리고 다짐했다. 행복을 향한 맹목적인 추구라도 좋다. 나는 내 욕망을 이루기 위해 열심히 살리라고. 사람들이 속물적이고 세속적이라 하는 모든 기준에서 월등히 높은 삶을 살겠다고. 그러기 위해서 대학은 꼭 가야 된다고 믿었다. 나는 그런 것들을 아버지한테 군이 말로써 이해시킬 능력도, 자신도 없었다. 말보다도 먼저 눈물이, 얼굴에 깊은 자국을 내는 따뜻한 눈물만이 나왔다. 그런 내게 한마디 없던 아버지가 갑자기 내 팔을 잡아끌었다. 그때 나는 아버지의 이상한 기운에 섬뜩했다. 어두운 복도를 지나 아버지는 전시실 문을 열었다. 불 꺼진 전시실은 선뜻 들어가기가 꺼려졌다. 붉은 색이 많이 들어간 탱화와 사천상, 지하장군, 돌로 조각된 호신상, 옹관묘 등 모든 것들이 적대감을 가지고 노려보는 것 같았고 여차하면 대들 것만 같았다. 아버지는 내 손을 꼭 잡고 이층으로 올라갔다. 마루 계단은 지나치게 윤을 내서 미끄러웠다. 나는 미술관에 있는 것이 진품인지에는 관심이 없었다. 그렇지만 조심스럽게 유리문을 열고 청자를 꺼내는, 손전등 불빛에 비춰진 아버지의 표정만으로도 그게 어느 정도의 가치를 가진 것인지를 충분히 짐작할 만했다. 흰 면장갑을 낀 아버지는 몸통이 기다란 청자 꽃병을 두 손으로 떠받듯이 안았다. 그리고는 매혹적인 여인의 몸을 만지듯이 주둥이부터 받침까지 천천히 쓰다듬었다. 아버지는 잘 봐라 하면서, 청자 꽃병의 목을 쥐고는 거꾸로 들었다. 나는 깨지면 어쩌나 하는 생각에 잔뜩 긴장했다.

여기 바닥에 흰 자국이 보이냐?

아버지는 손전등을 청자 꽃병 바닥에 대고 비췄다. 푸르스름한 빛 속에 희미하게 톡. 톡. 톡, 조그만 사국 세 개가 보였다.

이게 무엇인지 아냐? '눈물 흔적' 이다. 참깨 씨앗이라고도 한다.

나는 그게 도자기의 전문 용어로 '규석받침' 이라고 하는 걸 나중에 알았다. 청자를 땅바닥에서 그대로 구우면 모래가 붙었다. 그래서 그것을 막기 위해 당시 사람들이 생각해낸 것이 가마를 만드는 흙인 내화토를 국화빵 모양으로 만들고, 차돌을 깨뜨려 그 조각 세 개를 내화토 위에 얹었다. 이것을 도자기 아래 놓고 구운 후에 떼어내면 씨앗 모양이 생기는데 고려청자 중 좋은 청자들은 다 이런 자국이 남아 있다고 했다. 그래서 진품을 구별하는 데 아주 중요한 것이라고 했다. 아버지는 진품이라는 자체만으로 어떤 경외심을 품고 있는 듯했다. 내 눈물 자국보다도 청자의 눈물 자국이 더 감동적인 모양이었다. 나는 그게 다 무슨 소용이 있나 싶었다. 내 것이 아닌데. 나는 '눈물 흔적' 이라는 그 말에 감동을 받았다. 완전한 성공에 이르는 청자가 십 프로도 채 안 된다면, 맞는 말일지도 몰랐다. 한 가마 안에 백 점을 집어넣었을 때 완성품은 겨우 열 점 정도고, 그 열 점 중에서 살아남는, 장인의 노력과 정신이 고스란히 배어들어 마지막으로 불 속에서 완성된, 자족할 수 있는 작품은 몇 점이나 될까. 나머지 아흔 점을 깨뜨리면서 울어야 했던 도공들의 운명이 연상됐다.

왜 눈물 흔적이라고 하는 거예요?

얼굴에 아직 남아 있는 눈물의 자국을 느끼며 목이 멘 목소리를 물었다. 아버지가 그것을 왜 보여 주는지 나는 짐작할 수 없었다. 아버지는 청자를 제자리에 놓고 손전등을 비추면서 얘기를 해나갔다.

고려에 불교가 널리 전파되고 그에 따라 선(禪) 수행방법으로 좌선(坐禪)시에 정신을 맑게 하는 차와 차를 담는 그릇인 청자완이 선망의 대상이 되었다고 했다. 고려 초기에는 중국의 도자 장인들에게 청자의 제작을 배웠다. 처음에는 제작 기술의 미숙으로 인해 수많은 실패를 거듭하게 됐고, 실패로 인한 거대한 퇴적층의 흔적이 남아 있다고 했다. 그 말을 듣자, 그러니까 '눈물의 퇴적층'이라고 해도 괜찮지 않을까, 그런 생각이 들었다. 대학을 안 가도 훌륭하게 살 수 있어. 그렇지만 너가 그렇게 원하는 거면 가라. 하니만 눈물을 보이는 건 싫다. 자기가 원하는 일을 하면 행복하고, 그러면 울지 않아도 되는 거 아니냐. 그래도 나는 다시 눈물이 쏟아졌다. 그때 아버지는 한평생 살아가면서 내가 흘려야 할 눈물에 대해서 염려했을까. '눈물의 퇴적층'을 쌓지 말고, 가슴속으로 만들어라. 그리고 '십분의 일'이라는 성공을 향해 눈물을 삼켜야 한다고 말하고 싶지 않았을까.

남자를 만나러 갈 시간이 되었다. 집에서 나오기 전, 어젯밤 비행기로 왔다는 남자의 전화 목소리는 지나치게 상쾌했다. 나쁠 것은 없었다. 옷장에 비해 너무 많은 옷들 중에서 편안한 긴치마를 골라 입었다. 직업이 그렇다 보니 남들에 비해 많은 옷을 가질 수 있었다. 나는 그 점이 좋았다. 미니스커트의 창시자인 영국의 디자이너 메리퀼트는 열아홉 살 때 입고 싶은 옷을 전부 다 사 입을 수 없어서 드레스를 만들기 시작했다고 했다. 나 역시 비슷한 이유로 디자이너가 되고 싶었다. 왜 디자이너가 됐어? 언젠가 그도 내게 물어본 적이 있다. 입고 싶은 옷, 마음대로 입어보고 싶어서. 내 유치한 대답을 듣고 그는 웃었던가? 그 유치한 이유가 살아가는 원동력이 될 수도 있다는 걸, 그는 알지 못했다. 아버지는 디자이너로 자리를 잡아가는 내가, 만날 때마다 연예인같이 화려하고 자주 바뀌는 옷차림을 보고 놀람과 걱정을 감추지 못했다. 아버지는 내면과 외면의 성숙한 조화보다는 겉치레에 신경을 쓴 허영이 못마땅하다는 투였다. 옷차림처럼 내 생활이 화려한 건 아니었다. 나는 계절을 앞서 유행을 만드는 경쟁자들 사이에서 새로움과 자유로움, 개성과 감각, 유행, 그런 것들의 중압감 속에서 늘 긴장했다. 대학의 의상 디자인과 출신도 아니고, 외국에서 공부한 유학파도 아닌 나는 오직 철저한 노력과 끈기, 그리고 오기로 버텨 나갔다. 그야말로 거대한 눈물의 퇴적층을 쌓고 또 쌓았다. 별로 발전성이 없는 어문학과를 졸업하고 이 년 간 디자인학원에서 공부하고 응모전에서 입상한 경력으로 파격적인 스카우트가 되어서 늘 경쟁과 질시의 대상이 되었다. 그렇지만 전문적인 직업과 안정된 직장은 일단은 성공한 셈이었다. 그에 따른 일상적인 생활의 수준도 향상되어야 했다. 나는 착실하게 돈을 모으고 전략을 짰다. 아버지의 도움은 기대조차도 하지 않았다. 먼저 할부로 자동차를 샀다. 얼마간의 일시불을 내고 산 자동차는 할부금이 좀 부담스러웠지만 출근 때마다 느끼는 기분으로 대신할 만했다. 작은 옷장과 두 개의 행가래, 작업용으로 쓰이던 커다란 책상, 폐점 옷가게에서 산, 목이 없는 마네킹만으로도 꽉 찬 좁은 방을 빼고 시 외곽으로 나가는 길에 방 두 개짜리 작은 아파트도 샀다. 물론 융자가 포함되긴 했지만 혼자의 힘으로는 기특하다고 만족해 할만했다.

그와 자주 만나고 드나들던 서점 입구에는 역시 사람들이 많아 지나가기가 힘들었다. 종로서적 옆에 외환은행이 있을 거예요. 남자는 먼저 오는 사람이 은행 안 소파에 앉아 기다리자고 했다. 전화기 속에서 들려오는 목소리는 잡음 없이 바로 옆에 있는 것처럼 또렷하게 들렸다. 도대체 어떻게 서로를 알아볼 수 있죠? 나는 남자의 넘치는 여유와 이상한 자신감에 거부감이 들었다. 검정 폴로셔츠에 회색 재킷 그리고 네모난 나무상자를 들고 있을 거라고 했다. 흔한 옷차림이지만 네모난 나무상자를 들고 있는 남자는 금방 눈에 뛸 거라고, 늦지 않을 거라고 했다.

있는 힘껏 유리문을 밀고 은행 안으로 들어갔다. 한눈에 네모난 나무상자를 든 채 유리문 밖을 내다보고 있는 남자를 알아보았다. 고급 원목의 질감이 느껴지는 나무상자가 정지화면으로 커다랗게 눈 안으로 들어왔다. 상자는 붉은 끈으로 묶여져 있었다. 상자를 보자 나는 쿵, 하고 가슴 안쪽 저 깊숙한 곳으로 떨어지는 것 같은 아찔함에 순간적으로 현기증이 일었다. 무엇인가 내려앉는 소리가 오래도록 아득하게 느껴졌다. 아버지를 화장하고 난 뒤 상자를 받았을 때의 그런 서늘함과 두려움으로 선뜻 남자에게로 걸어갈 수 없었다. 그렇지만 나는 피하지 않기로 했다. 입 속의 침을 다 삼키고, 숨을 한 번 뿜어내고 남자에게로 갔다.

김동환 씨 따님?

나와 비슷한 나이로 보이는 남자는 친근한 반말로 다가왔다. 내가 고개를 끄덕이자 남자는 내 앞으로 바싹 다가섰다. 그와 비슷한 스포츠 향의 향수 냄새가 신경에 거슬리긴 했지만 준수하다고 할 수밖에 없는 남자의 외모에 마음이 놓였다. 적어도 아버지의 유산을 전해 준답시고 돈을 뜯어 낼 야비한 사람으로는 보이지 않았다.

조금 전과 달리 날씨는 금세 변해 있었다. 바람이 많이 불고 스산해서 모든 걸 집어치우고 다시 집으로 돌아가고 싶은 충동을 일으키게 했다. 그러나 나는 기다려야 했다. 남자의 상자 속에 들어 있는 아버지의 유산을 온전히 가져갈 수 있을 때까지. 예기치 않은 행운의 상자, 찬란한 희망과 승리의 상자, 고난 뒤의 행복의 상자, 내 기대는 상자만큼이나 견고해져 갔다.

아버지가 꿈속에 나타났던 것과 상자 속의 무엇은 분명 어떤 관계가 있을 것이다. 사실보다 더 상징적이고 믿을 만한 꿈도 있는 법이니까. 나는 남자에게 조금 뒤처져서 걸었다. 너무 드러나지 않게 기뻐하기로 했다. 그 철칙을 따르면, 분명 그 기쁨은 더 오래 깊이 지속될 수 있다고 나는 믿고 있다. 아무 말도 않고 남자를 따라 걸어가는 내가 꼭 그 남자를 미행하는 기분이 들었다. 내 위대한 유산을 가지고 어디로 도망치지 않을까 감시하면서.

남자는 지하도를 다 나와서 인사동 길로 방향을 잡았다. 조심성 없는 사람들하고 지나칠 때마다 남자가 든 상자가 조금씩 흔들렸다. 아찔했다. 마음 같아서는 내 양팔로 상자를 가슴에 꼭 끌어안고 두꺼운 커튼이 쳐진 내 방으로 얼른 가고 싶었다. 깨지면 어떡할까, 하고 조바심이 이는 나와 달리 남자는 여유롭고 한가하게 거리를 구경하며 걸었다. 상자에서 눈길을 떼지 못하고 있는 내게, 남자가 뒤를 놀며 말했다. 좋은 데 있으면 안내하세요. 그럴듯한 이름을 붙인 찻집은 많았다. 그 중에서 상자를 풀 만한 은밀한 곳이 금방 떠오르지 않았다. 사람들 어깨에 채이며 간판을 올려다보는 내게 남자는 경인미술관으로 갈까요? 했다. 언젠가 그곳에 가본 적이 있는 것 같았다. 나 역시 몇 번 가본 곳이지만 거기는 비밀스럽게 아버지의 유산을 펼쳐 놓을 안전지대는 아니다. 만약 아버지의 유산을 보면 사람들이 몰려들지도 모른다. 약국이 있었는데. 여기가 많이 달라졌네요. 남자는 익숙한 걸음걸이로 나를 에스코트하듯이 걸었다.

경인미술관에는 사람들이 적당히 많았다. 쓸쓸하지도 소란하지도 않을 만큼의 사람들이 차를 마시고 있는 게 기분 좋아 보였다. 남자는 자리에 앉으면서 절구를 덮은 유리판 위에 나무 상자를 올려놓았다. 남자에게 녹차를 권하고 싶지만 보온병에 다완까지 딸려 오는 번거로움이 싫어 따뜻한 수정과를 시켰다. 나는 남자와 나무 상자를 똑바로 쳐다보지 않고 무릎 위에서 손가락으로 가야금의 박자를 따라갔다. 어떻게 내 전화번호를 알았는지, 아버지와 무슨 관계인지, 상자 속에 있는 게 정확히 무엇인지, 묻고 싶은 게 많았지만 나는 참고 기다렸다. 남자는 계속 주위를 둘러보았다. 많이 달라졌네요, 하는 말을 담긴 눈빛으로 허물어 버린 사랑채, 그 자리에 갖다 논 동서양 아무 풍도 아닌 탁자와 의자들, 물레방아, 작은 연못, 리어카처럼 생긴 난로, 전라의 여체 청동 조각을 자꾸 바라보며 남자는 생각에 잠기는 듯했다.

사람들은 왜 자꾸 변화를 원하는지 모르겠어요. 왜 오래된 것은 쉽게 버려도 된다고 생각하는지 모르겠어요.

남자는 경박하지도 않고 오히려 구세대적인 느낌이 났다.

현재가 중요하니까요. 지금에 맞게 바꾸는 게 현명한 일 아닌가
요? 오래된 것이라고 해서 고스란히 보존하는 것만이 옳은 것은 아
녜요. 중요한 것은 현재예요.

나는 그 말을 하려다가 그만두었다. 괜한 논쟁으로 오랜 시간을
끌고 싶지 않았다.

개화파 박영효가 부마였답니다. 부마는 공주였던 부인이 죽더라
도 다시 결혼하는 게 금지되었다고 합니다. 죽은 공주 때문에 결혼
하지 못하고 혼자 사는 박영효를 위로하기 위해 이 집을 주었다고
하죠. 어느 책에선가 읽은 기억 때문에 나는 고개를 조금만 끄덕거
렸다. 남자는 없어진 사랑채가 아쉬운지 자꾸 바깥쪽으로 고개를
내밀었다.

남자가 유리 탁자 가운데로 나무상자를 옮겨 왔다. 차를 마시기
전에 상자를 풀 모양인가 보았다. 드디어 남자는 상자의 끈을 풀기
시작했다. 꽉 다문 입술의 조그만 움직임도 없이 남자는 아주 침착
해 보였다. 나무상자의 뚜껑과 몸체는 너무나 정확하게 홈이 꼭 맞
아 잘 열리지 않았다. 상자 안에는 그보다 훨씬 작은 상자가 또 있
었다. 그 사이에는 파손되기 쉬운 물건을 쌀 때 쓰이는, 톡톡 터지
는 비닐이 가득 차 있다. 남자는 작은 상자 속에서 흰 종이에 겹겹
이 싸여 있는 것을 펼치기 시작했다. 그것이 무엇인지 모르지만 크
기가 아주 작고, 결코 청자와 같은 도자기류는 아니라는 것에 이미

나는 실망하고 있었다. 내 실망의 크기가 너무 커 얼굴에 드러날까
봐 부끄러웠다. 내 위대한 유산은 이미 눈앞에서 사라져 버리고 있
었다. 내 운명의 행운의 상자는 존재하지 않은 것이라고 나는, 나
를 다스렸다. 나는 조그맣게 한숨을 흘려보냈다. 아무렇지 않은 얼
굴 표정이 되기 위해 습관대로 입의 양쪽 꼬리를 올려 보았다. 눈
도 더 크게 떠보았다. 나는 고개를 숙인 채고 남자의 손놀림을 지
켜보았다.

남자가 유리 탁자에 조심스럽게 놓은 것은 어린아이들 소꿉놀이
에 쓰일 것 같은 작은 그릇이었다. 다만 플라스틱이 아니라 우윳빛
을 띠는 자기류에다 그림이 그려져 있다는 것이 달랐다. 그 작은 것
들은 보통 백자에 사용되었던 회청색으로 그림과 테두리가 칠해져
있었다.

남자의 손바닥 위에 모두 다 올려놓을 수 있도록 앙증맞게 작은
세 개의 그릇. 남자가 장난을 치는 걸까. 아버지가 진품이라며 눈물
흔적을 보여 주던 청자 꽃병과는 너무나 거리가 멀었다. 낯선 남자
의 전화를 받고, 아버지의 유산이라는 말에 솔깃해져 나오다니, 내
가 한심했다. 남자는 자기가 가져온 것인데도 처음 보는 것처럼, 그
리고 감동적인 표정으로 그것들에게만 눈길을 주었다.

어머나, 이게 뭐예요? 참 귀엽네요. 차를 나르기에는 나이가 너
무 많아 보이는, 치자색 개량한복을 입은 여자가 놀랍다는 듯이 말

했다. 따뜻하게 데운 수정과를 한쪽 구석에 내려놓으며 여자는 만져 봐도 돼요, 했다. 그러면서도 손은 벌써 직사각형의 네모난 그릇, 포도 그림이 그려진 화병, 뚜껑 달린 향로를 다 만졌다. 남자는 당황해하며 두 손으로 그것들을 보호하듯이 감쌌다. 자기 것을 만지지 못하게 하는 어린아이와 같은 유치함이 보였다. 죄송해요. 여자는 미안해하며 쟁반을 들고 돌아가 버렸다.

이게 뭐죠?

적대감을 숨기지 않고 나는 남자에게 물었다.

우리가 죽은 다음에, 뭐가 있을 거 같아요?

남자는 조금 불안해 보였다. 대답을 회피하는 듯한 남자에게 나는 화가 났다. 다른 말을 필요 없어요. 정말로 아버지가 남기신 것인지, 왜 당신이 이걸 내게 가져왔는지. 그것만 말하면 돼요. 내 말이 빨라지고 얼굴에 붉은 기운이 번지는 게 느껴졌다. 내 말은 지나치게 흥분되고 불안정하게 들릴 것 같았다.

왜 진짜로 중요한 것은 물어 보지 않죠? 이게 무엇인지 궁금하지 않나요?

이번에는 남자가 흥분했다. 남자는 다른 남자들처럼 침착함을 찾기 위해 담배에 불을 붙였다. 남자의 담배 연기가 구름처럼 뭉쳤다가 천천히 흩어져 갔다.

사실은 제일 먼저 죄송하다고 말씀드리고 싶었습니다.

남자는 공손하고 정중해졌다. 아버지가 삼십 년 가까이 저희 미술관에서 일하신 건 아실 테죠. 남자는 아버지가 한평생 충직하게 일했던 미술관을 저희 미술관이라고 했다. 남자는 자기가 미술관의 주인인 서예가가 늦은 나이에 낳은 아들이며 어머니와 일본에서 살았고, 가끔 미술관에 왔으며 대학까지 일본에서 나왔다고 했다. 물론 순수한 한국 사람이라고 했다. 그의 말투에 일본식 억양이 조금 느껴지긴 하지만 알타이어계의 한국말을 쓰는 젊은 남자임에 분명했다. 어른이 되어 가면서 아버지가 그리워졌어요. 어머니도 내가 아버지를 따르는 걸 반대하는 눈치는 아니었어요. 몇 년 전, 아버지가 일본에 오신 적이 있어요. 무슨 찻잔 전시회가 있다고 했어요. 그때 이 상자를 들고 오셨어요. 그런데요, 나는 조바심을 숨기지 못하고 남자의 다음 말을 기다렸다. 혹시 지금 시간이 되시나요? 남자는 갑자기 느긋해졌다. 왜요? 나는 조급함 때문에 신경이 날카로워졌다. 당신하고 같이 가야 할 곳이 있어요. 거길 가면, 모든 걸 알 수 있을 거예요. 남자에게서 신중함과 믿음이 보였다. 주저할 이유가 없었다. 이미 나는 갑자기 찾아온 행운 따위는 없는 거라고 고개를 끄덕인 뒤였다. 비워진 마음으로 무거운 가방을 들고 일어섰다.

혹시 죽은 다음의 세계를 믿나요?

죽음, 이라는 말이 들어간 남자의 질문에 가슴이 툭 하고 내려앉았다. 나는 잠시 주춤거리다 남자를 따라 나왔다.

택시에서 내리자 변덕을 부리는 하늘이 이번에는 밝은 햇빛을 내보냈다. 눈이 부셨다. 마지막 햇빛은 차가움과 함께 따스함을 뿌리고 있었다. 또다시 박물관에 간다는 게 우스웠지만 모든 것을 알 수 있을 거라는 남자의 말을 믿었고, 어떤 결말을 맺고 싶었다. 그리고 남자가 싫지 않았다.

나는 남자보다 빠르게 매표소에 가서 표를 샀다. 아까와 마찬가지로 사람들은 별로 없었다. 남자는 로비에 서서 전시실 안내문을 열심히 보았다. 나는 자판기에서 밀크 커피 두 잔을 뽑았다. 먼저 남자에게 커피를 주려고 뒤를 돌아섰다. 남자가 없어졌다. 안내석에 유니폼을 입고 앉은 젊은 여자에게 남자는 상자를 건네주고 있었다. 상자를 맡길 생각이라니. 그래, 상자 속의 그것이 진품 청자였다면 아마 가슴에 꼭 껴안고 다니겠지. 나는 조금 쓸쓸한 기분이 됐다. 다 마신 내 종이컵을 뺏으며 남자는 진지해졌다. 직접 보여드리고 싶은 게 있어요. 여기에 와서 보면, 아버님의 뜻을 알 수 있을 거란 생각이 들었어요. 도자기를 공부하다가 이 박물관에 당신 아버님의 유품과 같은 것이 전시되어 있는 걸 알았어요.

나는 남자의 말을 전혀 이해할 수 없었다. 남자는 내 어깨에 가볍게 손을 얹으며 가자고 했다.

다른 때와 마찬가지로 나는 전시실 안을 천천히 걸으면서 건성건성 지나쳤다. 더구나 아까와 달라진 것은 아무것도 없을 것이 분명했다. 유리벽안에 얌전히 들어앉아 있는 그것들은 알맞은 온도와 습도로 엄격히 관리되기 때문에 흩날리는 먼지조차, 아니 더 이상의 세월의 때도, 끼지 못하게 될 것이다.

이게 다 어디서 났을까요? 고려자기실에서 남자가 물었다. 모르겠다는 듯이 나는 고개를 흔들었다. 현존하는 고려청자는 대부분 무덤에서 출토된 것들이라고 하죠. 대를 이어서 내려오는, 가보(家寶)로 남아 있는 것은 없다고 하죠. 90%이상이 무덤에서 출토된 거라죠. 일본에서 대학까지 나왔다지만 도자기를 공부했다는 남자의 설명에는 확신이 있었다. 그런데 무덤에서는 여러 점이 나오는 게 아니라 반드시 한두 점이 나온다고 해요. 고려인들이 무덤에 부장하는 청자의 문양 중에서 가장 많은 것이 구름과 학이에요. 왜 그런 줄 아세요? 답을 알면서도 물어 보는 것 같은 남자의 태도가 거슬렸다. 나는 대답 대신 구름과 학이 날아가고 있는 청자를 보기만 했다. 고려인들의 마음을 사로잡은 것은 불교적인 세계였어요. 불교적인 가르침이란 우리가 살고 있는 현세(現世)는 찰나이며 결국 윤회에 의해서 다음 생이 영원할 수 있다는 거예요. 따라서 순간의 즐거움을 위해서 살지 말고 다가올 내세(來世)의 영원을 위해 살아가라는 가르침을 받들었죠.

나는 남자의 말이 쉽게 받아들여졌다. 나는 남자를 마주보지 않았지만 남자의 말에 고개를 끄덕이며 들었다. 남자는 그런 내 태도가 마음에 들었는지 옆으로 바싹 다가와서 다시 얘기를 시작했다.

고려인들은 그러한 가르침에 깊이 젖어들다 보니 현실의 삶보다는 내세의 삶을 동경하게 되었죠. 영원한 세계에 대한 동경을 청자에, 푸른 하늘의 구름 너머로 비상하는 학으로 나타낸 거예요. 그러니까 청자에 나타나는 구름과 학은 영원한 세계에 대한 고려인들의 동경이 나타난 거라고 할 수 있죠.

남자도 청자에 대한 관심이 있는 걸까? 아니면 자기 아버지의 미술관을 위해 준비를 하고 있는 걸까? 충분히 가능한 일이다. 그렇다면 남자가 미술관의 젊은 새 주인? 나는 눈을 가늘게 뜨고 청자 너머의 푸른 세계를 염원하는 듯한 남자를 다시 한 번 흘끗 보았다. 그러면, 나는…….

이리 와 봐요. 폐관 시간이 다 된, 아무도 없는 전시실에서 남자의 목소리는 조금 울려 퍼졌다. 내가 돌아보자 남자는 손짓을 했다. 기대감이 없어진 뒤의 가벼움 때문에 나는 조금 편안해진 기분으로 천천히 남자에게로 걸어갔다. 짧게 깎은 남자의 뒷머리가 단정한 느낌을 주었다. 남자의 옆얼굴을 보며 남자보다 조금 앞쪽으로 섰다. 남자는 말없이 눈빛으로 저것 좀 봐요, 했다. 나는 유리벽에 바짝 고개를 댔다. 꿈속에서 보았던 것이다. 남자는 상투를 틀고 두 손을 옷자락 안에 넣고 있고, 그 옆의 여자는 배추 머리를 하고 역시 통 넓은 소매에 양손을 찌르고 서 있다. 그것들은 내 손가락만큼, 5센티 정도의 크기밖에 되지 않았다. 나는 일른 그 옆에 얼굴을 대고 반듯하게 써 있는 설명서를 읽었다.

　죽은 사람의 영혼이 내세에도 평안하고 복락을 누리기를 기원하면서 무덤에 함께 부장하는 그릇이다. 삼국시대부터 시작되었고 고려시대에는 청자가 부장되었다. 조선시대에는 실생활 도자기 대신에 별도로 작게 만든 백자를 명기(明器)로 사용했다. 사발, 접시, 합, 병, 항아리, 대야, 남녀 종, 주인, 말 등이 주로 만들어져 어린이들의 장난감 같은 느낌을 준다. 묘지와 함께 출토될 경우 도자기 편년 연구의 귀중한 자료가 된다. '백자 명기'라는 설명에 씌어진 내용이었다.

　여자와 남자 종 옆에는 남자가 내게 보여 준, 아버지의 유산과 같은, 아주 작은 그릇으로 된 명기들이 있었다. 이런 느낌을 뭐라고 해야 할지 몰라, 나는 아무 말도 할 수 없었다. 꿈속에서 생생하게 봤던 것을 이렇게 직접 본다는 신기한 느낌과 명기가 지니고 있는 의미로 난 가슴이 터져 버릴 것만 같았다. 사람이 죽으면 의궤(儀軌)에 따라서 작은 그릇들을 부장하게 되어 있었는데, 그것은 죽은 사람의 영혼이 이것을 가지고 생활하도록 하기 위해서였다는 남자의 부연 설명에 나는 또 한 번 놀라지 않을 수 없었다. 그렇다면 아버지가 남긴 명기, 그게 어떤 뜻을 가진 거라는 게 분명해졌다. 아버지가 생전에 내세를 위한 꿈을 간직하고 있었다는 게 도저히 믿어지지 않았다. 너무나 놀랍다. 고대 이집트에서도 주인이 죽으면 가속(家屬)들도 당연히 함께 죽었고, 중국 은나라에서도 황제가 죽으면 몇 십, 몇 백 명의 신하가 순장 당했던 걸 알고 있었다. 그렇지만 내 아버지는 그럴 욕망을 꿈꿀만한 권력도 재력도 없었던 사람이나. 미술관 주인인 서예가의 입장에서 보면 오히려 명기로 만들어져야 했을, 초라한 신분이다.

아버지가 저걸 어떻게 가질 수 있었는지 알고 싶어요. 내 목소리가 지나치게 메마르고 침울했던지 남자가 내 얼굴을 가까이 들여다보았다. 아버지는 생전에 명기에 대해서 한마디도 한 적이 없었다. 간암으로 갑자기 병원에 입원했을 때, 나는 학교 근처에서 힘들고 초라한 자취생활을 하고 있었다. 연락을 받고 응급실 침대 앞에 섰을 때, 그때도 아버지는 내게 괜찮다는 말뿐, 다른 말을 하지 않았다. 아버지가 죽음을 전혀 생각하지 않았기 때문이었을까. 쉽고 허망하게 갑자기 떠나갈 줄 몰랐기 때문이었을까. 그렇더라도 내게 어떤 말이라도 해야 하지 않았을까.

명기가 있다. 나는 저 세상이란 데를 믿는다. 거기서는 부와 권력을 누리며 살고 싶다. 그러니 저 명기를, 꼭 내 옆에 묻어 줘라.

그리고 이런 말도 해야 되지 않았을까. 나는 일찍 부와 명예에 대한 욕망을 포기했다. 나는 안 된다는 걸 알고 있었다. 안 되는 것 때문에, 억지로 올라가기 위해 발버둥치는 인생보다도 조용히 평화롭게 사는 게 좋다는 걸 알았나. 그래서 미술관에서 일하는 게 좋았다. 그렇지만 명기를 알고부터는 욕심이 생겼다. 저 너머의 세계에서는 지금과 다르게 더 높이 살고 싶기도 하다. 그래서 나는 명기를 위해서 성실히, 행복하게 일할 수 있었다. 제발, 내 명기를 내 옆에 꼭 놓아주어라. 그런데 나는 아버지를 화장했다.

내가 아는 아버지는 세속적인 욕심은 전혀 없는 사람이었다. 일찌감치 희망 없는 인생에 기대를 없애 버리고 오로지 내세를 위해 기다렸다고? 나는 이해할 수 없다. 개똥으로 굴러도 이승이 좋다고 하지 않던가. 또, 죽은 다음에, 그 다음에 도대체 뭘 기대할 수 있다는 것인지 모르겠다.

우리 아버지는 어느 도굴꾼에게 저걸 샀나 봐요. 물론 감정가보다도 훨씬 싼 가격에요. 남자는 기운 빠진 내 어깨를 조심스럽게 감쌌다. 당신 아버님은 오래 전부터 명기를 위해서 퇴직금을 받지 않기로 했나 봐요. 아버지는 명기에 대해서 특별한 소유욕과 집착을 보였고, 월급에서 일정액을 떼고 퇴직금을 받지 않는 조건으로 명기를 갖기로 했다고 남자가 말했다.

나도 처음에는 단순한 그릇인 줄 알았어요. 그런데 아버지의 유언에 따라 미술관 운영을 맡기로 하고 도자기에 대한 공부를 하면서 그게 무슨 의미를 지닌 거라는 걸 알게 되었어요. 정말 죄송하게 생각해요. 우리 아버님은, 일본에 와서 감정을 받고 싶었나 봐요.

한국에서는 합법적으로 얻은 게 아니라서 곤란했겠죠. 그리고 나에게 맡겨 둔 사이 아버님이 돌아가신 거로 알고 있어요.

남자의 말투는 조심스러웠다.

그리고 사실은 욕심이 생겼어요. 미술관에 전시하고 싶었어요. 그렇지만 도자기에 대한 공부를 하면 할수록 그 속에 들어 있는 '혼'이라는 걸 점점 믿게 되었어요. 뭔지 모르지만 개운하지 못한 무엇이 나를 짓누르는 것 같았어요. 남자는 일본 사람처럼 깍듯이 고개를 숙였다.

나는 남자의 다음 말을 듣지 않겠다는 듯이 단호하게 걷기 시작했다. 알고 싶지 않았다. 몇 년이 지난 지금에서야 돌려줄 수밖에 없는 사연은. 아버지와 오래 전부터의 약속을 지키지 못하고, 그래서 아버지의 마지막 희망이 허망하게 된 얘기를 하고 싶지는 않았다. 남자 아버지와 남자의 배반을 이미 지나간 일이라고 그냥 지나쳐 버릴 수는 있었다. 그렇지만 아버지가 끝까지 기다렸을 명기, 그리고 명기를 위해 산 세월의 무게들, 그리고 아버지가 혼자 간직하고 지켜온 아름다운 꿈은 도저히 그냥 지나칠 수가 없다.

밖에는 바람이 많이 불고 있었다. 늦가을의 바람은 바삭거리는 나뭇잎과 흙을 섞어 내게 뿌렸다. 발 밑이 부드럽게 밟힐 정도로 떨어진 낙엽이 많았다. 어떻게 아버지의 뜻을 내가 받아들일 수 있을까. 나는 아버지가 간직해 온 비밀을, 이해하지도 동의하지도 않지만 아버지가 생전에 품고 있던 소망을 지켜 주고 싶다는 생각만으로 가득했다. 어떡하면 좋을까요? 나는 남자에게 물었다. 바람 때문인지 눈이 따갑다. 남자를 쳐다보는 내 눈에서 눈물이 자꾸 솟구쳤다. 남자는 상자를 두 손으로 안고 고개를 숙이고 있었다. 남자가 내 마음을 알까. 아버지의 무덤이 있다면 다시 파헤쳐서라도 명기를 옆에 두고 싶은 마음을.

나는 남자에게서 아버지의 아름다운 비밀이 들어 있는 나무상자를 받아 들었다. 아버지의 위대한 유산은 무척이나 무거웠다.

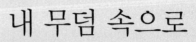

내 무덤 속으로

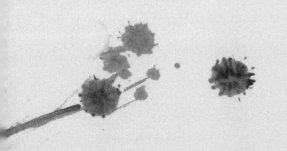

내 무덤 속으로

그것은 한껏 팽창된 남자의 성기 같았다. 잘고 희미한 네모와 잔 나뭇가지나 생선가시로 무늬를 메운 것 같은 옹관은 부정할 수 없는, 발기한 남자의 성기였다. 가만히 손으로 잡아주기만 해도 금방 정액이 흘러나올 것처럼 보였다. 손으로 한 번 부드럽게 쓰다듬고 싶을 정도로 탱탱한 그것을 보자, 입안에 꽉 찬 성기를 빨아댈 때처럼 목젖이 얼얼해지는 듯했다. 주위를 한 번 둘러보고 아무도 없는 것을 확인하곤 나는 침착함을 찾을 수 있었다.

나는 '옹관묘'란 유물의 이름보다도 그것을 먼저 보았다. 힘차고 강력한 남자의 성기가 연상되는 그것에 나는 압도당했다. 이젠 어떻게 해야 하나, 하는 생존의 막막함에 짓눌렸던 내 머릿속의 심란함은 금방 사라져 버렸다. 이번에도 또 비자발급에 실패한 나는 발뒤꿈치를 바닥에 먼저 내딛으며 느릿느릿 박물관 전시실을 걷고 있었다. 유리벽 안은 건성으로 훑으면서, 바닥의 노란 화살표는 내 인생의 안내방향이라도 되는 듯이 똑바로 따라가고 있었다. 노란 화살표가 가리키는 대로 모퉁이를 돌자, 그것이 나타났던 것이다.

그것을 자세히 보려고 가방에서 안경을 꺼내 쓰고 한 손은 턱에 갖다댄 채 그 앞에 서 있었다. 푸른 렌즈 너머 그것은 두 개의 옹(甕)이 연결돼 있었다. 소옹(小甕)의 약간 벌어진 입구가 대옹(大甕)의 입구 속에 삽입된 상태였다. 흑회색이 나는 U자형 옹관은 입구 가장자리가 약간 벌어졌으며, 몸체는 거의 직선을 이루며 뻗다가 밑바닥으로 오면서 원형을 이루고 있었다. 그 U자형 옹관은 수직으로 세워진 게 아니라 수평으로 내 앞에 당당하게 드러누워 있었다. 대옹의 입구와 마주한 소옹 역시 크기만 다를 뿐 모양은 똑같았다.

땀방울이 맺힌 콧잔등 위로 안경을 올려 썼다. 경부(頸部)를 경계로 윗부분은 무문(無文), 아랫부분은 문살무늬(格子文)가 빈틈없이 새겨져 있었다. 견부(肩部)에는 톱니무늬(鋸齒文)가 한 줄로 돌려져 있었다. 한동안 나는 아무 생각 없이 그것을 쳐다보았다. 반듯하고 거침없어 보이는 그것은 오래 전, 주검을 담았던 관이었지만 나를 향해서, 내 자궁을 뚫고 들어올 것 같은 귀두의 힘은 영원불변의 법칙인 것처럼 힘차게 다가왔다.

나는 꺼리길 게 없는 거침없는 여자의 태연함을 가장한 채, 느긋하게 그 앞을 서성였다. 형이상학적인 추상화를 감상하듯 고개를 약간 떨어뜨린 채 그것을 바라보았다. 조금 전까지만 해도, 새로 출발할 기회조차 얻지 못하는 팍팍해 보이기만 한 삶의 비관 대신, 도대체 누구의 발상으로 왜 저런 묘를 만들고, 그것에 하필 주검을 넣었는지, 나는 그 앞을 떠나지 못하고 있었다. 인위적인 도구나 과학적인 기술을 전혀 사용하지 않았다면, 대단한 조형적 예술적 감각이 아닐 수 없었다. 물론 그런 감탄을 불러올 문화 유물은 이 박물관 안에 얼마든지 많이 있을 것이다. 하지만 이것은 인간 존재의 근원적인 생명력과 쾌락을 주는, 어느 것과 비교할 수 없는 절대적 가치를 가진 것이었다.

절정 직전, 실핏줄이 터져 나가버릴 듯한 남자의 성기 모양을 한 그 옹관이 무덤의 한 양식이란 걸 나는 알고 있었다. 전공 선택 과목 중 고고학개설을 들었고 '고대시대의 묘제 양식'이란 제목으로 리포트를 썼다. 그때, 학교 도서관에는 과 친구들이 리포트 참고 사료가 될 만한 책들을 다 빌려간 탓에 나는 버스 한 정거장 거리인 현의 학교에 가서 책을 빌렸었다. 지석묘를 비롯해 석관묘, 토광묘, 옹관묘, 목관분 등의 자료를 복사해 보았을 때도, 옹관묘를 보고 남자의 성기를 연상해내지는 않았었다. 사진과 실제의 차이일 수도 있었다.

이혼 서류에 도장을 찍었으니까 이젠 남남이라는 이유로 혼자만 수속을 밟아 인도로 먼저 떠나 버린 그는 언제인가부터 내 앞에서 자신의 성기를 가렸다. 샤워를 하는 중에 내가 욕실 문을 열면 뒤로 돌아섰다. 팬티를 갈아입다가 내가 방문을 열면 등을 보이고 얼른 치켜올렸다. 잠을 잘 때, 다 벗고 알몸으로 자면 건강에 좋다고 기어코 내 속옷 하나 하나까지 벗겨 내던 그는 잠옷을 꼭 챙겨 입고 잠을 잤다.

자신의 성기를 가리며 나에 대한 냉담을 나타내는 그를 무시하듯 나는 일부러 그와 마주 선 채 옷을 벗었다. 그는 고개를 돌렸다. 나는 그의 손을 가져와 내 가슴에, 내 음부에 갖다대었다. 그는 주먹을 꼭 쥐고 움직이지 않았다. 어느 날, 나는 방문을 잠근 그에 대한 배신감으로 베란다로 몰래가 창문을 열어 오랜만에 그의 알몸을 보았다. 그때, 그의 표정을 나는 잊을 수가 없었다. 그는, 욕정에 달뜬 교활한 늙은 남자 앞에 나체로 선 나이 어린 소녀의 어쩔 줄 모르는 얼굴을 하고, 두 손으로 자신의 성기를 급히 감쌌다. 그와 나 사이에는 도저히 무너뜨릴 수 없는 견고한 벽이 쌓아졌다. 그가 먼저 잠자리를 요구하는 일도 물론 없어졌다. 하룻밤에도 만리장성을 쌓는다는데, 우리는 수백, 수천의 밤을 보내고도 남남이 되어가고 있었다. 아침에 그것이 서지 않는 남자에게는 돈도 꿔주지 말라는 옛말처럼 그는 모든 면에서 자신감을 잃어가고 있었다. 그의 사업의 위기가 먼저였는지 예전과 달라진 폐쇄적인 성이 먼저였는지 따지는 건, 이제 아무 의미가 없었다.

　나는 남근 숭배자가 되어 있었다. 사람들이 천박한 여자를 보듯이 나를 한 번 훑고 지나가는데도 꼼짝하지 않고 그 앞을 지키고 있었다. 며칠째 계속된 더위와 열대야 속에 이번에도 통과되지 못하면 어쩌나 하는 조바심 때문에 어젯밤에도 잠을 설쳤다. 현과의 어색한 만남에 긴장한 채로 땀을 흘리며 미국 대사관에서부터 걸어왔던 내게 박물관의 적정 냉방이 여유를 찾아주었다. 나는 회청색의 단단한 옹관의 몸통을 손으로 천천히 쓰다듬어 보고 싶은 욕망을 억제하고, 문살무늬와 톱니무늬들을 따라 눈길을 주며 현을 기다렸다.

　보면 볼수록 실제 남자의 성기처럼 너무도 완벽한 비례를 맞춘 길이와 크기였다. 내 짐작으로는 한 2미터 길이에 지름이 60cm 정도 돼 보였다. 토기 두 개를 연결해 사용한 이옹식(二甕式) 옹관은 하나씩 따로 보면 남자의 성기가 전혀 연상되지 않았다. 두 개의 토기 입구를 맞붙여 뚜껑의 역할을 하면서도 관의 길이를 연장시켰음이 분명했다. 그런데 어떻게 저렇게 절묘하게 맞아떨어지는지 나도 모르게 입이 벌어진 채로 고개를 끄덕였다. 이렇게 큰 토기는 일상용이라기보다는 관용으로 특별 제작되었을 가능성이 컸다.

　대옹 속에 머리 부분을, 소옹 속에 다리부분을 집어넣었을 이 옹관이 내게는 사람이 누우면 금세 아늑하게 느껴질 만큼 너무 넓지도 좁지도 않아 보였다. 만약, 다른 사람의 눈길을 피해 남자와 여자가 이 안에서 한바탕 정사를 벌인다면……. 나는 그런 상상을 시작했다. 신성하고 경건해야 할 이 옹관 앞에서 나는 계속 부정을 저질렀다. 둘이 나란히 누워 있다면 조금 답답하겠지만 여자의 질 속에 꼭 집어 놓은 상태로 남자가 올라가 있거나, 반대로 여자가 남자의 위에 올라가 서로 포개져 있다면 알맞겠다, 생각하자 갑자기 얼굴이 달아올랐다. 등을 돌려 자고 있는 그를 돌아 눕혀 흥분시키려고 그 위에 올라타면, 그는 이 색녀야, 하는 말을 주저 없이 했다. 그 말에 대한 섭섭함이나 억울함은 없었다. 단지, 그와의 화해에 다른 어떤 말보다도 나의 따뜻한 몸이, 그와의 완전한 결합이 절실히 필요할 거라고 믿었을 뿐이다. 더구나 난 건강한 자궁을 지닌 보통 여자였다. 아이가 없어 계속 약을 지어먹었던 한의사에게 혹시 내 자궁이 약한 게 아니냐고 물은 적이 있었다. 부부관계를 갖고 나면 느낌이 어때요? 몸이 찌뿌드드한 게 질이 아프던가요? 내가 대답을 하지 않자 중년의 한의사는 안경 너머로 나를 살펴보며, 반대로 몸이 개운하고 노곤한 게 잠이 쏟아지면 자궁이 건강한 거라고 했다. 항상 이리저리 책을 뒤적이며 만년필로 처방전을 쓰던 한의사의 말대로 라면 나는 아주 건강했다. 어서 빨리 들어오고 싶다는 듯이 완강해 보이는 이 옹관 앞에 서 있자니 그때가 너무 아련하게 느껴졌다. 순간, 내 자궁에서 뜨거운 무엇인가가 확 쏟아지는 느낌이 들었다.

내가 달아오른 얼굴에 양 손 바닥을 볼에 갖다 대고 한 숨을 빼낼 때였다. 여기 있었어? 하며 현이 내 얼굴을 쳐다보며 옆으로 다가왔다. 액체 비누 냄새가 옅게 났다. 나는 현에게로 얼굴만 돌린 채 애매하게 웃어 보였다. 나만 발가벗고 현 앞에 서 있는 것 같은 기분이 들었다. 현이 내 얼굴 너머 그것을 보는 순간, 다른 남자와 정사를 나누다가 들킨 것처럼 나는 두 손으로 가슴을 감싸며 몸을 웅크렸다. 어디론가 숨어버리고 싶었다. 현은 그 자리에 서서 움직이지 않았다. 태연한 얼굴로 그것을 쳐다보았다. 내게서 풍겨 나오는 음흉한 냄새와 저의를 현은 눈치 채지 못했다. 현의 아무렇지 않은 듯한 얼굴을 보자 나는 불순해졌다. 남자들이 상상만으로 여자들의 옷을 벗기고 그 안의 가슴과 엉덩이와 음부를 그려보듯이 나도 현의 수줍고 빈약한 벌거벗은 몸과, 나와 사랑을 하고 있는 현을, 포르노 비디오 테입을 보듯이 숨을 죽이고 보았다.

진한 회색 계통의 넥타이를 성급히 머리 위로 벗겨내고, 마가 섞인 긴 팔 와이셔츠의 단추를 차례대로 푸르면, 그 안의 가슴은 얼마나 넓고 단단할지, 아직 배는 나오지 않았지만 벨트 버클을 눌러 바지를 벗겨 내리고, 그 안의 삼각팬티를 내리면…… 가슴이 두근거렸다. 내 욕망은 멈추지 않았다.

현의 발기된 그것은 어떨까?

조금 전 먹은 늦은 점심이 영 안 좋다며 화장실을 갔다 온 현에게로 가까이 다가가며 나는 허리 아래, 그곳에 눈을 박았다. 이태리 가죽 벨트 가운데 금빛으로 빛나는 버클 아래, 하늘거리는 감청색의 여름 양복바지가 감싸고 있는 두툼하고 두리 뭉실한 그것이 눈에 들어왔다. 내 착각이었을까? 그것은 움직였다. 내가 손으로 잡고 양옆으로 위로, 아래로 움직이며 장난을 치던 그의 성기처럼 그것은 내게로 향해 움찔거렸다.

다른 것은 아무것도 생각할 수가 없었다. 지금, 여기서 난 뭘 하고 있는지 모르겠다는 이성은 없었다. 이번 달 말까지는 아파트도 비워주어야 하고, 그가 포기한 기획사 사무실 임대료와 은행 대출 이자도 막아야 하는 절박함도 잊어버렸다. 마지막 희망의 개척지 미국으로 갈 수 없다는 것도, 이곳에서는 어떤 도움도 더 이상 기대할 수 없다는 것도, 생계를 위해 무엇을 해야할지, 그런 것들은 멀리 빠져 나가버렸다.

대신 신라 경덕왕은 옥경(玉莖)의 길이가 여덟 치나 되었고, 지증왕은 한 자 다섯 치나 돼 여자를 얻기 어려웠다는 삼국유사의 기이한 이야기가 생각났다. 수 감각이 절대적으로 모자라는 나는 눈을 감고 머릿속으로 계산을 했다. 한 자는 대략 30cm 정도 될 것이다. 한 치는 한 자의 십분의 일이다. 그러니까 한 자 다섯 치면 45cm,

여덟 치면 21cm라는 답이 나왔다. 언젠가 그와 함께 이 계산을 한 적이 있었다. 책상 서랍에서 30cm 자를 들고 와 그의 눈앞에 대고 이렇게 크단 말야? 하고 놀란 얼굴을 했었다. 남자에겐 성기의 크기가 아니라 강도의 문제라고 그는 자신의 그곳에 힘을 주며 말했다. 그래, 그렇겠지, 하면서도 나는 가는 선이 촘촘하게 그려진 플라스틱 자를 찾아다 그의 성기에 갖다댔다. 뭐 하는 거야? 하며 그는 좀 전의 웃음 대신 화를 냈다. 그의 벌겋게 달아오른 얼굴에 비친 당혹과 수치심은 의외였다.

믿기에 조금 황당한 삼국유사 얘기에 덧붙여 더 믿을 수 없는 얘기는 지증왕이 자신의 성기 크기에 맞는 여자를 만났다는 것이다. 왕의 배필을 찾기 위하여 동분서주하던 신하는 북만한 크기의 똥덩어리를 눈 여자를 찾아 왕후로 모셨다는 것이다. 신장이 일곱 자 다섯 치, 약 225cm에 똥의 크기로 짐작할 수 있는 그녀의 성기 크기로 지증왕과 혼인했다는 것이다. 지금의 관점으로 불경스러운 이 얘기가 진짜인지 가짜인지는 확인할 수 없다. 왕과 왕후의 성기가 컸다는 사실을 드러내놓고 밝힌다는 것은, 성기의 크기로써 세력과 힘의 크기를 상징했다고 짐작할 수 있을 거 같다.

그래서 그는 자신의 성기를 크게 하고 싶었던 것일까? 음경을 확대해 남성다움을 과시하려고 하는 남자들은 있었다. 그 역시 그랬다. 비뇨기과에는 요즘도 음경 파라핀종 환자들이 끊임없이 찾아온

다고 했다. 파라핀은 초의 주성분으로 한 때 코를 높이거나 유방확
대에 쓴 적이 있으나 주사 부위가 썩는 등 치명적인 부작용 때문에
지금의 의사들은 쓰지 않는다고 했다. 그런데 음경 파라핀종 환자
들은 의료문외한인 주위사람들이나 자신이 직접 주사한 경우였다.
비위생적으로 과다하게 주입한 파라핀은 음경의 질 내 삽입을 어렵
게 할 뿐 아니라 음경 피부 괴사를 유발해 강한 남성은커녕 힘 한번
못쓰고 끙끙대다가 병원을 찾게 된다고 했다. 파라핀은 시간이 지
나면 체내로 깊숙이 침투해 요도나 귀두까지 손상을 주고 심지어
임파선을 통해 전신에 퍼지기도 한다고 했다. 언제부터인가 자신의
일에 대해 철저히 입을 다물던 그의 주머니를 뒤져 그 몰래 그의 비
뇨기과 담당의사를 찾아갔던 나는 그에게 물어보았다.

"왜 그랬어?"

그는 꼿꼿하게 쳐다보고 있는 내게 눈길도 돌리지 않고 담배만
계속 피워댔다. 희망을 버린 얼굴을 한 그가 테이블 위에 아무렇게
나 담뱃재를 터는 모습을 따라가던 나는 나무 받침대 위 토우를 보
자 눈물이 돌았다. 경주박물관 앞 기념관에서 산 그 토기는 남녀가
적나라하게 성교하는 모양의 토우가 붙여져 있어, 손님이 올 때마
다 이런 걸 어디서 샀냐고 신기해했다. 남들에게 보이긴 민망했지
만 죽어서 합관을 할 때, 우리 머리맡에 놓아두자고 했던 토기였다.

불임의 원인이 자신 때문이라고 확인한 그의 치졸한 선택에 나는

아무 말도 해줄 수가 없었다. 의기소침해 그런 줄 알았던 그의 모든 이상한 행동들, 성기를 가리기에 급급해 하고, 섹스를 거부하고, 내가 절정에 이르기도 작아졌던 그의 성기. 자신을 위한 섹스이기보다는 나를 위해서, 나에 대한 의무와 책임과 자신의 자존심으로 범벅된 땀방울을 흘리며 힘겨워했던 섹스와 끝나자마자 목욕탕으로 달려가 씻고 잠옷을 입고 온 그의 행동들에 대해 나는 할 말이 없었다.

나는 그 이후로 내게 사랑과 감동을 주었던 그의 아름다운 성기를, 내게 모욕과 상처를 주었던 그의 퇴색된 성기를 보지 못했다.

현의 감청색 여름 양복바지가 옆으로 비켜섰다. 나는 가만히 서 있는 현에게 얼굴을 보지 않은 채 말했다.

"이것을 보았던 그 날을 기억해?"

충동적으로 발산되었던 성욕을 주체하지 못할 만큼 현을 흥분시켰던 십 년 전, 이 옹관을 기억하는지 알고 싶었다. 물론 그때 보았던 것이 이것인지는 불확실했다. 옹관묘는 세계적으로 기원이 대단히 오래되어 신석기 시대부터 존재했다. 신석기 시대에는 금석병용기에 이집트나 메소포타미아, 유럽에서는 BC 2000년경에 성행하였다. 우리나라는 전지역에 걸쳐 선사시대부터 역사시대까지 옹관묘가 발견되었다. 그러니까 어쩌면 다른 전시실에도 또 다른 옹관이 있을지도 몰랐다.

담배를 피우고 싶은지 오른손을 입가에 갖다대며 현은, 응, 하고 대답했다. 그날, 그 옹관 앞에서 자신의 본능을 억제하지 못한 잘못을 현은 순순히 인정했다.

여기, 옹관 앞에 선 것은 오늘이 처음이 아니었다. 그날은 현과 나의 학기말 고사가 끝난 날이었다.

"왜, 처음 봐?"

내 얼굴을 빤히 들여다보며 별 것 아닌 것을 가지고 수선떠는 경박함을 나무라는 듯한 현의 우월감에 찬 눈빛은 처음 보는, 나에 대한 무시를 드러내고 있었다. 아무리, 이건 토기 두 개를 맞대어 놓고 주검을 부장했던 일종의 묘라고 머릿속으로 인식하려 애썼지만 스무 살의 나는, 가슴에 와 닿지 않았다. 일상생활에서 사용하던 항아리를 그대로 쓴다하여 호관묘(壺棺墓)라고도 한다고 리포트에 썼던 글은 당황한 나를 구제해주지 못했다. 전혀 예상 밖의 난처한 곤란에 부닥친 사람처럼 안절부절못하면서도 한동안, 적나라하게 드러난 남자 성기 같은 그것을 바라보았다. 언제나 모든 것에 진지하고 학구적인 현은 그 옹관 앞에서도 설명글을 열심히 읽어보고 혼자 고개를 끄덕이기도 했다.

토기 두 개를 잇대어 놓아 이런 모양이 나왔다, 주검을 넣는 관이라고 하기엔 너무 아깝다, 굉장하다, 하며 현은 흥분했다. 아마도

이 옹관 밑바닥에는 틀림없이 구멍이 있을 거야, 하며 현은 슬쩍 내 팔을 건드리며 곁눈질했다. 단지 구멍, 이란 말을 듣고 내 앞선 성의식은 현이 섹스를 말한다고 생각했다.

내가 먼저 몇 걸음 앞서 방향을 틀자, 현도 나를 따라왔다. 색이 바래고 허리춤까지 내려오는 유행이 지난 짧은 모직 점퍼를 입은 현이 그 앞에서 힘을 얻었는지 갑자기 내 앞에 자기 얼굴을 들이밀고는 음흉하게 웃어 보였다. 나는 모른 체하고 출구를 향해 계속 걸었다. 자신감을 행세하려는지 현은 뒤에서 다가오며 갑자기 내 손을 잡았고 나는 반사적으로 뿌리쳐 손을 빼내려 했다. 내 저항의 몸짓이 신경질적이고 완강하게 변하자 현은 나를 제압하려고 내 양어깨를 꽉 잡고 내 입술에 자기 입술을 갖다댔다. 나는 고개를 옆으로 돌리면서 밀쳐내려고 했다. 그러자 현은 자기 몸을 내 몸에 바짝 밀착시키면서 나를 벽으로 몰아세웠다. 커져라, 커져라, 커져라, 하고 미리부터 주문을 외웠었는지 단단히 선, 현의 그것이 내 몸에 닿았다. 벌써부터 외무고시를 준비하는 현실파였던 현의 박물관 안에서의 충동은 너무나 의외였다.

그때는 아직 이해하지 못할 것들이 너무 많았다. 성기의 크기가 성인 남자뿐 아니라 어릴 때부터 특별한 의미로 받아져, 성기의 크기로 또래들간의 서열을 정하는 황당한 짓도, 대중목욕탕에서 자신과 타인의 크기를 슬쩍 비교해 보고 큰사람 앞에서는 왠지 기가 죽는다는 소심한 남자의 정서에노 공감힐 수 없었다.

그때, 현의 예상 밖의, 예전에 느껴보지 않았던 본능적인 욕망, 다른 남자들과 똑같기만 한 충동적인 성욕에 대해 너그러워질 수 없었다. 그때까지 나는 남자의 성기를 가까이 본 적은 없었다. 이른 아침 도서관을 올라가는 골목길에서 남의 집 담벼락에 대고 자위하는 남자의 몽롱한 얼굴은 외면하면 그만이었다. 프랑스 문화원의 잘려지지 않은 영화에서 언뜻 스쳐 보이는 젊은 남자의 나체는 싱그럽게 느껴졌다. 그러나 옹관의 거대한 성기와 충동적이고 돌출적인 느낌으로만 다가온 현의 성기는 아직 나를 흥분시킬 만큼 유혹적이지 않았다.

내가 여기, 남북장축(南北長軸)방향으로 놓여 있는, 거대한 성기 같은 옹관 앞에 현과 함께 다시 서게 된 것은 희망이 보이지 않는 내 인생에서 벗어나려는 비겁한 마음 때문이었다. 미국으로 가기 위한 비자발급에 두 번 거부당하자, 나는 망설이다가 현에게 연락했던 것이다. 마음은 파산 선고를 하고 모든 채무 관계에서 벗어나고 싶었지만 그러면 외국으로 나갈 수가 없었다. 길은 하나, 떠나는 것이었다. 비자만 받으면 오빠는 모든 걸 해결해주기로 약속했다. 현이 외무고시에 합격했다는 것도, 아직 결혼을 하지 않은 것도, 빠른 승진을 하고 있다는 것도 나는 여러 경로를 통해 듣고 있었다.

그런 현에게 이혼하고 재산도 없고, 현재는 실업상태로 비자 발급 요건을 갖추지 못한 걸 알면서도 미국으로 가기 위해 나는 도움을 청했다.

세상 모든 일이 운이 있어야 하는 것은 아니지만 내게 운은 우연이라도 따라주지 않았다. 오늘도 금빛 머리카락이 귀 둘레를 돌아 뒷머리까지 이어진, 내 인터뷰 담당 영사는 까다롭다고 할 수 없지만 원리원칙만을 내세우는 고지식한 사람이었다. 도미의 이유를 관광에서, 친지방문으로 자신 없이 쭈뼛거리며 말한 게 잘못이었다. 내 눈을 빤히 쳐다보던 영사는 고개를 저었다. 실패의 연속이라 할 수밖에 없는 이 땅에서 무조건 떠나고 싶은 마음이 우선 인 건 사실이었다. 무일푼으로 낯선 곳으로 갈 용기가 없어 성공한 오빠가 있는 미국으로 택한 것이 솔직한 마음이었다. 현의 도움을 받으면, 내 인생의 길이 다시 열리기라도 하듯이 나는 모든 걸 포기한 심정으로 전화를 했다. 현은 내게 도움을 전혀 줄 수 없는 입장이었다. 내가 현에게 전화한 게 실은 성공한 그를 한 번만이라도 만나서 확인하고 싶은 유치함이 깔려 있었던 것도 사실이었다.

도움을 주지 못해 미안하다고 한 현은 일부러 시간을 내었다. 내가 통과되지 못할 걸 예상이라도 한 것처럼 든든한 얼굴 위에 위로의 뜻을 담아 나를 기다리고 있었다. 현과 나는 대사관 입구 창구마다 신청서를 받고 문의하는 많은 사람들을 쳐다보며 말없이 걸었다. 먼저 떠나버린 그와 마찬가지로 자신감을 상실한 나는 자꾸 현에게 움츠려들고 자연스런 말 한마디도 건네지 못하고 있었다.

땡볕 아래, 방패막을 세워들고 눌러 쓴 모자의 챙 아래 두 눈을 감추고 자고 있는 전경들을 지나치며 현과 나는, 너무 덥다, 는 말 한마디로 모든 말을 대신했다. 나약한 것을 무기력하게 내려앉게 만드는 열기 속에서 전경차 창살 사이를 지나쳐 유리창 너머, 푸르 딩딩한 여드름을 손가락으로 건드리며 책을 보고 있는 스물 두 살의 청년은 십 년 전 현이었다.사랑하기 때문에 너를 지켜주고 싶었다고, 현은 짧게 깎은 자신의 머리를 쓰다듬으며 이른 아침, 의정부역 근처의 여관에서 말하고 있었다. 야망을 향한 정열과 인내, 순수와 진실이 세상의 제일 가치인 것처럼 여겼던 그때, 나는 왠지 그런 현이 가슴 벅차게 받아들여지지 않았다. 충동과 본능을 억누르는 것만이 사랑이라고 생각하지 않았고, 그럴 수 있을 만큼 현의 사랑이 대단하지도 않다고 생각되었다.

나는 이미 마음의 준비를 하고 현을 따라 갔던 것이다. 현의 여자가 되면 더 이상 방황하지 않고 현을 기다리며 공부를 계속해 미술관 큐레이터가 되겠다고 결심했었다. 나를 거절한 현과의 마지막 자리에 아쉬움이나 기대감을 남기지 않으려고 나는 곧 입영할 현을 남겨두고 먼저 방을 나왔다. 책임질 일 하지 않았다고 말하는 남자처럼 나 역시, 지난 몇 년 동안 섹스 없는 사랑을 한 너에게 아무 책임은 없기에 가벼운 마음이라고 말해주고 싶었다. 그러나 외면할 수 없는 현의 진실은 있었다. 끝까지 너를 아껴주고 싶다고, 네가 싫다면 난 괜찮다고 한 현의 순진함, 암투병 중 병상에서 몇 번이나 내 얘기를 했다는 현의 어머니, 장례를 치르고 돌아가는 길에 버스 창문에 머리를 대고 울다가 내가 보고 싶어 전화했지만 목소리도 들을 수 없었다는 현의 말은 오래도록 가슴에 남았다.

"이젠 어떻게 할 거야?"

내 처지를 어느 정도 알고 있는 현은 뒤를 돌아서며 물어보았다. 그것이 문제였다. 결코 회피할 수 없는 현실을 현은 상기시켜 주었다. 나는 현을 앞서 다시 노란 화살표를 찾아 걷기 시작했다. 좁은 복도를 따라 걷자 어두운 입구가 나왔다. 고개를 조금 숙여야 할 만큼 입구가 낮았다. 선뜻 들어가기가 꺼려졌다. 나는 현이 앞장서도록 기다렸다.

이번에는 진짜 무덤 속이었다. 발밑에서 옅은 불빛이 올라왔다. 고분을 그대로 재현시켜 논 방안은 어두웠다. 벽화가 희미하게 보이고 고개를 위로 들어보면, 거기에도 많은 사람들이 서 있는 듯한 그림이 보였다. 나는 자꾸 현 뒤로 바싹 다가가며 걸었다. 음침하고 뒤가 켕겨 뒤를 돌아보고 앞으로 섰다. 나를 기다리던 현과 살짝 부딪히며 그 자리에 섰다. 입구가 낮아 고개를 숙이고 들어섰던 방과 달리 이 방은 천장이 계단식으로 파여지면서 벽화가 있었다. 정 중앙, 관이 놓였던 자리에 현은 서 있었다.

"아마, 이 자리에 관을 두었을 거야."

현이 말했다. 오늘은 삶과 죽음을 분명하게 느끼게 되는 날이었다.

더 이상 바랄 수 없을 정도로 서로에게 만족하고 살았던 시간이 끝나고, 그의 좌절과 포기를 받아들이고, 인도로 가서 아무것에도 연연해하지 않고 명상을 하겠다는 그를 보내자, 나 역시 모든 의욕을 상실했다. 모든 걸 끝내버리고 싶다는 자포자기한 심정이 되었다. 그러나 그건 진정으로 바라는 게 아니었다. 보란 듯이 박차고 일어나 성공한 인생이 되기를 갈망했다. 이 안에 있으면 진실만을 말해야 될 것 같았다. 거짓을 말했다간 저 석실의 문이 닫혀 영원히 갇혀버릴 것 같았다. 진실을 먼저 말한 건 현이었다.

"그때, 미안했었다. 나의 비겁함이 많았지. 사랑한다는 확신도 없이 너를 내 여자로 만들 고, 삼 년을 기다리게 할 수 없었다."

나는 현의 말이 지나가는 새소리로 들렸다. 이제와 그것은 아무 문제가 되지 않았다. 벽에는 시가 있었다. 나는 현의 말에 대꾸도 하지 않은 채 벽에 바싹 붙어 나직한 목소리로 현에게도 들리도록 시를 읽었다.

하늘 아래 땅이었고, 하늘 향한 땅이었네, 하늘 아래 내 젖줄이 흐르고, 하늘 우러러 내가 사네, 생사의 경계를 넘어, 우리 노니는 곳에, 부처도 신선도 춤을 추네, 여기가 내세의 낙원일세.

"여자 때문에 내 야망을 잃기 싫었어."

현은 내세의 낙원에서 현세의 고뇌를 잊지 못했다. 나는 잠깐이지만 여기, 낙원을 누리고 싶었다. 나는 이미 사랑의 헛된 망상 따위는 가지고 있지 않았다. 나는 순간적이지만 한순간, 나를 완전히 무너뜨리고 죽음 뒤의 낙원에라도 가는 듯한 짜릿짜릿한 쾌감을 주는, 건강하고 힘찬 성기의 순간의 진실을 믿는 게 더 옳을 듯싶었다.

"나는 성기숭배자야."

나는 관을 두었던 자리, 구멍이 뚫려 있었을 것 같은 자리에 선 채로 말했다. 구멍은 배수의 목적도 있지만 영혼이 드나들 수 있는 통로이기도 했다. 어두운 조명 때문에 현의 얼굴 표정은 보이지 않았다. 현이, 나를 비웃고 경멸해도 상관없었다. 아마, 여기 관 옆에, 내세에도 다산의 풍요와 쾌락을 비는 여러 부장품들이 있었을 거야. 그 중에 성교의 장면을 새긴 토기들도 두었을 거야, 그래서 영혼들은 계속 행복할 수 있었을까? 하고 나는 현에게 말했다.

그와 나는 서로의 성기를 숭배했다. 우리의 성기숭배신앙

(phallicism)은 그 어떤 무엇보다도 확고했고 영원할 것처럼 보였나. 남녀의 성기를 숭배하는 성기숭배신앙은 후기구석기시대이래 세계 도처에서 보편적으로 행해졌다. 남자와 여자의 성기를 따로 만들거나 혹은 남녀의 성기를 결합해서 만든 석제 조각품들, 여체의 둔부와 가슴을 과장되게 표현한 석제 조각상 비너스상들, 남녀의 성기를 과장하여 표현한 인물상을 바위에 새겨 그린 암각화들, 남녀의 성적결합을 표현한 작품들은 모두 성기숭배신앙의 증거품이라고 할 수 있다고 한 신문기사를 보고 그는 우리가 지극히 정상적이라고 했다.

남자의 성기모양을 띤 막대형 석제 조각품 중에는 손잡이의 한쪽 가장자리가 뭉개진 흔적이 있는 것이 있는데, 아마 손으로 쥐고 두드리고 만져서 닳은 것이라고 한 기사에 그는 눈을 빛내며 말했다. 이것 역시 두 가지 의미로 해석 할 수 있다, 종교 주술적인 도구와 또 한가지는 여자가 남자를 대신해 쓰지 않았겠냐고 했다. 그는 화장실 변기에 앉아 있는 내게 따라와서는 이상한 눈초리로 나를 쳐다보며 그는 요즘도 분명 이런 것이 있을 거라고 했다. "경주 안압지에서 성기 모양의 목제품이 발견되고, 신라의 토기를 보면 남자와 여자가 성 기를 드러내놓고 노골적으로 성교하는 장면을 토우로 만들어 그릇에 붙여 놓고 썼대."

나는 갑자기 생기가 돌아, 더 이상 말이 없는 현을 상관하지 않고 계속 떠들었다. 그와 결혼하기 전, 경주로 여행 갔을 때, 박물관 근처 기념품 가게에서 우리는 모조품이긴 하지만 토우가 붙은 토기 한 점을, 주인의 설명을 듣고 샀다.

당시 사람들은 성을 꺼리기보다는 일상생활에 가까이 두고 표현함으로써, 그 표현물을 죽은 자와 함께 묻어 줌으로써 살아서나 죽어서나 항상 다산과 풍요를 보장받고 싶어했다고, 주인 남자는 얘기했다. 더구나 안압지는 왕족과 귀족들이 모여 연회를 베풀고 국사를 논하던 임해전에 부속된 연못이었는데, 그런 곳에서 성기 모양의 물건이 나오는 것도 같은 맥락이라고, 주인 남자는 장황하게 이야기했다.

그는 입을 벌린 채, 아무래도 좀 야한 듯싶은 토기를 좋아하며 샀다. 우리도 섹스를 즐기며 아들 딸 많이 낳고 잘 먹고 잘 살자, 그는 연신 그 토기에다 입맞춤을 해댔다. 그런 그였기에 난 그의 절망을 충분히 이해할 수 있었다.

그러나 지금의 시대, 출산은 선택의 문제였다. 더구나 자신의 안락을 위주로 생각하는 지금, 성의 본래적 기능보다는 성을 통한 쾌락추구를 탐닉하는 지금, 단지, 그 때문에 그가 음경확대를 선택했다면 나는, 그를 더 이상 신뢰할 수 없었을 것이다.

남자는 무엇으로 자신감을 얻는 것일까? 나는 여기서 지금, 현에게 물어보고 싶었다. 현, 역시 성기를 힘의 상성으로 어기며 자신감을 얻고, 그러기 위해서 무모하고 어리석은 짓을 할 수 있는지 묻고 싶었다. 작은 키, 왜소한 체구, 억센 사투리, 보수적인 사고방식, 경제적 궁핍함, 근거 없는 자신감 등 현에게 품었던 불만족스러웠던 조건들이 이제는 없어져 버렸거나 아니면 그의 약점을 보완시켜주도록 당당함을 풍기고 있었다. 세월의 막연한 힘이 아니라 그의 의지의 힘일 것이다.

남자들에겐 성기의 의미가 인생의 의미보다 더 클 수 있는 걸까? 남자들은 그런 것일까? 자신의 성기로 모든 것을 잣대는 것일까? 성기의 크기로써 힘을 재고 여자를 진정으로 얻었다고 생각하는지, 알고 싶었다. 그래서 그는 자신의 죽어 가는 성기를 붙잡고, 일과 나를 포기하고 쉽고 간단하게 떠나버린 것인지 묻고 싶었다.

보통 남자의 성기의 크기는 15cm라고 한다. 음경의 크기와 성 능력, 여자에게 주는 성적 쾌감의 강도는, 그가 나에게 강조했던 것처럼 비례하지 않는다고, 나 역시 생각한다. 여자의성감대는 질 입구 쪽 3분의 1부위라고 한다. 그러니까 그는 파라핀종을 자신의 음경에 주사하지 않아도 되었던 것이다. 여자의 질은 교활하고 간사하게도 음경의 크기에 따라 신축하며 적응한다고 한다. 남자에게 있어 중요한 것은 그가 누누이 강조했던 것처럼 음경의 크기보다는 강직도와 테크닉 그리고 여자에 대한 사랑이라고, 나는 믿는다. 나는 결코 주눅들지 않는 힘과 테크닉과 사랑이 함께 해 완전한 일치 감으로 나를 황홀경에 빠뜨릴 성기, 그런 성기를 원한다. 그런 성기에는 무게가 있을 것이다. 크기처럼 자로 잴 수 없지만 나만이 느낄 수 있는 성기의 무게. 나에 대한 이해와 연민과 사랑과 따스함이 섞인 성기의 무게에 따라 나는 행복할 수도 불행할 수도 있을 것이다.

그가 그리워졌다. 그는 바보였다. 나에게, 세상의 어느 남자보다도 더 큰 성기의 무게를 가진지도 모르고 떠나버린 그는 진정 어리석었다.

나는 어떻게 해야 되는 것일까?

벽으로 돌아섰던 현은 어느새 내 옆에 있었다. 무덤 속에서 현의 냄새는 발걸음보다 먼저 다가왔다. 남자다움이 거세된, 나약한 냄새였다. 나는 현이, 남자로써 짓눌려 있는 현이 안타까웠다. 나는 현을 향해 돌아섰다. 현은 아주 가까이 있었다. 얼굴은 보이지 않았다. 내 머릿속에는 건강하고 힘찬, 나에게로 뚫고 들어올 것만 같은 그 옹관이 또렷이 떠올랐다. 나의 성기는 아직 건강했다. 성기가 힘과 다산의 상징이라면 나는 아직 충분한 가능성이 있는 것이다. 나는 이제 무엇이든지 새로 할 수 있을 것 같았다. 나는 내 성기를 움찔대며 열려라, 열려라, 열려라, 주문을 외웠다.

감시 카메라가 돌아가고 있어도, 관리인이 손전등을 들고 달려올 때까지, 불쑥 솟아났던 충동적인 스무 살 현의 성기는 추억이 됐다.

인간이 역사를 비약적으로 발선시켜 올 수 있었던 밑바탕에 섯에 대한 자제와 규제의 능력이 깔려 있다고 믿는 현이었다. 그럼에도 나는 현의 성기의 무게를 재고 싶었다. 여기가 어디인지 상관없었다. 이번에는 내가 현을 벽으로 바싹 붙여 세웠다.

아카시 무덤의
우울한 일요일

아카시 무덤의 우울한 일요일

산에 오른 것부터 잘못된 일이 되고 말았다. 하지만 그의 집 근처인 시 외곽 전철역에 내리고보니 마땅히 갈 곳이 없었다. 마침 봄볕이 좋았고, 산이 가까이 보였다. 여전히 시큰둥한 얼굴로 역사로 들어선 그를 보자, 마주앉아 어떤 얘기를 하는 것 자체가 의미 없는 일로 여겨졌다. 자동차운전학원 앞을 지나서 바로 산길이 시작되었다. 나와 마찬가지로 그도 등산화나 등산복은 갖춰 입지 않았지만 산길은 그런대로 오를 수 있을 만큼 가파르지 않았다. 걸음이 빠른 그가 앞서 걸었고 나는 그의 뒤를 따라갔다. 초입의 개나리꽃은 아직 다 피어나지 않았고 연녹색 잎들이 노란색 꽃들을 압도하고 있었다.

아직은, 그가 살고 있는 아파트가 보였다. 아파트는 정면으로 산을 마주하고 있었다. 부지런하고 건강한 사람에게는 더없이 좋은 산책 코스가 될 것 같았다. 능선을 따라서 깊게 파여진 참호가 계속 이어졌다. 참호의 중간, 직사각형의 나무판에 전투수칙을 쓴 흰 페인트가 거칠게 일어났지만 졸지말자, 적보다 먼저 쏜다, 수도 서울을 사수하자, 적은 반드시 내 앞으로 온다, 침묵을 지키자, 격멸하자 같은, 비죽이 웃음이 새어나오는 글귀는 쉽게 읽을 수 있었다.

새로 세워지는 정자가 있는 산의 중간 정도에서 숨을 고르느라 걸음을 멈췄다. 철조망이 쳐진 한가운데 봉긋하게 솟아오른 무덤 두 개가 보였다. 누가 그 무덤을 어떻게 한다고 철조망까지 쳐놓았다. 그는 나보다 먼저 체력장 한 쪽의 나무 의자에 앉아서 담배를 피워 물었다. 나는 그의 옆으로 가지 않고 철조망 앞, 흙길에 되는 대로 앉았다. 철조망 바깥, 듬성듬성 있는 나무 사이로 아직 다 자라지 않은 여자 아이의 가슴처럼 자그마하게 솟아오른 것들이 눈에 띄었다. 뒤를 돌아보니까 여기저기 밋밋한 가슴 같은 봉분들이 많았다. 나는 그에게로 달려갔다. 그의 앞에서 발목을 삐끗하긴 했지만 아랑곳하지 않고 그의 손을 잡아끌었다.

"이거 무덤 맞아?"

나는 손가락으로 무덤들을 쭈르륵 가리켰다. 그는 심드렁하게 고개를 끄덕거렸다.

"궁녀들과 내시들의 무덤이래."

그는 선심 쓰듯이 말했다.

"철조망 안에 있는 것도?"

그것은 개인의 무덤이라고 했다. 내시나 궁녀들은 성 밖으로 어느 정도 거리가 떨어져 있어야 묘를 쓸 수 있었기 때문에 명당으로 꼽힌 이곳에 묘를 많이 쓴 것이라고 했다. 신원을 알 수 없는 그들의 무덤인 것이다. 그의 아파트 바로 앞이 옛무덤들의 산이란 건 몰랐다. 왠지 찜찜한 기분이었다. 이곳으로 이사 온 후부터 그는 나뿐만 아니라 모든 것에 무덤덤해져 갔다.

사람들이 쉽게 다닐 수 있는 길을 내기 위해, 체육시설을 들여놓기 위해 잘려나간 땅 속에는 흔적 없이 사라진 무덤들이 분명히 있었을 것이다. 작은 무덤 위에는 뿌리를 내린 굵고 단단하게 자란 아카시나무가 올라와 있었다. 그 밑에 조금씩 스러져 가고 있는 무덤들은 더 작고 애처로워 보였다. 눈을 감지 않았지만 아카시나무의 뿌리가 무덤 속에서 수많은 곁가지를 쳐가며 퍼지고 얽힌 모습이 그려졌다. 땅 속으로 파고 들어가 무엇이든 단단히 붙잡고 놓지 않는 마귀 같은 힘이 저절로 연상됐다.

저 문인석이라면 좌우에 하나씩 있게 되니까 또 하나가 있을 것이다. 나는 다른 하나의 문인석을 찾았다. 그가 앉아 있던 의자의 오른쪽 아래로 한 10여 미터 떨어져 또 하나의 문인석이 등을 보인 채 있었다. 두 개 중 하나가 옮겨졌거나 아니면 두 개가 다 제자리가 아닌 곳으로 옮겨졌을 수도 있었다. 모시고 지킬 무덤도 없는 곳에 엉뚱하게 서 있는 것이 겸연쩍어 희미한 미소를 짓고 등을 돌리고 있는 것만 같았다.

계속해서 몇 개 피 담배를 피워댄 그가 등을 돌려 서서 걷기 시작했다. 그를 따라 천천히 걸었다. 몹시 목이 말랐다. 입 안이 바짝바짝 말라 들어갔지만 음료수를 파는 간이매점은 눈에 띄지 않았다. 아이들과 함께 돗자리를 펴놓고 김밥과 콜라를 마시는 젊은 부부는 평안하고 행복한 얼굴이었다.

바지 주머니에 양손을 푹 찔러 놓고 터덜터덜 걸어가는 그의 뒷모습이 바싹 말라버린 입 안 만큼이나 버석거려보였다. 머리는 감지 않았는지 누워 있다 나왔는지 양끝으로 말려 돌아간 곱슬머리가 납작하게 눌려 있었다. 밉게만 보이는 뒤통수에서 눈을 떼고 아직 연한 잎을 가진 오리나무와 까치나무, 산초나무, 옻나무를 바라다보면서 걸었다.

약간 내리막길로 접어들었다. 유독 이파리들이 앙상한 아카시나무들 아래로 아직 활짝 피어나지 않은 꽃봉오리 같은 무덤들이 나긋나긋하게 이어져 있었다. 다른 곳보다 낮게 움푹 파여서 아늑한 느낌이 드는 평지였다. 햇볕도 다른 곳보다 더 많이 모이는지 밝고 따뜻해보였다. 처음부터 상석이나 비석 망주석 같은 것들은 없었던 것처럼 그만그만한 무덤들이 봄볕 속에 촘촘히 늘어져 있었다. 지난 과거를 모두 덮어두려는 듯 단단하고 곧은 아카시나무의 기세가 하늘로 힘차게 뻗어났다. 하지만 밑에서 올라오는 서늘한 기운 때문인지 다른 나뭇잎들에 비해 아카시 잎은 유난히 빈약했다.

"왜 아카시나무야?"

나도 모르게 그렇게 내뱉어버렸다. 나는 아카시 향을 싫어했다. 무덤 위에 유독 아카시나무가 올곧게 자라나고 있는 게 참을 수 없었다. 아카시나무하면, 어쩔 수 없이 아버지가 떠올랐다. 가구공장을 하다가 망해서 귀향한 아버지는 양봉을 시작했다. 아카시나무를 심고 키우면서 아버지는 피폐해졌던 몸과 마음을 어느 정도 회복할 수 있었다. 아카시나무는 심은 지 4년 후부터 꿀을 주고, 8년이 되면 한 그루당 5되 정도의 꿀을 주었다. 그렇게 해서 아름드리가 되면 꿀이 한말씩 쏟아진다는 희망으로 아버지는 모든 걸 버텨냈다. 아버지가 그제서 선택한 삶이 자연에 순응하는 마음의 평화였지만 엄마에게는 너무 늦은 것이 돼버렸다. 엄마는 과거의 영광을 잊지 못했고, 가슴이 딱딱하게 굳은 듯 말과 웃음을 잃어버렸다. 조금만 일찍 아버지가 과욕을 버리고 겸손했더라면 엄마는 가슴에 병이 들어 고통스럽게 죽지 않았을 것이다. 나 또한 아카시나무처럼 끈질긴 생활을 선택하지 않아도 되었을 것이다. 아버지는 펑펑 쏟아지는 꿀을 받아보지도 못하고 아카시아 꽃향기가 가득하던 날 나만을 남겨두고 떠나갔다. 굶주린 배를 움켜쥐고 산길을 걸으면서 아카시

꽃을 따먹고, 아카시 꽃을 따서 밀가루에 버무려 쪄먹고, 아카시 잎을 따다 토끼에게 주었던 어린시절의 기억들, 그리고 인생의 마지막 재기를 위한 동반자로서의 아카시나무. 아버지는 아카시와 함께한 인생이 되고 말았다. 나는 아버지의 그런 인생을 존경하지 않았다. 자신의 아카시나무처럼 질기게 살아남았더라면, 나는 위대한 아버지로 기억할 것이다. 나는 아카시나무를 쳐다보며 고개를 흔들었다.

"아카시인 이유가 있어."

내 얼굴을 한동안 바라보던 그가 엷은 웃음을 입가에만 짓고 아카시나무로 눈길을 던졌다. 아카시나무가 한 번 베어내고 나면 다음해에 더 많이 돋아날 정도로 생명력이 강하다는 것쯤은 나도 알고 있었다. 아버지가 아카시를 좋아한 이유도 그 질긴 생명력 때문이었을 것이다. 강원도 태백의 폐광지역에 녹화수로 조성된 것도 아카시란다. 메탄의 발생이 많아서 다른 나무가 뿌리를 내리기 어려운 쓰레기 매립장이던 난지도에서 어느 나무보다 일찍 뿌리를 내린 것도 아카시나무라고, 아버지는 말했다.

"법궤를 알아?"

그가 다시 말을 했다. 침묵이 미덕인양 말을 하지 않던 그의 입에 생기가 올랐다.

"하느님은 성막의 기구 중에서 가장 먼저 법궤를 지으라고 했지.

법궤는 아카시나무로 만든 상자야. 법궤는 성막에서 가장 중요한 기구인데 영어 성경에는 법궤를 아크, 에이 알 케이(Ark)라고 했어. 아크라는 말은 구약 성경에도 나오지. 창세기에 나오는 노아의 방주도 아크로 되어 있고, 출애굽기 이장에 나오는 모세를 담은 갈상사노 아크라고 되어 있어."

평생 교회 근처에는 얼씬도 하지 않았을 것 같은 그의 입에서 나온 얘기는 엉뚱하고 이해할 수 없는 것이었다. 하느님, 성경, 창세기. 나하고는 아무 상관도 없는 딴 세계의 얘기였다.

"갑자기 기독교에 귀의라도 한 거야?"

황당한 표정으로 그의 눈을 쏘아보았다.

"노아의 시대에 홍수로 세상을 쓸어버리려는 하느님의 심판을 피할 수 있었던 장소가 방주라는 건 알지? 그리고 바로가 모든 히브리 사내아이들을 죽이려고 했을 때 모세의 부모는 모세를 숨겨 키우다가 더 이상 숨길 수 없어서 나일강에 버려야 했는데 아이를 담은 상자는 역청을 칠한 갈상자였지. 아크가 무엇을 뜻하는지는 분명하잖아?"

그가 말하는 구원과 아카시나무, 그렇다면 무덤 위를 뚫고나온 아카시나무는 정당했다. 그렇지만 구원을 말하는 그의 얼굴은 그리 밝지 않았다. 구원은커녕 절망에 빠진 얼굴이었다. 하긴 그의 그런 얼굴은 당연할지도 몰랐다. 남들이 부러워하는 대학을 졸업하고 다닌 직장을 그는 삼년노 채우지 못했다. 직장 생활을 하기에 석성이 맞지 않는다고 변명하는 보통의 남자처럼 그의 인내력은 짧았다. 이른 아침의 출근과 늦은 퇴근 대신 선택한 그의 자유는 그가 살고 있는 동네에 차린 카페였다. 카페라니, 나는 그의 안이한 선택을 비웃었다. 주택가에 문을 연 카페는 인사동의 분위기를 담아내려는 노력이 보였다. 한지 벽지, 문을 열 때마다 흔들리는 커다란 풍경, 탁자 위의 촛불, 나무 선반위에 올려놓은 작은 솟대들, 입구에 놓아둔 물레방아, 그가 정성껏 준비한 전통차들. 낮에 오는 동네 여자들의 찻값은 큰 돈이 안 됐다. 밤에 오는 남자 손님들은 대개 술에 취해 있었다. 잠자리에 들기 전의 아내를 불러내서는 가족들을 벌여 먹여 살리느라 얼마나 열심히 일하고 있는지, 그동안 무심해서 얼마나 미안한지, 이 세상에서 위로와 희망이 되는 것은 가족뿐이란 걸 왜 이제야 깨달았는지를 맥주 두 병에 마른안주를 시켜놓고 열변을 토하곤 했다. 그런 중년 남자 손님들도 가끔 있었다. 하루에 차 한 잔의 손님의 들기도 하고 아예 손님이 없는 날도 많아져 갔다. 일이 끝나고 늦은 밤 어쩌다 그의 카페로 가면 그는 손님처럼 앉아서 맥주를 마셨다. 나는 주인처럼 냉장고에서 시들어가는 과일들을 꺼내서 마요네즈에 버무려 갖다 주었다. 어느 날부터인가 글루미선데이를 집착적으로 틀어대던 그는 손님을 기다리다 지쳤는지 아예 문을 걸어 잠갔다.

이번엔 내가 먼저 뒤를 돌아서 걷기 시작했다. 산 속의 봄이 더 느렸다. 아직 충분히 익지 않은 여린 나뭇잎들은 싱그러웠고, 연녹색의 잎은 손으로 꼭 누르기만 해도 풀물이 뚝뚝 떨어질 것만 같았다. 언뜻언뜻 비쳐오는 햇살에 익어가는 푸른 잎들이 왠지 아쉽기만 했다. 뒤에서 들려오는 그의 발자국 소리는 풀 속에 파묻혀 들리지 않았다.

깨어진 비석, 글자가 쓸려나간 상석, 목이 동강 잘려버린 문인석. 산 안으로 들어갈수록 무덤보다 더 확실한 존재와 흔적을 가진 옛 돌들이 흩어져 있었다. 그것들 옆에 있어야 할 무덤들은 형체를 잃어가고 있었다. 자잘하게 피어 있는 들꽃들과 한창 자라난 쑥과 잡초에 가려진 무덤들이 사람들이 다니는 길 안쪽으로 군데군데 이어졌다. 향로석, 망로석, 동자석, 비석. 살아 있을 동안 부와 명예와 자손을 가졌던 사람들을 위한 돌이었다. 그 어느 것 하나도 갖추지 못하고 서서히 땅 속으로 스러져 가고 있는 무덤 위의 아카시나무들을 쳐다보았다. 나는 누구에게라도 물어보고 싶었다. 도대체 어느 정도의 세월이 흐르면 저렇게 단단한 나무로 자랄 수 있는 것인지. 하나도 아닌 두세 개의 나무에게 박혀 버린 작은 무덤들에게 그것이 과연 그대의 진심이냐고, 나는 그렇게도 묻고 싶었다.

"나는 불에 타는 거 싫다."

아버지는 곧 닥쳐올 죽음에 순응하는 듯했다. 하지만 아무 의식이 없다가 다시 정신이 들곤 하면 그렇게 마지막 소망을 애기했다.

"화장이 차라리 깨끗하대. 요즘 수의는 아무리 오래 지나도 썩지도 않고 뼈를 얽고 있대. 그래서 자식한테도 좋지 않대."

아버지의 소망은 이루어지지 않았다. 큰어머니는 나를 대신해서 모든 일을 처리해주었다. 아버지가 입은 수의는 누런 삼베가 아니라 연한 옥색의 개량 한복이었다. 색은 화사했지만 수의로는 어울리지 않는 느낌이었고, 어쩐지 가짜 같다는 생각을 떨칠 수 없었다. 어찌된 일인지 두 시간이 넘고 세 시간이 다 돼서도 아버지 몸에서 피어오랐던 불꽃은 꺼지지 않았다. 난감한 건 우리뿐 아니라 화장을 담당했던 직원도 마찬가지였다. 꺼질 기세 없이 타오르던 불꽃을 보자, 불에 타고 싶지 않다던 아버지의 마르고 핏기 없는 얼굴이, 쉰내가 나던 입 냄새가, 쏴하게 찔러오던 몸 냄새가 아카시아 향처럼 풍겨왔다.

그래, 비석도 없이 나무뿌리에 받칠 무덤이라면 차라리 없는 게 나을지도 몰라. 나는 스스로를 위로했다. 무엇이든 내 쪽으로 좋게 생각하고 위안을 받고 싶은 비겁한 습성 덕분에 나는 더 이상 비관적이 되지 않았다. 무조건 희망적으로 생각할 것. 세상을 살아가는 데 이 단순한 철학이 큰 힘이 되는 걸 보면, 내가 단순한 것인지 세상이 단순한 것인지 알 수 없었다.

산을 따라 오르면 오를수록 눈에 들어오는 무덤들이 많았다. 아무런 손길도 관심도 없이, 그냥 그렇게 아무 말 없이, 조금씩 땅으로 내려가고 있는 무덤들이었다. 나는 공손한 마음을 보냈다. 두 손을 맞잡고, 입을 열지 않고, 다소곳한 눈길을 하고, 소리 나지 않게 걸었다. 가끔 한숨이 나오는 건 참지 못했다. 흐릿한 알들이 방울방울 맺혀 있는 은단나무가 귀여워서 고개를 숙였다. 그 옆에 가느다란 나뭇가지로 얽어 만든 십자가가 보였다. 십자가 아래쪽에는 '작은 생명이 죽었으니 파지 파세요.'라고 써서 붙인 두꺼운 종이가 박혀 있었다. 작은 무덤은 아직까지 볼록 솟아나 있는 게 누구의 손길도 닿지 않은 듯했다. 집에서 기르던 애완용 동물을 묻어 둔 것 같았다. 나는 괜한 심통이 났다.

"사람보다 개나 고양이가 더 가치 있을 순 없어."

나는 아무 말 없이 발로 흙을 차고 있는 그에게 말했다.

"죽음 앞엔 다 평등한거야."

그가 진지한 목소리로 대꾸했다.

"죽음조차도 평등하지 않아."

나는 발로 작은 무덤을 밟고 싶은 충동을 느꼈다. 지상에 존재하지 않는 아버지 무덤 때문인지, 그에 대한 반발 때문인지, 내 마음대로 되지 않는 세상사 때문인지, 갈증 때문인지 충동은 신념으로 바뀌어 갔다.

"그래, 거룩하게 구원이니 평등이니 논하지 말고 너 앞에 서 있는 나 하나 만이라도 편안하게 해줄 수 없는 거야?"

그는 내 말이 끝나기도 전에 담배를 입에 물었다. 입 안 가득히 담배를 빨아들이자 이마에 깊은 주름이 접혔다 펴졌다. 빛을 받은 눈동자가 누렇고 탁했다. 담배를 길게 들여 마셨다 내뱉는 움푹 파인 양 볼이 더없이 메말라 보였다. 그의 모든 것에 신물이 났다. 남자는 늙어서도 철딱서니 없게 자신 밖에 생각할 줄 모른다고 엄마가 하소연 했던 것처럼 그 역시 똑같은 남자였다.

"네가 나를 떠나는 게 너의 구원이라는 걸 몰라?"

갑자기 눈앞의 모든 것이 사라져버렸다.

무기력증에 시달리던 그가 느닷없이 새 아파트를 보러 가자고 했을 때, 당연히 의아했다. 그때만 해도 이런 변심의 징조를 알아차리지 못했다. 요즘 들어 그가 하는 일이라곤 조그만 아파트에 틀어박혀 책이나 뒤적거리고 비디오를 보고 재떨이 가득 담배꽁초나 쌓아두는 게 분명했다. 하는 짓만큼이나 돈을 버는 재주가 없는 그가, 그나마 있던 아파트도 카페를 하느라 말아먹고 지금의 작은 아파트에 전세를 살고 있는 그가, 어떻게 새 아파트를 장만했는지 수상쩍었지만 일단 따라 나서기로 했다. 그날 그와 함께 아파트를 보러 간 덕분에 나는 무덤근처에 방치된 석물(石物)을 보고 문인석인지 무인석인지 구별 할 수 있게 되었다.

그날은 전날부터 부슬부슬 내리기 시작한 비가 계속해서 내렸다. 모든 게 젖어있는 듯했다. 비 덕분에 일요일인데도 고속도로에는 차들이 많지 않았다. 그가 운전하는 차는 가볍게 물보라를 일으키며 시원스럽게 달렸다. 한적했던 고속도로와 달리 대단지 아파트 주차장은 입주하게 될 사람들의 차가 넘쳐났다. 키를 건네받고도 페인트칠 냄새가 나는 아파트 안은 건성으로 훑어보고 그는 가자고 재촉했다. 나는 잠깐이나마 아파트에 어울릴 소파와 그림, 주방가구들을 생각했다. 무뚝뚝한 그의 우회적인 청혼으로 생각한 나는 마음이 상하고 말았다.

서울로 올라오는 차 안에서 비로소 냉랭함을 눈치 챈 그가 휴게소로 차를 몰아넣었다. 커피와 초콜릿 쿠키를 내밀며, 근처의 박물관에나 들렀다 가자고 했다. 내 화를 누그러뜨리기 위한 즉흥적인 제안이란 걸 나 역시 금방 알아차렸다. 그의 어깨 너머로 '옛돌 박물관' 안내 표지판이 보였다. 영화관에 가는 것조차 귀찮아하는 그의 성격상 커다란 선심이었다. 표를 끊고 들어간 주차장에서부터 단소를 연주하는 소리가 들려왔다. 사람들은 없었다. 박물관 입구엔 맷돌을 쌓아올린 높다란 담이 있었고 곧바로 석상들이 양 옆으로 늘어서 이어져 있었다. 그와 나는 우산이 없었다. 아침에 집을 나올 때, 비가 곧 그칠 것 같아서 우산을 챙기지 않았다. 무엇을 들고 다니는 걸 싫어하는 게 성격상 유일한 공통점이었다. 가늘고 촉

촉한 비는 몸속으로 스며들 듯이 젖어왔다. 여름이 가까이 왔지만 추웠다.

살아서도 죽어서도 충성을 다하겠다는 문인석의 순종의 얼굴들은 모두 똑같아 보였지만 조금씩 달랐다. 둘이 쌍을 이룬 문인석은 많았지만 무인석은 단 하나만이 있을 뿐이라는 설명글에 그가 고개를 갸웃거렸다. 보통 왕릉의 장명등 오른쪽 왼쪽에는 언제든지 왕명령에 복종한다는 자세로 문인석 한 쌍이 석마(石馬)를 대동한 채 서 있다고 했다. 그 아래에는 무인석 한 쌍이 왕이 위험에 처했을 때 언제든지 신속하게 대처한다는 듯이 긴 칼을 빼고 위엄 있게 서 있다는 설명글을 그와 나란히 서서 읽었다. 무덤을 지키기에는 칼을 쥐고 있는 무인이 더 든든하고 어울리는 것이 아닐까, 그래서 무인석이 훨씬 더 많아야 되는 것이 아닐까? 이번엔 내가 고개를 가로저었다.

이 많은 문인석들이 있던 자리는 분명 왕릉이나 사대부 무덤 앞이었을 텐데 어떻게 이곳에 모아다 놓았는지 신기했다. 아무리 돌로 만든 것이지만 이렇게 비를 맞고 눈을 맞고 바람에 시달리고 세월을 겪으면, 옆으로 길게 퍼진 눈썹과 뭉툭한 코와 신중하게 꼭 다문 입술은 희미해지고, 그러면 시간을 넘어선 마음도 없어지는 것은 아닐까? 나는 괜한 걱정들을 하기 시작했다. 하지만 이곳의 전시물들이 '일본유출 환수문화재'라는 안내글을 읽고 한 가지 의문은 해결됐다. 비가 오지 않았으면 오랫동안 한가롭게 석상 사이를 거닐었겠지만 더 이상 한기를 참기 힘들었다. 마침 차를 파는 휴게소가 보여서 그보다 먼저 계단을 뛰어 올라갔다. 책을 보던 여자가 우리를 맞았고 나는 의자에 앉기도 전에 커피부터 주문했다.

그와 나를 빼고는 손님이 없는 찻집은 특별한 장식은 없지만 두 벽면이 유리로 돼 비가 오는 소리까지 들리는 것만 같았다. 무늬 없는 흰 도자기 잔의 커피를 마시기도 전에 그는 조금 전 보고 온 아파트 얘기를 꺼냈다. 그 아파트는 한 번도 본 적 없는 고모한테 상속받은 것이라고 했다. 남편과 자식이 없이 혼자 살던 고모가 유일한 피붙이인 그에게 상속한 아파트라고 했다. 하지만 그의 표정에 횡재한 기쁨 같은 건 없었다.

"예전 같았으면 나도 좋아했을 거야. 그리고 납골당에 있는 고모한테도 다시 갔을 거고……."

그는 복잡하고 괴로운 표정이었다. 나로서는 이해하기 힘든 감정이었지만 어쨌든 좋았다. 방이 세 개가 있는 그런 아파트를 장만하려면 복권당첨의 행운이 없는 한 긴 세월을 돈을 모으는 기쁨으로만 살아야 할 것이다. 나는 가벼운 마음으로 커피를 마셨다. 책을 읽는 여자에게 커피를 더 달라고 했다. 그때 나는 그의 마음이 어떤지 생각하지 못했다. 가난이 한이 돼 인생의 목표를 돈으로 삼았던, 결혼도 해보지 못하고 죽은 고모, 늦게 결혼해서 낳은 그와 단란한 가정을 꿈꿔보지도 못한 채 교통사고로 어이없게 죽은 부모를 생각하는, 이미 생의 생기와 의미를 잃어버린 그를 짐작할 수 없었다.

그와 난 작은 생명의 죽음에 조의를 표하고 있는 것처럼 고개를 숙이고 아무 말없이 서 있었다. 그에게 일어난 신상의 변화가 어떤 것인지 묻고 싶지 않았다. 내게 솔직하지 않은 그에게 서운함과 배신감만 들었다. 나는 이제 겨우 살만해졌는데, 그래서 이젠 여유롭게 남들처럼 살아가려고 했는데, 그야말로 평범하게 살고 싶었는데, 무엇보다도 따뜻하게 사랑하며 키울 가족을 이루고 싶었는데, 그가 가장 원하는 게 이런 것이라고 믿어왔다.

"난 죽어, 곧 죽을 거야."

그가 연극 대사를 읊듯이 소리쳤다. 내 얼굴을 쳐다보지도 않고 옆으로 고개를 돌렸다. 유난히 햇볕을 많이 받고 있는 무덤을 향해 고개를 돌리고 있는 모습조차도 연극의 한 장면처럼 과장돼 보였다. 갑작스런 그의 대사에 나는 웃었다. 어처구니가 없어서 터진 웃음이 점점 커져 갔다. 일요일 오후의 무덤들은 아마도 오랜만에 들은 젊은 여자의 웃음에 조금이라도 유쾌한 기분이 들지 않았을까. 웃으면서 그런 생각이 잠깐 들었다. 더 크게 웃음소리를 냈다. 하지만 그는 노여운 표정이었다. 네가 뭘 아냐, 아무것도 모르는 체, 바보스럽게 웃고 있는 너 같은 인간이야말로 이 지상에서 사라져 저 무덤 속에 파묻혀 버려야 정당하다는 듯이 나를 노려보았다.

"나도 언젠가는 죽을 거야."

나는 빈정대며 그의 말을 받았다. 그를 실컷 비웃어 주고 싶었다. 그런데 이상하게도 그 말의 여운은 내게서 오래도록 맴돌아 나오지 않았다. 비록 무덤 앞에서 내가 한 말이었지만 나에게 죽음은 아주 먼, 상관없는 소리로만 들렸다. 갑자기 얼굴이 확 달아올랐다. 부끄러워졌다. 그리고 두려웠다. 이 지상의 어떤 것에게라도 양해를 구하고 나를 정당화시켜서 무사할 수만 있다면, 나는 간절히 바랐다. 내가 서 있는 이곳의 모든 것들, 발밑에 기어가는 개미, 바람을 따라 흩날리는 꽃씨, 아직 여린 색깔의 잎사귀들, 말없는 나무들, 흔적을 남기는 햇볕, 조금씩 흘러가는 흰구름들, 모든 걸 받아주고 있는 검은 흙 앞에서 교만했던 나를 떠올리자 끔찍했다. 나는 끝까지 살고 싶었다.

"그래, 위대하게 살아 있는 난 끝까지 참아볼 거야. 앞으로도 계속 이렇게 시시하게 살아갈 거야."

누구보다도 열심히 살아왔던 나였다. 어떤 일이 닥쳐도 끄떡하지 않을 거라고, 절대로 실패한 인생이 되지 않겠다고, 적어도 회한으로 가슴에 멍이 들어 죽어가지 않겠다고 수없이 다짐했던 나였다. 그가 미치도록 좋은 건 아니었지만 그가 옆에 있다는 게 힘이 되고 위로가 됐다. 사랑에도 여러 종류가 있다고 생각했다. 그와 난 열정적이지 않지만 수수한 마음으로 서로를 바라보고 있다고 믿어왔다. 이럴 땐 아카시나무 같이 끌어당기고 얽어 그를 도망치지 못하도록 해야 하는 것이 옳은 것일지도 몰랐다.

"그냥 막막할 때마다 여기에 왔었지. 발길에 차이는 무덤들, 엎어지고 동강난 석상을 보면 실패에 대한 마음 같은 건 어디론지 사라져버렸어. 처음엔 그런 마음의 위로가 기뻤어."

내가 알기로 지금의 그의 아파트는 도시의 맨 끄트머리에 있어 다른 곳보다 값이 싸다는 이유로 그가 선택한 것이다. 산이 있어 공기가 맑고, 창밖으로 푸른 숲을 볼 수 있다는 낭만적인 생각은 전혀 하지 않았을 것이다. 그런데 그는 달라져 있었다. 지나치리만치 깔끔하게 옷을 갖춰 입고 머리모양을 가꾸고, 날씨와 손님의 취향에 따라 적당한 시디를 갈아 끼우고, 잔잔한 웃음으로 여자 손님의 마음을 누그러뜨리던 그가 아니었다. 물론 하는 일없이 집 안에 박혀 있으면 누구라도 달라질 것이다. 권태가 밴 표정과 움직임으로 보는 사람을 답답하게 할 수도 있다. 하지만 그는 아직 젊었다.

"카페를 차린다고 했을 때, 넌 반대했지. 내가 꼭 돈을 위해서 카페를 차렸던 건 아니었어. 일찍부터 부모 없이 혼자 산다는 게 어떤 건지 넌 조금이라도 알잖아? 늘 허전하고 벌판에 선 것 같은 느낌이었어. 언제나 따뜻한 것을 그리워했지. 가끔 친하지도 않은 녀석들이 부모에게 반항하듯 뛰쳐나와서 혼자 사는 내 집에 죽치고 있을 때도 난 그들과 다른 나를 느낄 수 있었지."

그가 무슨 얘기를 하고 싶어 하는 것인지 짐작할 수 없었다. 나는 유난히 깊고 우울해 보이는 그의 눈빛을 외면했다.

"그냥 사람들을 만나고 싶었어. 이상하게 난 언제나 사람들과 잘 사귀지 못했어. 늘 혼자였기 때문이었을까. 직장생활은 회의와 회식의 연속이었어. 늘 사람들과 무슨 얘기를 했어야 했지. 그런데도 언제나 나만 떨어져 있는 기분이었어. 그나마 널 만나는 게 위안이 됐지만 넌 나보다 더 바빴어. 카페에서는 언제나 사람들을 기다렸지."

어긋나는 게 사람사이의 관계인가 보았다. 그동안 그에게 무심했던 건 인정하지만 나도 살아야 했다. 대학 4년 동안 나는 아르바이트를 하느라 다른 친구들과 어울릴 시간조차 없었다. 등록금을 마련하기 위한 전투는 고달팠다. 아버지를 원망하고, 세상의 불공평을 비난하면서 하루하루를 버텼다. 제과점 체인점의 아르바이트를 하면서 매일 똑같은 빵만을 사가는 그를 만났다. 매일 우유식빵 한 봉지를 사가는 그는 늘 웃음도 말수도 없었다.

"이거 한번 드셔보세요."

늦은 밤, 퇴근길에 빵을 사러온 그에게 내일이면 폐기처분해야 하는 샌드위치를 건넸다. 그때 나를 돌아보는 그의 표정은 신산했다. 나와 비슷한 사람이 또 하나 있구나. 그와 나는 서로의 눈을 들여다보면서 모든 걸 읽었다. 나는 그에게 햄이 들은 바게트, 치즈스틱, 고로케, 마늘빵 등 빵에 관한 메뉴를 매일 바꾸어주었다. 나의 늦은 퇴근시간이 끝날 때까지 매장 안에는 절대 들어오지 않는 그였다. 매장에서 집까지 바래다주면서 하는 얘기는 고작, 피곤하겠다, 얼른 씻고 자라, 내일 올게, 그런 정도였다.

"난 이제 아무것도 자신 없어. 나 하나도 감당하기 힘들어. 결혼은 무책임한 짓이야. 나와 비슷하게 불행한 애를 세상에 던져놓는 끔찍한 짓은 절대로 하고 싶지 않아. 넌 그렇지 않아?"

나는 그의 말을 들으며 발밑의 흙을 되는대로 짓이겼다. 내가 싫다는 말을 너무 어렵게 하고 있다는 의심이 들었다. 행복과 불행이 어떤 것인지 말하기에 그와 나의 삶은 너무 짧지 않은 것일까. 그의 과장된 불행의 본심이 무엇인지 헤아릴 수가 없다. 세상에 그 하나만이라도 쉽고 단순하면 안 되는 것일까. 조금만 있으면 아파트 단지를 낀 제과점 체인점 사장이 될 것이고, 그러면 그를 자연스레 끌어들여 함께 일하리라고 기대하고 있었다.

먼저 뒤돌아 선 건 그였다. 그와 함께 한 시간들이 부서졌다. 그의 이름을 부르지 않았다. 그를 만나면서 특별히 기쁘고 감동적인 순간은 없었다. 매번 똑같았고 밋밋하기만 했다. 처음 손을 잡고, 입을 맞추고, 사랑을 나누었던 순간도 포장된 표정이나 몸짓, 지킬 수 없는 화려한 말조차도 없었다. 늙어서도 지금처럼 살아가길 바랐고, 그래서 결혼은 당연했다. 이렇게 끝나는 것일까. 예상하지 못했던 결별, 미련조차 남지 않을 것 같았다.

그가 먼저 돌아서버리고 간 자리에서 그대로 있기 싫었다. 기다리고 싶지 않았다. 나는 사람들이 다니지 않는 풀길로 들어갔다. 노랗고 빨갛고 보랏빛이 도는 들꽃의 수수한 아름다움에 마음이 처량해졌다. 그가 다시 돌아오지 않으리라는 확신이 들자, 나는 그와 함께 서 있던 곳으로 갔다. 나는 작은 생명의 무덤을 발로 지그시 눌렀다. 무덤은 금방 내려앉았다. 발밑의 물컹한 느낌이 사라지지 않았다. 가슴이 콱 막히면서 답답했다. 무엇인가 토해내고 싶었다. 나는 사람들의 발길이 전혀 닿지 않은 숲으로 계속 들어갔다. 평평하고 따뜻한 곳에 자리를 잡고 앉았다. 몸의 긴장이 한 순간 탁, 하고 풀렸다. 목이 꺾여 내려가면서 몸이 아래로 쏠렸다.

아주 낯선 공기의 서늘함에 선뜩해 감겼던 눈이 떠졌다. 아직 남아 있는 꿈의 여운들, 몸에 으스스 한기가 들었다. 죽은 듯 누워 있던 사람들, 긴 칼, 긴 머리의 여자, 오래된 한옥, 스치고 지나는 사람들의 곧 다가올 죽음의 암시, 상복을 입은 사람들. 나는 가방을 들고 일어서며 양팔을 감싸 안았다. 나는 한번도 꾸어보지 않은, 전혀 해독할 수 없는 짧고 강렬한 꿈 때문에 발길을 재촉했다. 이런 곳에 나를 두고 혼자만 가다니, 다시 그를 향한 원망이 일어났다. 사람들이 다니는 길가 쪽으로 걸어 나갔다. 왠지 등 뒤에 누군가 있는 느낌이었지만 뒤를 돌아볼 수 없었다. 겁이 났다. 조금 선 꿈속의 무서움이 다시 살아났다.

그와 함께 올라왔던 길을 다시 내려갔다. 그 꿈을 꾸다가 눈을 뜬 순간 제일 처음 떠오른 건 그를 만나야겠다는 결의였다는 걸 깨달았다. 더 나쁘게 되더라도 일단 만나서 풀어야겠다는 마음이 앞섰다. 그러지 않고서는 아무것도 할 수 없을 것만 같았다. 한 번 돌아선 그가 얼마나 단호할지 알고 있는 나로서는 망설임과 싸우지 않을 수 없었다. 도대체 무슨 일이 있는 건지, 그의 진심이 무엇인지 알고 싶었다. 나를 더 이상 좋아하지 않는다는 말을 들어야만 그에게서 돌아설 수 있을 것이다. 그저 그와 얼굴을 마주보고 있으면 굳이 어떤 말을 하지 않아도 내 마음이 읽힐 것이라는 기대와 희망을 가져보면서 나를 구제할 수 있는 건 그뿐이라는 암담한 절망감에 눈가가 부르르 떨렸다. 그런 내 마음 때문인지 비가 내리고 있었다. 봄비치고는 무겁고 세찼다.

며칠 전, 전화한 그는 아주 이상했다. 그 밤, 나는 잠들지 못하고 있었다. 드디어 내 가게가 생긴다는 벅찬 설렘과 실패에 대한 두려움으로 흥분이 가시지 않았다. 나는 계속 커피를 마시면서 텔레비전 채널을 돌려댔다. 누군가의 격려와 희망의 말이 필요했다. 그때 구원의 메시지처럼 전화벨이 울렸다. 얼른 수화기를 들어올렸다. 누구세요? 하고 묻는 수화기 저쪽에서 거리낌 없이 뱉어 내는 숨소리가 들렸다.

"나야."

지쳐 있는 그의 목소리였다.

"왜? 무슨 일 있어?"

희망의 말을 들려줄 목소리는 아니었다.

"무서워. 나 정말 무섭다."

울고 있는 것인지 숨소리인지 분간할 수 없는 억눌린 콧소리가 스산한 기분을 만들었다.

"왜 그래? 얘기해 봐."

어린애처럼 한밤의 무섬증이라니 짜증이 났지만 참았다.

"됐어. 지금은 괜찮아. 하루에 한 번만 나타나니까. 이젠 괜찮을 거야. 너는 웃을지 몰라도 아니, 세상 사람들이 다 웃을지 몰라도 내겐 내가 보여."

순간, 양팔에 소름이 쫙 끼쳤다. 자기 자신이 보여서 정신 병원에 간 친구의 친구 얘기가 생각났다. 소파에 앉아 콜라를 마시고 있는데 이상한 기분이 들어 아래를 내려다보니까 소파 밑에서 자기를 올려다보고 있는 자기 얼굴과 마주쳤다는 얘기. 그를 짓누르고 있는 게 무엇인지, 왜 그렇게 허약한 마음이 됐는지 알 수가 없었다.

그새 산은 변심한 사람처럼 달라져 있었다. 소낙비는 금방 그쳤다. 한 낮의 빛과 물을 흠뻑 먹고 자라난 싱싱한 잎들이 무성헤져 산속의 모든 것들을 덮어주고 있었다. 그나마 무덤 위로 뻗어나 곧게 자란 아카시나무는 아직 여린 잎들을 가지고 있어서 하늘이 많이 보였다. 그를 두고 나는 다시 산에 오르고 있다. 무거운 마음과 무서운 꿈을 끌고 집으로 가기는 싫었다. 슈퍼에서 산 소주 한 병, 바나나, 캔 커피가 든 비닐봉지가 흔들거렸다. 그가 있을지도 모르는 아파트가 보였다. 거실에선 정면으로 이 산이 바라다 보일 것이다.

더 올라가야 무덤들이 보일 것이다. 좀 전에 걸었던 길로 가는 것 같은데도 그 무덤들은 보이질 않았다. 그 대신 글자가 지워진 상석과 향로석 문인석 망주석 앞에 무덤인지 잘 알아볼 수 없는, 잡초들로 엉키고, 지금은 돌보는 후손 없는, 잊혀지고 있는, 산속의 땅이 되려는 무덤들이 새로 보였다. 목이 잘려나간 키 작은 문인석도, 윗부분이 깨져나가 생몰연대조차 알아볼 수 없는 비석도 많았다. 나무나 흙에 비해서 단단할 뿐 아니라 영원한 생명력을 지니고 있을 것 같은 돌 역시 시간 앞에 덧없는 것은 마찬가지인 모양이었다. 바닥으로 내팽겨져 엎어지고 깨지고 파헤쳐지고 떨어져 나간 석상들은 더없이 참담해보였다. 스러져가고 있는 무덤들이 오히려 자연스럽게 느껴졌다.

조심조심 걸어들어 갈수록 발밑에서 밟아지는 땅은 이 세계가 아닌 듯 단단하지도 무르지도 않고 가볍고 은밀한 발걸음에 몸이 조금 떠있는 기분이 들었다. 아버지의 이름이 새겨진 납골당 안, 조그만 칸 앞에 서면 고개만 숙이고 잠깐 서 있다 돌아설 수밖에 없었다. 죽은 아버지를 위해서 제대로 예의를 갖추어 본 적이 없었다.

바로 얼마 전인데도 나는 그와 헤어져 들어갔던 작은 샛길을 찾을 수가 없었다. 산 속의 길은 다 비슷해보였다. 나무이파리들은 훨씬 크고 진해졌다. 훌쩍 자라난 풀들이 맨살이 드러나는 종아리를 간지럼 폈다. 목이 말랐다. 아무데나 주저앉고 싶었다. 평평한 바닥을 골라 앉았다. 물기가 흐르는 캔 커피를 꺼내 단숨에 마셨다. 갑자기 피우지도 않는 담배가 몹시 그리웠다. 몸이 자꾸 땅 아래로 처져 갔다. 고개가 먼저 꺾이자 허리도 옆으로 쓰러졌다. 손으로 땅을 짚었다. 가느다란 팔이 지탱하기엔 몸이 너무 버거웠다. 나는 등을 풀 위에 대고 누웠다. 하늘만이 온 세계인 것 같았다. 멍하니 하늘에 잠겨 있자니 눈이 가물가물 거렸다.

나는 엉덩이의 풀을 털며 일어섰다. 빨리 나가고 싶었다. 검정 비닐봉투를 펼쳤다. 먼저 소주병을 꺼내 바닥에 놓았다. 물기가 묻은 뚜껑을 겨우 비틀어 열었다. 소주냄새의 향기가 코끝을 스쳐 가슴 속까지 내려왔다. 내가 먼저 입에 대고 마셔서는 안 되었다. 나는 소주병을 들고 작은 무덤들 곁으로 가서 뿌려댔다. 하나의 무덤을 완전히 적시지도 못할 거라면, 아무 소용이 없을 거 같았다. 나는 남아 있는 소주를 입에 털어 넣었다. 남방 가슴이 뜨거워졌다. 나는 아무것도 염원하지 않았다. 그냥 이대로 집에 간다면 편안한 잠자리에 들지 못할 거 같았다. 적어도 내가 지나쳤던 무덤들에 대해선 공손히 예의를 지켜야 할 것 같았다.

자귀나무에 새기다

자귀나무에 새기다

덕수궁 정문, 대한문을 들어선다: 조금만 곧
장 걸어간다. 궁중유물관, 함녕전 표지판 뒤로 자귀나무가 보인다.
지난 여름, 풍성했던 자귀나무 잎은 말라 비틀어져 떨어져 있다. 서
로 마주보면서 촘촘히 달려 있던 자그마하고 길쭉한 잎들은 더러는
산철쭉 위에서, 흙바닥에서, 금방이라도 바스러질 듯 날아갈 듯 겨
우 제 모습을 간직하고 있다. 어긋나기로 마주보던 잎들 사이, 새로
자란 어린 가지 끝에 달려 있던 꽃들은 흔적도 보이지 않는다.

짧은 분홍실을 부챗살처럼 펼쳐놓은 듯한 자그마한 꽃이었다. 꽃
들은 길이가 짧은 연한 녹색의 종모양 꽃받침에 부드럽고 얇디얇은
분홍색 수술들을 하늘을 향해 펼치고 있었다. 그 앞에 서면, 한창
달아올라 절정에 다다른 꽃보다도 은은히 퍼져오던 향에 가슴에 물

결이 이는 것만 같았다. 이제 막 사랑에 빠진, 사랑의 말보나 사랑의 몸짓을 하고 싶은 여자와 남자에게 더 큰 설렘을 안겨주었다.

바닥에 떨어진 자귀나무 잎사귀 하나를 여자는 손끝으로 주워 올린다. 손바닥 위의 퇴색되고 쪼그라진 이파리를 여자는 한동안 쳐다본다. 먼지를 일으키는 바람이 분다. 여자의 작은 손바닥 위에서 이파리는 바람에 달랑거린다. 바람이 낚아채기 전, 여자는 손을 오므린다. 쉬이익. 건조하고 마른 소리가 냉랭한 하늘로 날아간다. 화석이 한 순간 부서져 버린다. 여자가 손을 펴자 잘게 부수어져 날아가지 못한 가루가 더러운 미련처럼 남아 있다. 여자는 다시 바람을 기다린다. 끈적대는 손바닥 위에서 떨어지지 않을 것 같은 이파리 가루는 미련 없이 훅 날아간다. 여자는 잔손금이 많은 빈 손바닥을 오래도록 바라본다.

"이 잎사귀를 하나씩 떼어내는 거야."

제일 마지막 잎사귀를 떼어내는 사람이 지는 거라며, 진 사람이 소원을 들어주는 거라고 말하는 남자는 이미 승리자의 웃음을 띠고 있었다. 남자의 얼굴에 숨어 있는 소원이 무엇인지 여자는 짐작하고 있었다. 하지만 남자가 왜 미리부터 기쁨에 겨워하는지는 좀 의아했다. 혼자만 지니고 있는 듯한 삶의 무게에 짓눌려 가벼운 농담도 거부하던 눈동자에 활짝 웃음이 넘쳐나는 남자가 여자는 안쓰럽기까지 했다.

자귀나무의 낮은 가지에서 싱그러운 초록색 잎사귀를 떼어낸 남자는, 내가 먼저 한다, 하며 가늘고 보드라운 잎 하나를 가볍게 뗐다. 여자 역시 말 잘 듣는 아이처럼 남자가 하는 대로 이파리를 조심스럽게 뜯어냈다. 남자와 여자는 오후의 산책을 즐기는 사람들 사이를 천천히 걸어가며 흙바닥에 잎사귀를 떨어뜨렸다. 이파리가 거의 다 뜯겨 나가자 여자는 처음의 긴장과 흥분이 엉긴 설렘을 느낄 수 없었다. 대신 남자의 웃음의 의미를 알아챘고, 피할 수 없는 날이 되리라는 것도 알았다.

자귀나무의 모든 잎은 다 짝이 있었다. 어린 아들과 뒷산 약수터에 오를 때도 식물도감을 들고 가서 펼쳐보던 남자는 나무를 잘 알고 있었다. 밤나무, 은행나무, 단풍나무, 플라타너스, 벗나무 같은 대부분 사람들이 아는 나무 외에는 구별하지 못하는 여자의 무지를 너무나 잘 알았다. 때문에 이미, 그날 그렇게 되리라는 예감과 함께 자귀나무 잎사귀를 가지고 자귀나무의 잎처럼 되고 싶다는 뜻을 나타냈다.

자귀나무는 긴긴 밤에는 잎이 서로 붙어버린 채 잠을 자서 야합수(夜合樹)라고 하고, 해가 있을 동안에는 잎이 마주 붙는 일이 생기지 않는다고 했다. 구름이 끼어 아무리 컴컴할지라도 낮에는 잠자리에 들지 않는다고 했지만, 그 여름날, 땀을 쏟으며 긴긴 길을 돌고 돌아서 여자와 남자는 자귀나무 잎이 되었다.

자귀나무 옆, 단풍나무의 빨간 잎이 창백한 여자의 붉은 립스틱처럼 더욱 차갑게 보인다. 거기에도 바싹 말아 올라간 자귀나무 이파리들이 얹혀 있다. 여자가 주위를 둘러본다. 커피와 음료수 자판기를 본 여자가 손가락을 편 채 중화전 방향으로 걷기 시작한다. 갑자기 온 이른 추위에 사람 하나 보이지 않는 텅 빈 고궁에서 마른땅을 꼭꼭 다지듯이 밟으며 여자는 걷는다. 밀크 커피는 입김으로 식히지 않아도 될 만큼 따뜻하다. 금방 식어버린 커피를 서너 모금으로 마신 여자는 뒤를 돌아, 자귀나무를 다시 한 번 스치고 대한문을 나온다. 돌담길로 방향을 틀기 전, 여자는 서너 걸음이면 충분한 좁은 횡단보도의 흰색 선을 고개를 숙이고 잠깐 동안 바라본다. 여자는 돌담길을 따라 걷기 시작한다.

지난여름, 덕수궁에 와서 말로만 듣던 자귀나무를 처음 본 여자는 남자에게 자신도 믿지 않았던 나무에 얽힌 얘기를 했다.

"옛날 중국의 두양이라는 사람의 부인은 해마다 오월 단오에 자귀나무 꽃을 따서 말려 베개 속에 넣어두었다가 남편의 기분이 좋지 않을 때마다 꺼내서 술에 넣어 한 잔씩 권했다고 하는데, 그러면 남편은 금세 기분이 좋아졌대. 그래서 부부간의 사랑을 두텁게 하는 신비스런 약이라 해서 사람들이 따라했다고 해."

담배연기를 내뿜는 남자의 입가에 유치하군, 하는 듯한 비웃음이 살짝 어렸다. 그런 미신을 믿느냐고 했던 남자가 대한문을 나서자,

여자의 허리를 안고 횡단보도를 건넜다.

"덕수궁 돌담길을 걸으면 이별한다며."

처음엔 무엇을 하러 덕수궁에 왔는지 여자는 몰랐다. 가을의 끝인지 겨울의 시작인지 구분할 수 없는 날씨는 춥고 바람이 많았다. 조금 전, 언 손으로 창구에서 입장권과 거스름돈을 받아 쥐었을 때, 여자는 곧 후회를 했다. 가볍게 산책하기에, 밝고 희망적인 기운을 불어넣기에, 푸른 생명의 나무와 투명한 하늘을 올려다보기에, 마음은 굳게 닫혀 있었고, 몸은 차갑고 딱딱해져 있었다.

사람들은 없었다. 기와지붕 너머로 보이는 빌딩 속 사람들은 이젠 창밖으로 이곳을 바라보며 한 때 저기에 누구와 갔었지, 추억하며 종이컵을 잘근잘근 씹을 뿐 발을 들여놓지 않았다. 오른쪽 휴게소조차 야외용 탁자 위에 플라스틱 의자를 올려놓은 채, 그저 문만 열어 놓은 상태였다. 남자의 얼굴이 예전만 같아도, 처음의 당당함과 오만함과 자부심이 겸손으로 치장하고 있었어도 여자는 곧장 집으로 돌아가 일찍 잠자리에 들었을 것이다.

욕심이었다. 언제나 욕심 때문에 더 나쁘게 될 때가 많았다. 그 순간에는 욕심이 아니라고 하지만 지나고 나면, 세속적인 욕망이 덧붙여진 탐욕이라고 밖에 달리 붙일 이름이 없었다. 그저 단 한 번만 남자의 얼굴을, 예전과 똑같은, 아니면 훨씬 윤기가 돌고 삶의 의지가 상한, 적당한 타협으로 두리 뭉실해진, 그래서 비굴하지만 편안한 웃음을 지어 보일 수도 있는 남자의 얼굴을 보고 나면, 엉킨 듯이 가슴을 막고 있는 그 무엇을 풀어낼 수도 있으리라는, 마음이 더 가벼울 수도 있으리라는, 미련을 벗고 정말 돌아설 수 있으리라는 기대를 여자는 했다.

남자는 그런 여자의 속셈을 이미 알아차려 따끔하게 충고하듯이 무겁고 어둔 얼굴로 여자보다 먼저, 사무실 근처 카페에 앉아 있었다. 핸드폰을 늦게 받은 남자는 회의 중이라서 나갈 수 없다고 말했었다. 회의가 끝나고는 아마도 같이 밥을 먹을 것이라고도 남자는 말했지만 여자는 물러서지 않고 잠깐만 시간을 내라고, 핸드폰 속에다 간절함을 보냈다.

전철역에서 내려 화장실에 들려 거울 속에 화장한 얼굴을 비춰보았다. 카페로 걸어가는 길에 여자는 가슴이 두근거리고 떨렸다. 카페 문을 밀고 들어가 남자의 모습을 확인하고 나자 여자는 떨림으로 숨이 찼다. 잽싸게 달려온 종업원에게 커피를 시키고, 생수를 마시며 여자는 여유를 찾고 싶었다. 남자는 처음 만나던 날처럼 여자를 똑바로 바라보지 않고 옆으로 시선을 두며 얘기를 시작했다. 여자는 남자의 얼굴을 똑바로 쳐다보았다. 남자가 여자의 눈을 받아줄 때까지 실컷 그 얼굴을 봐둬야 되는 것처럼 그렇게 남자의 얼굴을 있는 힘을 다 모아 똑똑히 보았다. 넌 잘 지냈어? 하고 비로소 남자가 여자 눈을 들여다보았을 때, 한동안 그의 눈을 물끄러미 쳐다보다 여자가 먼저 눈길을 거둬들였다. 그게 남자에 대한 예의라고 생각했다. 남자는 결코 여자의 눈을 마주 볼 용기가 없던 것은 아니었다. 단지 피하고 싶을 뿐, 아니 그래야 한다고 생각하고 있었을 뿐이다.

커피 잔에 크림과 설탕을 두 숟가락씩이나 넣으면서 여자는 손을 떨었다. 커피가 식기를 기다리며 생수가 담긴 유리잔을 들어 올리는데도 중풍 맞은 사람처럼 자신의 의지와 상관없이 여자는 손이 흔들렸고, 유리잔을 쥔 손을 간신히 입에 댔을 때는 고개마저 가만가만 흔들거렸다. 그런 여자의 못남을 남자는 보지 못했다.

지난밤 제대로 잠을 자지 못한 것이 분명한 남자의 두 눈은 피곤과 체념과 스스로 불러들이는 어둠에 잠겨 검푸른색을 띠었고, 사물이 아닌 사람을 바라보는 것에 무척 곤혹스러워하는 것처럼 보였다. 무엇이 남자를 저렇게 힘들게 하는 걸까. 남자를 힘들게 하는 모든 것에 여자는 맹렬한 분노와 적의가 올라왔다. 한 순간 남자가 너무 안타까워 여자는 목이 메었다. 그러나 혹시 자신과의 헤어짐이 남자를 저렇게 만들었다면, 조금은 기쁜 마음이 일 것 같았고, 위안이 될 것 같았고, 그리고 행복할 수도 있을 거라고, 여자는 정말 나쁜 마음이 됐다.

여자는 그런 마음을 숨겼다. 대신 쉬운 길을 놔두고 굳이 어려운 길을 가는 이유가 뭐냐고 물었다. 남자가 원하는, 시간과 월급이 더 많은 정부 산하 단체의 잡지 팀으로 가서 하고 싶은 일을 할 여유를 누릴 수도 있었다. 남자는 한동안 고민했지만 아직 선배가 하는 출판사에 그대로 다녔다.

"쉬운 길이 뭔데?"

유리벽 밖에서 번져오는 지는 해를 등지고 앉은 남자의 탁하고 어두운 눈동자는 한 번 닫힌 가슴은 다시 열려지지 않는다는 듯한 의미를 지닌 채 단호하게 물어왔다. 우리가 계속 만나면 너무 많은 사람들에게 상처를 주게 된다고 했을 때, 여자는 남자도 다른 남자와 결코 다르지 않다는 걸 깨달았다. 영원히, 마지막, 이라는 말을 넣어 열정적인 사랑을 고백하고, 거짓 맹세를 하고, 지켜지지 않을 약속을 하고, 자신의 아픔을 과장하고, 결정적인 순간이 오면 자신의 자리로 되돌아가는 속성을 남자도 똑같이 가지고 있었다.

여자와 함께 살고 있는 지금의 남자는 불타는 사랑의 화신이 돼 여자를 지키려고 했다. 자신의 부족함을 탓하기도 했고, 여자를 경멸하기도 했다. 밤새 함께 술을 마시고도 이른 아침엔 출근했다가 여자를 위해 점심시간에 와서 해장국을 사주기도 하고, 자신의 성기능에 문제가 있는지 심각하게 고민하기도 했다. 결혼식만 하지 않았지 우리는 부부야. 부부는 나무와 똑같아. 언제나 함께 하고 같이 늙어가고 죽는 거야. 뿌리에서부터 가지에 이르기까지 믿음이 있어야 해. 신뢰가 무너지면 썩은 나무가 되는 거야. 여자는 나무는 쉽게 썩지 않는다고 위로했다. 여자는 그 나무를 떠날 수 없었다.

여자 역시 남자와의 갑작스런 헤어짐이 힘겨웠었다. 남자가 신촌역 근처 꽃집에서 사준 작은 화분 속, 선인장 바위솔을 보며 멍하게 시간을 보낼 때가 많았다. 바위솔은 키가 크면서 햇빛이 들어오는 창 쪽으로 기울어 쓰러져 버릴 것처럼 보였다. 여자는 화분을 반대쪽으로 돌려놓았다. 한쪽으로 이미 기울어진 바위솔은 오래도록, 아직까지 제자리로 돌아오지 않고 있었다.

하루의 고단함과 복잡함과 얼마간의 고통과 세상과의 타협을 안고, 깊고 고요하게 잠을 자기 위해 여자는 노력했다. 그러기 위해 가끔 혼자 소리 죽여 우는 시간도 있었고, 저녁을 먹고는 매일 운동장의 하늘의 별과 달을 보며 무조건 뛰기도 했다. 아무 생각도 하지 않고 싶었다. 어떤 생각이 옳은지, 무슨 생각을 해야 하는지 여자는 알 수 없었다.

여자가 늦은 점심을 혼자 먹기에 편안한 곳을 고른다는 게 남자와 같이 들어갔던 지하식당이다. 벌써 크리스마스 캐럴이 흘러나오는 추리 앞에서 여자는 어느 곳에 자리를 잡고 앉아야할지 두리번거린다. 그때 주인 남자가 칸막이로 가려진 출입구 쪽의 좌석으로 여자를 안내한다. 물론 여자를, 남자와 함께 그 자리에 앉았던 여자

틀 기억할 리 없었지만 여자는 운명에 순응하는 기분으로 소리 나게 비닐 소파에 주저앉는다. 자리에 앉자마자 식탁 위로 손을 내밀어 여자의 손을 꼭 쥐던 남자가 앉았던 자리를 그에게 마지막 웃음을 보내듯이 여자는 쓸쓸하게 쳐다본다.

고기도 생선도 먹지 말아야 한다는 의사의 지시로 남자가 선택할 수밖에 없었던 비빔밥을 여자는 주문한다. 색색의 알약을 식탁 위에 쌓아 놓았다가 하나씩 집어 장난스럽게 삼킨 남자는 완치가 어렵다는 통풍의 증상으로 왼쪽 발이 부어올라 걷는 게 힘들었다. 술과는 인연이 없는 것으로 생각하라는 의사의 강압적인 충고에 순종적으로 따르고 있던 남자는 새롭게 나타나는 금단 증상으로 우울했지만 그날은 자귀나무 잎 때문에 들떠 있었고, 여자는 밥을 제대로 먹을 수 없었다. 잘못된 만남이란 유행가 가사처럼 자신과 만난 후 한 달 동안 계속되는 남자의 불운에 여자는 꺼림칙한 기분을 떨쳐낼 수 없었다. 출판날짜가 촉박했던 책은 페이지가 잘못 인쇄되는 바람에 다시 작업에 들어가야 했고, 한 달 전에 출판했던 책이 특정 종교단체를 인신공격했다는 강력한 항의로 합의금을 주고 해결해야 했고, 출판계약을 했던 작가가 일방적으로 계약취소를 해왔다. 며칠 전에는 통풍이라는 병명까지 추가했다. 여자는 자신이 남자에게 불행을 안겨준 것만 같았다. 남자는 그런 것쯤은 아무렇지 않다고 대수롭지 않게 넘겨버리는 듯 했다. 그런 남자의 태도를 여자는 사랑이라고 믿었다.

요즘 들어 여자는 생의 목적과 쾌락을 오로지 먹는 것에만 집착하는 인간처럼 좀처럼 식욕을 자제하지 못했다. 식욕은 곧 성욕이야, 하고 호기롭게 말했던 때가 여자는 새삼 부끄러워졌다. 여자는 비빔밥 그릇을 다 비우고 일어선다.

그때, '타인의 취향'을 상영하던 영화관은 다른 영화 포스터가 붙어 있다. 제목을 보고 책을 고르듯이 타인의 취향이라는 제목 때문에 여자가 보고 싶은 영화이기도 했다. 남자와 함께 영화를 보기 위해 회원 가입을 하기도 했지만 영화를 한 번도 보지 못하고 헤어졌다. 남자를 만나면서 자신의 취향보다도 남자의 취향을 신경 쓰기는 그가 처음이었다. 여자가 만났던 남자들은 특별한 취향이 없었다. 영화를 고르는 일도, 드라이브를 가는 곳도, 저녁 메뉴를 선택하는 일도 언제나 여자가 결정했다. 남자들은 단지, 자귀나무처럼 합환수(合歡樹)가 되고자 할 때는 막무가내였다. 여자의 취향을 남자들은 좋아해 주었다.

남자는 아직 사회에 덜 길들여지고 순응된 사람이었다. 그래서 아직까지 술자리에서 종종 술잔을 날렸고, 아주 가끔 말보다도 주먹으로 정의를 실천하려는 의지를 보였다. 나는 왜 국가와 민족이라는 말에 눈물이 먼저 나오는지 모르겠다는 남자의 말이 여자는 위선이 아닐까, 의심하기도 했지만 애국가가 나오는 텔레비전 화면을 볼 때면 어떤 알지 못하는 것이 가슴을 벅차게 했으므로 그런 남자가 좋기도 했다. 남자는 자신의 시간을 갖고자 월급을 적게 받더라도 늦은 아침에 출근할 수 있게 계약했다. 남자는 늘 바빴고 시간이 모자랐고, 잠이 부족했다. 그런 남자가 널 만나는 게 휴식이고 위안이라고 했을 때, 여자는 기뻤다. 더 이상의 사랑은 이제 없을 것이라고 확신했다.

여자는 덕수궁 돌담길을 천천히 내려온다. 갑자기 닥친 추위에 놀란 사람들은 뛰는 듯이 걷는다. 첫 추위에 어깨를 목까지 움츠린 사람들도, 호두과자를 구우며 언 발을 연신 동동거리는 청년도, 장총을 옆으로 차고 짝지어 걸어가는 정경들도 모두 입을 앞으로 내밀어 이를 앙 다문다. 여자도 어깨가 바싹 올라간 채 간혹 입을 벌리고 더운 김을 뿜어낸다.

"굉장히 추워 보였어, 그날."

남자를 처음 만난 날, 늦가을의 거리에서 추위를 많이 타는 여자는 입을 벌려 흐흐, 거리며 같은 방향이면서도 술기운에 들뜬 남자가 빨리 택시를 잡지 않아 조바심이 났었다. 택시를 잡는 사이, 남자는 지나가는 말로 하기에 지나치게 무거운 얘기를 쏟아냈다. 인생의 희망, 결혼의 의미, 예기치 못한 죽음의 순간, 돈의 위력 앞에 초라해지는 자신, 처음 만나는 순간의 느낌으로 결정지어지는 사랑.

새벽에 속초로 가는 차를 타야했던 여자는 그런 말을 하는 자기 자신에게조차 냉소적인 남자를 외면하지 못했다. 남자가 내미는 명함을 쥐고 먼저 택시를 탔던 여자는 여행을 다녀온 뒤 전화를 했다. 긴장되고 떨리는 목소리의 통화 끝에의 만남, 그게 시작이었다.

여자의 눈에 노란 색지에 찍힌 빨간 화살표가 들어온다. 빨간 화살표는 여자를 놓치지 않겠다는 듯이 여자의 짧은 보폭 간격만큼의 사이를 두고 이어져 있다. 화살표의 끝은 판토마임 공연장이다. 공연장의 오른편으로는 구 러시아공사관이 초라하게 서 있다. 공사관 동북쪽 지하실에 덕수궁으로 연결된 비밀통로가 있었고, 고종이 그 통로로 다녔다는 얘기를 여자는 들은 적이 있었다. 아버지 대원군과 힘을 겨뤘던 고종, 청나라에서 신식 문명에 눈을 떠 개국을 주장한 죄로 인조의 미움을 받아 죽음에 이른 소현세자, 아버지와의 불화로 일찍 세상에 뛰쳐나왔던 남자, 아직까지도 아버지와의 대면이 남보다 더 서먹하고 불편한 여자. 거역할 수 없는 천륜에 무릎을 꿇듯이 늙고 병든 아버지를 남자는 이해했지만 젊은 아버지가 그랬듯이 아내에게 따뜻함을 보이지 않는, 그래서 그의 어린 아들이 제 아비에게 품을 적의를 모르는 남자는 늘 쓸쓸해 보였다.

"덕수궁은 이름부터 고쳐야 돼."

점심시간이 지나 더위에 지쳐 양복저고리를 한 팔에 걸고 횡단보도를 건너 대한문 앞으로 걸어온 남자는 심각하다 못해 곧 무슨 선언이라도 할 것 같은 얼굴로 대뜸 그렇게 말했다. 덕수궁 본래의 이름이 경운궁(慶運宮)이고, 고종이 머무르다 죽은 궁궐이며, 석조전이 한때 국립미술관이었고, 그때 혼자 샤갈전을 보러 온 적이 있었고, 차라리 어서 빨리 늙고 싶다는 생각을 했던 한 때, 매일 아침 이곳을 지나쳐 토요일에도 일곱 시까지 일했던 직장에 갔었다는 게 여자가 알고 기억하는 덕수궁이었다.

조선의 역대 왕 중에서 생전에 왕위를 양위한 태종이 거처하던 궁궐에도 싱왕의 장수를 비는 뜻에서 덕수궁과 비슷한 수강궁이란 이름을 붙였으니까 덕수궁이란 이름은 상왕이 은거하는 궁궐이란 뜻의 일반적인 이름이지 궁궐 고유의 이름이 아니라고 남자는, 짱짱한 햇빛에 눈을 찡그리며 말했다.

지나치는 사람 없는 대한문 앞에서 여자가 올려다 본 하늘은 눈이 부시게 빛을 쏘아대고 있는 얇게 언 강처럼 보인다. 또 다시 표를 끊고 여자는 대한문으로 들어선다. 발밑에 밟히는 이파리 하나에도 여자는 죄를 짓는 것만 같았다. 모든 움직임에 업이 쌓이는 것 같아 여자는 몸을 점점 움츠린다. 남자에게 이미 마음을 거둬들였다고, 그래야만 한다고 다짐했었지만 남자의 초췌한 모습에, 형편 없어진 얼굴에 박하 향 같이 싸하게 훑고 지나가는 아픔이 여자를 다시 옭아맸다. 남자의 손을 꼭 잡아보고 싶다는 강렬한 욕망이, 남자와 헤어져 뒤를 돌아서는 순간 울컥 치밀어왔다. 때문에 여자는 뒤돌아 남자의 얼굴을 다시 볼 수 없었다. 남자가 아직도 서 있는지 보고 싶은 마음도, 혹시 그대로 지켜보고 있다면 마지막으로 손을 흔들어줄 여유도 찾지 못했다. 남자는 말했었다. 어쩌면 우연히 만나질 수도 있겠지. 그땐 편한 마음으로 술 한 잔 하는 것도 괜찮겠지. 그땐 아마 열정이 사라진 가슴이, 썩은 나무토막이 돼 있을 거야. 너도 별반 다르지 않겠지만. 남자의 말은 여자의 가슴에 그대로 박혀버렸다.

여자에게 가슴에 못이 박혔다는 말을 자주 했던 건 그녀의 엄마였다. 여자의 엄마는 그녀를 임신했을 때, 다른 여자 때문에 헤어지자고 한 남편의 말이 평생 가슴에 못이 돼 아직도 가슴이 아플 때가 있다고 했다. 그러면서도 끝내 남편을 떠나지 않은 건 자식인 그녀 때문이 아니라 언젠가 돌아오리라는 헛된 희망 때문이었고, 그 남자 없이는 안 될 것 같았기 때문이었다고 했다. 여자는 그녀의 엄마가 아니라 아버지의 여자 같은 여자가 되고 싶었다. 한번도 본 적 없지만 한 남자의 가슴에 살아 있는 그 여자에게 묘한 질투심마저 느꼈다.

마당 좁은 집에서 여자의 엄마는 어느 날, 맨드라미 채송화 붓꽃이 피어나던 화단을 파헤치고 어린 나무 두 그루를 조금 떨어져 심었다. 잘 다독인 흙에 바가지로 퍼 올린 물을 손으로 퉁겨 뿌리면서 엄마의 얼굴은 비장하기까지 했다. 아침마다 그 앞에 물을 주던 엄마가 뿌리가 썩은 두 그루의 나무를 바닥에 내팽개치며 울던 모습은 아직까지 여자의 기억에 남아 있었다. 여자가 그 나무의 이름을 듣게 된 건 결혼도 하기 전에 집을 떠나게 된 날이었다. 여자와 동거하고 있는 남자가 결혼식 하기 얼마 전, 교통사고로 갑자기 부모를 잃자 결혼식은 뒤로 미루어졌고, 남자는 서둘러 함께 살려고 했다. 그때도 여자는 왠지 자기 때문에 남자에게 액운이 덮친 것 같아 많이 미안했었다. 곧 집을 떠날 여자를 보고 엄마는 물었다. 혹시 예전에 마당에 심었다가 자라기도 전에 썩어, 뽑아버린 나무를 기억하느냐고, 그게 자귀나무였다고 엄마는 목이 잠긴 목소리로 말했다.

행운을 불러오는 음나무로 연리목(連理木)을 만들어 두면 부부의 사이가 좋아지고 또 복이 깃든다는 얘기를 여자의 엄마는 화원을 하는 친구에게서 들었다. 어린 음나무 두 그루를 한 걸음 정도 떨어지게 심고 뿌리가 완전히 내리기를 기다려, 두 나무가 맞닿을 줄기 부분의 껍질을 약간 긁어내고 탄력 있는 튼튼한 끈으로 묶어서 몇 년을 그대로 두면 연리목이 만들어진다는 말을 여자의 엄마는 구원의 소리처럼 들었다. 여자의 엄마는 음나무 대신 부부 금실을 상징하는 자귀나무를 심었던 것이다. 그렇지만 안타까운 열망을 담은 나무는 오래가지 않아 뿌리가 썩었고, 몇 년을 기다릴 인내심마저 함께 사라져버렸다. 그리고는 가슴에서 여자의 아버지를 비워냈다고 말했다. 좋아하는 사람의 마음을 억지로 떼어낼 수는 없다, 다만 마음을 받아주지 않는다고 그 사람을 미워하지 않고 이해하니까 마음이 편해지더라고, 부디, 사랑 받는 행복한 여자가 되었으면 좋겠다고, 여자의 엄마는 간절히 말했다.

여자와 헤어진 후, 여러 상황이 너무 힘들어서 아내에게 얘기했다는 남자의 말이 여자는 이해가 가지 않았다. 이미 헤어진 여자와의 관계를 아내에게 일부러 말한 이유가 무엇인지 여자는 도저히 헤아릴 수 없었다. 너 때문에 힘든 게 아니라 모든 상황이 너무 힘들었다고 굳이 덧붙여 설명하는 남자의 치사하지 않은 솔직함이 여자는 오히려 좋았다. 그 후로 지금까지 아내와 서로 무심하게 지내고 있다고 말하는 남자의 표정은 이미 세속적인 행복이나 욕망은 포기한 듯 보였다.

"나는 원래 그런 놈이니까."

그 한마디로 여자는 충분히 괴로웠다. 남자의 푸석거리는 얼굴은 두부가 송송 떠 있는 따뜻한 청국장에, 심심하게 무친 산나물과 노릇하게 구워진 조기 한 마리와 서리태가 드문드문 섞인 밥 한 그릇을 땀 흘리며 비우고 나면, 금방 부옇게 필 것 같았다. 포만감에 누워 반쯤 감긴 눈으로 텔레비전을 보고 있는 남자의 귀를 혀로 살짝 핥으면 처음엔 간지러워 고개를 옆으로 살짝 비틀던 남자가, 남자의 입 매무새처럼 단정한 젖꼭지 경계선으로부터 살살 애무하는 것으로 시작해 벌써 불쑥 솟아오른 페니스를 손으로 쥘 듯 말 듯 잡고 입천장에 닿도록 눌러주면 어느 순간 온몸이 텅 비어 버리는 듯한 쾌감을 한껏 뿜어내고, 사지를 축 늘어트리고 다디단 잠을 푹 자고 나면 가벼운 몸이 될 것처럼 보였다. 여자는 이제 아무것도 해줄 수가 없다.

대한문을 들어선 사람들이 으레 한번 쳐다보고 가는 안내판을 여자는 이번에도 그대로 지나친다. 하늘을 받쳐 들고 있는 듯이 무거워 보이는 여자의 어깨는 잔뜩 올라간 채 굳어 있다. 고궁은 도심 한복판이라는 게 믿어지지 않을 정도로 고요하다. 조금 전과 마찬가지로 중화전 방향으로 향한 여자는 자판기에 동전을 넣고 커피를 뽑아든다. 커피를 마시며 사람 없는 고궁을 여자는 거닌다. 함녕전 뒤로 코리아나 호텔, 대한매일, 동아일보, 프레스센터 빌딩이 보인다. 신랑을 더 늠름하게, 신부를 더 아름답게, 라는 표어가 붙은 간이 탈의실에서 옷을 갈아입고 야외 촬영을 하던 신랑 신부들의 모습은 보이지 않는다.

커피를 금방 마셔버린 여자는 종이컵을 휴지통에 넣고 광명문으로 향한다. 광명문의 보루각자격루와 흥천사종, 신기전기화차를 설명하는 글자들을 여자는 읽는다. 이것들이 광명문과 아무 상관없듯이 광명문 역시 원래 이곳에 있던 게 아니었다. 명성황후에 관한 소설을 출간한 출판사 편집장이었던 남자는 텔레비전 드라마에서 그 역으로 출연하는 배우에게조차 본능적 애정이 있는 듯싶었다. 남자는 '한국100년사' 라는 책에서 본 사진을 얘기했었다. 경운궁에 고종이 머무르던 것을 싫어하던 일본이 을사보호조약을 앞두고 저지른 방화로 추측되는 불이 나자, 궁중의 사람들이 광명문을 통해 뛰쳐나오는 것을 일본 경찰이 지켜보고 있는 흑백 사진인데, 그 사진 한 장으로써 나라의 운명과 그 운명과 함께 하는 백성과 그 운명을 조소하는 일본이 다 드러나 보인다고, 남자는 애국 청년의 목소리로 말했다.

　왕후를 잃은 고종이 아관파천 뒤, 경운궁의 수리를 명령하고, 왕후의 빈전을 이곳, 덕수궁으로 옮겼고, 경운궁은 중화전의 영건으로 경복궁, 창덕궁에 비길 만한 궁궐의 면모를 대강 갖추었으나 1904년 다시 큰 화재로 그동안 수리하고 신축하였던 중요 건물들을 거의 다 태웠다고 했다. 수리 공사를 하던 함녕전의 온돌 아궁이에서 비롯된 불길은 마침 불어오는 거센 바람을 타고 옆 건물로 옮겨가 함녕전은 물론 중화전, 즉조당, 석어당, 경효전 등 궁궐 중심부의 전각들과 관아 및 그 내부의 소장품을 모두 태우는 큰불이었다고 했다. 각 전각이 행각으로 연결되어 있었고, 아무리 바람이 세차게 불었다고는 하지만 화재의 범위가 그렇게 엄청난 데에는 의문이 있다고, 일본인들의 방화라고 남자는 확신에 찬 말투로 얘기했다.

당시는 러시아와 일본이 전쟁을 시작하려 할 때여서 나라 안팎으로 큰 공사를 일으킬 형편이 안 되었지만 고종은 잿더미 위에서 다시 한 번 경운궁 중건의 단호한 결의를 밝혔고, 다른 궁궐로 옮기는 것이 좋겠다는 의견도 받아들이지 않았다고 했다. 이러한 결정에는 러시아, 미국, 영국에 의지하면서 일본의 침략을 막아 나라를 구하려는 의지가 있었던 것이라고 남자는 말했다.

세종대왕동상 앞에 선 여자는 왼쪽으로 고개를 돌린다. 거기 산철쭉과 소나무와 벚나무를 제치고 여자의 눈에 들어오는 두 그루의 자귀나무가 있다. 동상에서 일 미터쯤 옆에 하나, 중화전 방향으로 더 가서, 연리목을 만들기엔 너무 멀리 자귀나무가 또 하나 있다. 역시 앙상한 가지에 간혹 바람에 달랑대는 몇 안 되는 자귀나무 잎은 쓸쓸하다 못해 처량해 보이기까지 한다.

조선시대 왕 중에서 자식을 제일 많이 생산했다는 세종대왕 동상 옆에 자귀나무가 있는 게 맞는 것인지, 그렇지 않은 것인지, 여자는 희미하게 웃으며 동상을 다시 한 번 쳐다본다. 동상 옆의 자귀나무 아래, 덕수궁에 들어온 연인들이라면 한 번쯤 앉았을 바위 두 개가 놓여 있다. 이 바위 두 개도 나란히 있는 게 아니라 서로 마주 보기에 알맞은 각도로 떨어져 있다. 여드름이 난 자국도 덜 보이고, 거친 숨소리도 들키지 않고, 바람에 머릿결이 날리는 것도 지켜볼 수도 있고, 약간 바랜 셔츠의 깃도 더 깨끗해 보이는 거리만큼만 떨어

져 있다. 더 큰 바위 위엔 남자가, 조금 떨어져 그보다 작은 바위 위
엔 여자가, 남자를 향해 무릎까지 닿은 치마 아래 다리를 가지런히
모으고 마주 앉아 있었다. 남자와 눈이 마주치는 것만으로도 부끄
럽고, 남자의 넓은 가슴과 헤퍼 보이지 않는 입매와 굵고 단단한 팔
뚝을 좋아했던 여자는 오랜 시간이 지나도 남자를 친구처럼 만날
수가 없을 것 같았다. 이제 널 만나기가 부담스럽고 겁이 난다는 남
자는 시간이 조금 지난 뒤에 친구처럼, 그래 친구처럼, 만나자고 마
지막 말을 했다. 그게 정말 비겁한 것이 아닐까, 여자는 길을 걷는
내내 그 생각을 했다.

바위에서 일어난 여자는 다시 걷기 시작한다. 여자는 아까, 점심
을 먹기 전, 오래도록 서 있던 자귀나무 앞에 다시 선다. 여자는 먼
저 자신의 어깨로 받치고 있던 하늘을 올려다본다. 막힘없이 곧장
쏟아지는 빛을 주체하지 못한 여자는 시린 눈을 꼭 참고 견딘다. 여
자의 반쯤 감긴 눈가에는 파우더 가루에 따라 잔주름이 결을 이룬
다. 모래알갱이와 먼지에 섞인 바람에 여자는 눈을 뜨지 못하고, 자
신도 모르게 눈물을 흘린다.

하늘로부터 고개를 거둬들인 여자는 그동안 전혀 관심이 없던 주
위로 눈을 돌린다. 해가 짧아진 늦가을의 오후, 인생에서 처음 맞닥
뜨린 것 같은 추위에 일찌감치 제 둥지로 틀어 앉아 있는 사람들 덕
분에 아무도 없는 고궁에서 여자는 그래도 누군가 자신을 보고 있

을 것 같아 자꾸 고개를 이리저리 돌려댄다. 손쉽게 주머니에 훔쳐 담을 수 있는 머리핀이나 귀걸이, 카세트테이프가 바로 앞에 있는 것도 아닌데, 여자의 눈초리는 긴장으로 강한 빛을 퉁겨내고 있다.

여자는 왜 다시 덕수궁에 온 것인지, 왜 자귀나무 앞에 서 있는 건지 분명히 깨닫는다. 이파리가 모두 떨어져 나가고 간간이 애처롭게 바싹 마른 이파리가 바람에 덜렁거리는 자귀나무의 회갈색 가지를 여자는 뚫어질 듯이 쳐다본다. 검정 숄더백을 어깨에 맨 채 양손을 트렌치코트에 찔러놓고 주위를 재빨리 둘러보던 여자는 어느 순간 바람과 햇빛에 잘 말라신 여린 가지를 발돋움해 꺾는다. 톡, 가지 꺾이는 소리는 적막한 고궁에 높고 맑게 울려 퍼진다. 이미 들어가지 말라는 금기의 푯말을 넘어 화단에 서 있는 여자는 자신의 키에 닿는 어린 가지를 또 하나 꺾는다. 가지는 쉽게 꺾인다. 여자는 비로소 금기의 화단에서 발을 뺀다. 양 볼이 빨갛게 얼고, 손은 곱았지만 여자의 눈엔 살짝 미소가 어린다.

덕수궁에 자귀나무가 여기만 있는 것은 아니다. 중화전 행각 맞은편 벗나무들과 잣나무 사이에도 자귀나무가 있다. 또 세종대왕 동상 맞은편, 광명문 방향으로도 자귀나무가 서 있다. 이왕 나뭇가지를 꺾으려면 좀 더 안쪽으로 들어가는 게 바람직했지만 여자는 덕수궁에 들어서는 사람이면 누구든지 볼 수 있는 자리에 위치한 자귀나무를 택했다. 이렇게라도 당당하고 싶었다. 남자는 그날, 자귀나무처럼 합해진 후, 사랑한다는 말 대신에, 잊지 말아라, 오늘, 그날을 꼭 기억하라고 했다. 여자는 자신과 관계된 모든 비밀 번호를 그날의 숫자로 바꾸었다. 여자는 남자와 관계된 모든 것에 의미를 되새겼다.

여자는 나무를 알지 못했다. 짧은 여행에서 깊은 산 속, 계곡 아래, 좁은 길에서 만나던 나무의 이름을 알지 못했고, 계절마다 어떤 색깔의 꽃을 피우고, 열매를 맺는지도 몰랐다. 얼마 전, 석굴암에 올라갔다 내려오는 길 아래 낭떠러지에 여자의 알몸이 남자의 몸을 감고 있는 듯한 나무의 이름을 알지 못해 아쉽기도 했었다. 그때 남자가 옆에 있었더라면 나무의 이름을 알 수 있었을지도 몰랐다. 나무를 모르는 어리석은 여자는 가지를 맨 땅에 심으면 뿌리가 내리고 자라나 큰 나무가 되는지 알고 있다.

여자는 손바닥 위에 가느다란 자귀나무 가지 두 개를 올려놓는다. 지는 해를 받아 은회색으로 빛나는 가냘픈 몸통에는 작고 동글동글한 숨구멍이 촘촘히 박혀 있다. 여자는 언 손을 가지 위에 대고 살살 만져본다. 까칠 대는 촉감이 여자는 서럽기도 하고 싫었다. 여자는 치밀어 오르는 감정을 침과 함께 목안으로 삼킨다. 그때, 탁, 라이터 켜는 소리와 함께 다가온 낯선 냄새에 여자는 긴장한다. 정물 속에 빠져 있던 여자는 갑작스런 움직임에 놀란다.

"다 큰 어른이 함부로 나뭇가지를 꺾다니요? 그것도 신성한 궁궐에서."

확 고개를 쳐들지 못한 여자 눈에 들어온 건 베이지 색 더블코트
와 감색 코르덴바지다.

"이것도 문화재 사범으로 신고해야 되는지 모르겠군요?"

남자의 목소리는 한층 더 신이 올라 있다. 여자는 비로소 고개를
들고 남자를 올려다본다. 회색으로 탈색한 머리에 한쪽 귀에 착 달
라붙는 크리스털 귀걸이까지 한 젊은 남자는 한 여름의 푸른 나무
처럼 건강한 웃음을 달고 있다. 그런 웃음이 여자는 너무 아득하게
느껴진다.

초원빌라, 그 앞에는 얼마만큼의 흙 마당이 있을까. 혹 시멘트를
깔은 좁은 주차장이 아닐까. 그래도 상관없다. 여자는 망치를 들고
남자의 집, 바깥으로 난 창문 앞에 어린 자귀나무 두 그루가 들어갈
자리만큼만 시멘트 바닥을 깰 것이다. 별이 총총하고 소란스런 밤
이 지나고, 불면증이 있는 사람이라도 잠깐 잠들기 쉬운 새벽녘에
아주 조금씩 단단한 바닥을 깨 나갈 것이다. 달빛이 너무 밝지 않았
으면 좋겠고, 야간 순찰을 도는 경찰관이 근무를 하지 않고 조는 날
이었으면 더 좋을 것이다.

원래의 흙 땅이 나오면 꺾어온 가지를 단단히 꽂을 것이다. 결코
바람에 쓰러지지 않고, 비에 흔들리지 않게 꼭꼭 박아 놓을 것이다.
여자가 남자에게 해줄 수 있는 것은 이젠 그것 밖에 없었다. 여자의

소망대로 자귀나무가 뿌리를 내리고, 여름이면 분홍 부챗살 꽃을 피우고, 더이상 남자가 만든 책이 눈에 띠지 않는 날들이 지나면, 마지막으로 다시 한 번 와서 깊게 뿌리 내린 두 가지를 꼭꼭 붙들어 매 놓을 것이다. 서로의 가지를 휘감고 올라가 결국은 하나가 되고 마는 나무가 되기를 기도할 것이다. 혹, 초원빌라에서 더 넓고 높은 집으로 옮겨 가게 된다면, 아마 그때는 더 이상 자귀나무 연리목이 필요치 않을 것이다. 한 번 떼인 정이 다시 붙기도 어렵지만 좋아진 금실 역시 쉽게 나빠지지도 않을 것이다. 그러면 남자의 얼굴도 성공한 중년의, 화목하고 안락한 가정의 가장으로서의 모습으로 달라져 있을 것이다. 그러면 여자는 더 이상 섹스의 절정 끝에 눈가에 맺히는 알 수 없는 눈물 때문에 오래도록 화장실 거울 속의 얼굴을 들여다보는 일도 없을 것이다. 여자는 무사처럼 양손에 어린 자귀나무가지를 들고 앞으로, 앞으로 전진할 태세를 갖춘다.

"한 가지 더 해야 할 일이 있습니다."

여자의 계획을 들고 난 남자가 말한다. 코트 주머니에서 맥가이버 칼을 꺼내든 남자는 자귀나무 앞으로 다가간다. 성능 좋은 칼을 세운 남자는 여자에게 오라는 눈짓을 한다. 남자는 콧물이 허옇게 말라붙고, 눈가가 빨개진 여자에게 또렷하고 분명한 발음으로 시를 읊어준다.

애인의 이름을 나무둥치에 새기며
소리 죽여 운 적이 있다.
수천 수만 나뭇잎이 일렁거렸다.

여자는 맥가이버 칼을 쥔 채 자귀나무 앞에 서 있다.

— 고재종, 전각

보물선을 찾아서

보물선을 찾아서

 배를 타러 가기로 했다. 그렇지만 아침에 이곳
으로 오는 버스를 잘못 탔을 때, 다른 날처럼 다시 학원으로 돌아갈
까 하고 망설였다. 시력이 좋지 않은 나는 버스의 맨 윗부분에 있는
월미도라는 큰 글자만을 보고 망설임 없이 운전사에게 손을 들어
달리는 버스를 세워 탔다. 버스는 중간부터는 둘이 앉을 수 있는 이
인용 좌석이었고, 비닐 커버는 깨끗해 보였다. 중학생으로 보이는
남자 아이와 화장을 짙게 한 중년의 여자가 창으로 들어오는 햇살
에 눈을 찌푸리고 짜증이 난 듯한 표정으로 창밖을 쳐다보고 있었
다. 버스를 잘못 탔다는 것을 안 것은 삼익아파트 앞을 지나면서부
터였다. 삼익아파트에는 아버지의 옛날 여자가 살았었고, 그곳을
지나면 다시 시내로 들어가는 길이었다. 나는 남자를 만날 때마다

처음에는 항로를 잘못 찾은 배처럼 조심스럽게 전진했다. 그러다가 어느 순간 쾌속선이 되어 달렸다. 제 속도에 못 이겨 침몰하는 배처럼 매번 실패하는 것이 아버지 때문이라고, 나는 생각해왔다. '아버지'보다는 '불신'이라는 남자의 이미지 때문에, 나는 아버지를 미워했고 남자를 결코 믿으려 하지 않았다. 그런데 사랑해, 라고 그가 말할 때마다 나는 그런 말 믿지 않아요, 하면서도 믿었다.

배를 탈 때는 가장 늦게 타고 내릴 때는 가장 먼저 내려야 해. 그게 제일 안전하거든. 결혼하기 전, 조선소에 근무한 적이 있다는 그는 얼마 전 그렇게 얘기했다.

여자와 배가 같은 점이 뭔 줄 알아? 그는 자기 배 위에 납작 엎드려 있는 내 등을 쓰다듬으며 물었다. 그의 배 위에 올라 내 배를 맞대고 있으면, 절정에 이르지 못한 섹스였더라도 일체감이 느껴졌다. 남자가 배 아냐? 남자는 배 여자는 항구잖아. 나는 노래를 부르며 그의 얼굴에 대고 손가락으로 박자를 두들겼다. 아냐. 그는 담배를 피기 위해 자기 배에서 나를 내렸다. 여자와 배는 똑같아. 여자와 배의 생명은 곡선에 달려 있어. 얼마나 곡선이 잘 나오느냐에 따라 성능이 좌우되는 거야. 그는 커다란 손으로 내 겨드랑이에서 허리와 엉덩이를 지나 종아리까지의 곡선을 훑었다. 웃음이 나왔다. 여자가 화장을 하듯이 배에도 페인트를 칠하는데, 이게 아주 중요해. 파도와 바람, 햇빛으로부터 배를 보호하려면 세월이 흐를수록 더 진하게 칠해야 돼. 여자도 나이가 들수록 화장이 진해지고 몸 가꾸는데 많은 노력이 들어가야 하는 것과 마찬가지야. 나는 고개를 끄덕거렸다. 또 여자와 배의 같은 점의 하나가 아랫부분을 잘 노출하지 않는 것인데…… 그는 맨몸으로 누워 있는 나를 슬쩍 쳐다보며 말했다. 배가 아랫부분을 드러내는 경우는 사고가 났을 때지. 나는 개어진 채 한쪽 구석에 있던 이불을 끌어다 목 위까지 끌어올렸다. 배의 윗부분과 아랫부분의 경계에 '만재흘수선'이라는 게 있는데 그 선이 물 아래에 잠겨 있으면 배는 침몰하고 말지. 우리도 이제 침몰하는 일만 남았다는 건가. 우리의 끝은 그럴 거야. 그런 말이 생략된 듯한 느낌이 전해져 왔다. 그는 침몰하고 싶지 않아 배에서 내리고 싶다는 건가. 배가 일정시간마다 노폐물을 배출하는 것까지도 여자와 닮았어. 그는 웬일인지 진지해 보였다. 배를 여자로 보는 중요한 이유 중의 하나가 만나기보다는 관계를 유지하기가 힘들다는 거야. 시간과 돈, 정열이 필요한 거야. 배에도 지속적으로 관심을 갖고 쓸어 주고 닦아주고 기름 치고 조이고 덧칠하는 애정이 있어야만 해. 여자와 너무 똑같다고 생각하지 않아? 그에게는 그 세 가지가 다 부족했다. 이제 나와 헤어지고 싶다는 거야? 내 목소리의 끝이 갈라져 이상한 소리가 나왔다. 아냐. 그는 나를 끌어안았지만 그의 갈등이 전해져 왔다. 그의 마음이 읽어졌다.

나는 반대 방향에서 버스를 탔던 것이다. 봄날이라고는 하지만 햇빛은 사나운 인상을 만들어 놀만큼 따갑다. 반팔 위에 덧입은 검정 카디건은 햇빛을 쪽쪽 빨아들이는지 등과 양팔 겨드랑이에서 땀이 줄줄 흐른다. 나는 곧장 일어서서 벨을 누른다. 다시 되돌아가는 방향의 버스를 타기 위해서는 긴 횡단보도를 건너서 한참을 걸어 올라가야만 했다. 나는 버스에서 내린 자리에서 선 채로 그 길을 눈으로 좇는다. 아주 멀어 보인다. 가고 싶지 않은 길이다. 그렇지만 다시 돌아가기 위해서라도 긴 횡단보도는 건너야 한다.

무슨 단체 관광이라도 가는지 대합실 주변은 사람들로 북적댄다. 많은 사람들이 있을 거라고는 생각하지 못했는데 뜻밖이다. 위아래 흰색 정장 바지 차림에 검정 선글라스를 낀 여자가 꽃다발을 들고 성큼 들어왔다. 이십대 후반으로 보이는 여자의 도드라져 보이는 흰색 차림새보다도 하얀 망사에 싸여 있는 새빨간 장미꽃이 더 이채로워 보였다. 저 꽃다발을 들고 배를 타겠다는 걸까. 그 여자는 망설임 없는 익숙한 동작으로 돈을 내고 표 한 장을 받았다. 나도 천 원짜리 한 장을 내고 표를 받았다. 배가 한 시간 간격으로 정시에 출발한다는 것을, 창구에 써 붙인 안내문을 보고 알았다. 오는 배의 시간은? 나는 돌아오는 배의 시간은 묻지 않고 돌아선다. 청바지 주머니 깊숙이 표를 찔러 놓고 대합실 밖으로 나온다. 대합실 바로 옆으로 개찰구가 있다. 그 너머로 안개가 낀 바다가 보인다. 한여름인 것처럼 햇볕이 쨍쨍한데 안개가 끼여 있으니까 왠지 이상하다. 안개 냄새와 바다 냄새가 한데 섞여서 바람을 타고 날아다닌다. 안개가 낀 바다라, 좀 막막해지는 기분이다. 머리 속에는 뿌연 게 들어차는 것만 같았다. 바로 앞에 보이던 섬조차 안개 속에 가려졌고 바다는 희미하고 몽롱한 채로 무엇인가를 숨기고 유혹하는 것처럼 보인다.

배가 출발하려면 이십 분이나 남았다. 할 일이 없는 채로 기다리는 지루한 시간을 써버리기 위해 긴 줄을 기다려 화장실에 갔다 오고, 낚싯밥 때문에 갯냄새가 나는 가게에서 당근 주스와 초콜릿을 산다. 비듬이 보이는 덥수룩한 머리의 주인 남자가 기스름으로 오백 원짜리 동전을 내 손바닥 위에 올려놓는다. 백 원짜리 동전으로 바꿔주세요. 나는 남자가 신문을 보던 자리에 다시 앉기 전에 얼른 말한다. 동전을 지갑에 넣지 않고 들고 나오는데 길 건너 주차장 벽에 붙어 있는 푸른빛 전화기가 보인다. 전화를 하지 않겠다고 핸드폰을 가져오지 않은 내 마음과 다르게 내 눈은 전화기를 찾고 있었나 보다. 매번 납입기한이 넘어서 내는 세금들 가운데 제일 불필요하고 사치스럽다고 생각되는 게 핸드폰 요금이다. 이번 달로 핸드폰 사용을 정지해 달라고 신청해 놓았다. 그는 받지 않는 내 핸드폰에다 전화를 했었을까. 혹시 어떤 메시지라도 남겨 놓지 않았을까. 농전들을 전화기 위에 하나씩 쌓아 올린다. 쌓아올린, 무너져 내릴 것 같은, 동전들을 손가락 끝으로 똑바로 세운다. 망설임의 시간이 더 길어지기 전에 손목시계를 본다. 오후부터 수업이 시작되는 그는 아직 출근 전일 것이고, 늦은 아침 겸 점심을 먹을 시간이다. 배를 타기까지는 십 분이 남아 있고, 배를 타기 위해 모여든 사람들은 느릿느릿 움직이고 있다. 바쁘거나 급할 것은 아무것도 없다. 긴 심호흡을 하고 수화기를 든다. 여보세요, 그의 나른한 목소리가 들려온다. 아무것도 변한 것 같지 않은 목소리에, 기다림이나 기대 같은 설렘이 전혀 느껴지지 않는 목소리에, 나는 할말이 없어진다. 분명 이제는 헤어지는 것인데, 그는 똑같아 보인다. 아무렇지 않은 것 같은 그에게 묻고 싶다. 날 사랑했나요? 그가 다시 한 번 여보세요 했을 때, 바다에서 뚜웅 하는 뱃고동 소리가 들려온다. 나는 지금 배를 타고 떠나요. 다시는 당신에게로 가지 않아. 나는 수화기를 뱃고동 소리가 들리는 바다 쪽으로 든다. 다시 한 번 더 크게 뚜우, 하는 뱃고동 소리가 났다가 희미하게 사라질 때, 나는 수화기를 내려놓는다.

은박지와 엉겨 붙어 녹기 시작한 초콜릿을 조심스럽게 뗀다. 피곤할 때나 우울할 때, 당도와 열량이 높은 초콜릿을 먹으면 피곤을 덜 느끼고 힘을 얻을 수 있다는 말 때문에 길거리에 서서 초콜릿을 먹다니, 나의 소심함에 웃음이 나온다. 단 것을 먹으면 욱신거리는 이 때문에 당근 주스로 입안을 헹군다. 다시 한 번 고개를 뒤로 젖히고 우르륵거리다가 주스가 목구멍으로 넘어가기 직전 질척거리는 땅바닥에 뱉는다. 또 한 번 주스를 한 모금 마시고 고개를 뒤로 젖히다가 내 얼굴을 쳐다보고 있는 검정 양복을 입은 남자와 눈이 마주친다. 나는 풍선을 부는 것처럼 부풀려진 입안의 공기를 뺀다. 주체할 수 없이 기침이 나온다.

어디서 한꺼번에 사람들이 몰려왔는지 앞쪽에 줄을 서 있던 나는 갑자기 낯선 사람들 속에 파묻혀 버린다. 안개 때문에 이제까지 한 번도 배가 뜨지 못했다고 한다. 사람들이 너무 없는 것도 싫지만 사람들 속에 섞여 아무렇게나 부대끼는 것도 참을 수 없다. 부부일 것 같지 않은 중년의 남자와 여자가 내 앞에 손을 잡은 채로 마주보며 서 있다. 왜 이렇게 사람이 많죠? 여자가 말한다. 그러게 말야. 평일인데도 사람이 많네. 남자는 여자에게 눈을 맞추며 얘기한다. 여자가 남자의 얼굴에 바싹 입을 대고 말할 때마다 눈가의 잔주름이 좌르륵 펼쳐진다. 귀엽고 사랑스런 몸짓으로 남자를 향해 열려 있는 여자의 나이는 마흔을 훨씬 넘어 보인다. 어제는 잘 들어갔어? 남자의 눈빛에서 숨김없이 드러난 욕망이 읽어진다. 나는 그 눈빛을 외면해 버린다. 아버지도 다른 여자를 만날 때는 그랬을까. 욕망도 사랑이 될 수 있는 걸까. 아버지의 바람기는 삼익아파트에 살던 여자를 만나면서 엄마가 도저히 참아낼 수 없었을 만큼 무모해졌다. 그가 내게 향했던 마음과 아버지가 엄마 아닌 다른 여자들에게 향했던 마음은 같은 것일까.

주머니 속의 표를 꺼내서 한 번 보고는 손에 꼭 쥔다. 한 줄로 시작된 줄은 겹겹이 가지를 쳤다. 표 뒤에 주소 쓰셨어요? 검정 양복을 입은 남자가 사람들 틈에 섞여 말을 걸어온다. 아까 눈이 마주쳤던 남자다. 나는 표를 뒤집어 보이면서 쓰지 않았다는 말 대신 고개를 젓는다. 다 써야 해요. 그 남자는 검정 양복 윗주머니에서 금장된 몽블랑 만년필을 빼내려 했다. 괜찮아요. 나는 얼른 가방에서 나무로 된 만년필을 꺼내 보인다. 손바닥 위에 표를 올려놓고 주민등록번호와 이름, 주소와 전화번호를 적는다. 좁은 칸에 나는 아파트의 동과 호수까지 정확히 쓴다. 다 적고 보니까 이름 밑에는 한 가지만 적어도 된다고 쓰여 있다. 이런 고지식함과 순진함에 넌덜머리가 난다. 사랑을 믿지 않는다고 했지만 나는 그의 사랑을 의심하지 않았다. 그가 나를 사랑한다면, 우리가 서로 사랑한다면 그것으로 됐다고 믿었다. 검정 양복을 입은 남자는 고개를 옆으로 돌리고 안개빛 바다를 보고 있다.

내가 타고 가던 배가 러시아나 중국의 잘못 쏜 미사일 때문에 격침되거나, 이상 기온으로 떠 내려온 빙산 조각에 부딪혀 침몰되거나, 해고를 당해 살아가는 게 막막했던 울분에 찬 남자가 북쪽으로 납치하는 그런 일이 생겼을 때, 내가 적은 그런 것들이 소용될 것이지만 그런 일이 오히려 불가능해 보인다.

만년필의 뚜껑을 닫고도 나는 계속해서 만년필의 몸통을 손으로 천천히 쓰다듬는다. 나무로 된 만년필은 몸통이 부드럽게 곡선으로 다듬어져 있어 쓰다듬는 기분이 묘할 때가 있었다. 생각에 잠길 때면 나도 모르게 만년필을 쓰다듬는 게 습관이 됐다. 지난 연말에 백화점을 돌아다니다 토산품을 정리하는 곳에서 내가 좋아하는 취향의 귀걸이를 사다가 나무로 된 만년필을 보았다. 처음에는 볼펜이겠거니 하고 뚜껑을 열어보니까 뜻밖에도 만년필이었다. 그 만년필은 딱 두 개가 남아 있었다. 다시는 그를 만나지 않겠다고 했으면서도, 마음속에 그에 대한 미움과 증오를 키우면서도 두 개가 남아 있는 것을 다행스러워하며 얼른 샀다. 원장의 권위를 내세우는 게 만년필이기라도 한 듯 그도 나처럼 꼭 만년필로 결재를 했다. 오랜만에 서먹서먹하게 그와 마주 앉았을 때, 나는 커피잔 속에 떠다니는 기름을 보며, 주머니 속에서 만년필을 만지작거렸다. 차마, 내가 보고 싶을 때 이 만년필을 꺼내서 쓰다듬어 봐요, 그런 말을 하지도 못하고 우물 쭈물거리다가 다 마신 커피잔 옆에 놓아주었다.

배를 탈 때는 가장 늦게 타고 내릴 때는 가장 먼저 내려야 해. 그의 말대로 라면 나는 너무 빨리 탄다. 배는 이층으로는 올라갈 수 없게 되어 있다. 대합실처럼 좌석이 사방을 빙 둘러서 있고 그 위로 밖이 내다보이는 창문이 있다. 힌기운데도 여러 사람이 앉을 수 있도록 플라스틱으로 된 의자가 쭉 펼쳐져 있다. 앞쪽에 서 있던 나는 바다가 보이는 창가 아래 의자에 앉는다. 사람들이 많아지면서 자리들은 금방 차버린다. 내 옆에 서 있던 검정 양복은 내 옆에 앉는다. 당연하다는 표정이다. 다들 둘 아니면 셋, 그렇게 무리지어 있었기 때문에 그 남자와 나는 아직 덜 가까워진 연인처럼 자연스러워 보일지도 모른다는 생각이 들었다. 지금은 새로운 남자를 만나는 시점이 아니다. 그를 떠나야 한다. 그를 옛날 남자로 추억해야 한다.

선착장을 벗어나자 그 왼편에 유람선 매표소가 보인다. 일 년 전 그를 만나 처음으로 같이 온 곳이었다. 그때, 배를 탔었다. 유람선에서는 흘러간 팝송이 바람에 따라 날아다녔고, 한쪽이 쭉 찢어진 내 긴치마도 연신 펄럭거렸고, 늘어진 내 머리칼이 그의 얼굴에 닿았던 것도 같다. 고개를 돌리면 그의 얼굴이 와 닿을 것만 같아서 내내 고개를 돌리지 못하고, 주체할 수 없는 바람에 눈을 똑바로 뜨지도 못하고 햇빛에 빛나는 파도와 흰 거품을 번갈아 쳐다봤다. 가끔 고개를 들어 저쪽에서부터 몰려와 그의 방향으로 가는 갈매기를 좇다가 너를 안고 싶어, 그렇게 말하는 그의 눈동자와 마주치기도 했다. 매점으로 시원한 주스를 사러갈 때, 스피커에서 나오는 리듬에 따라 흔들거리는 그의 어깨와 걸음걸이가 가벼워 보여 마음에 들지 않았다. 왠지 그 가벼움이 그를 만나는 내내 이상하게 마음에 걸렸었다.

계속 바다로 고개를 돌리고 있기가 힘들어졌을 때, 나는 안으로 고개를 돌린다. 옆에 앉은 검정 양복의 남자가 무슨 말을 할 듯이 나를 본다. 난감하다. 짧은 듯한 머리가 단정한 느낌을 주었고, 피부도 눈빛도 깨끗해 보인다. 그럼에도 불구하고 어딘지 무겁게 보인다. 검정 양복 때문일까. 하긴 요즘 젊은 남자들은 저런 양복을 입지 않는다. 앞을 보고 있어도, 바다를 쳐다보고 있어도 불편하다. 그, 하나만으로도 나는 충분히 힘들다. 나는 일어섰다. 바깥으로 나오니까 신기하게도 안개가 걷혀 있다. 움직이는 게 쉽지 않을 정도로 사람이 많다. 나는 사람들 속을 비집고 들어가 난간을 잡고 선다. 빨간 장미꽃다발을 든 여자가 검정 선글라스를 낀 채 바다를 쳐다보며 서 있다. 두 손으로 받치고 있는 여자의 꽃다발이 무척이나 무거워 보인다. 중년의 남녀는 거의 껴안다시피 해서 밀착돼 있다. 흰 거품으로 밀려나는 바다의 잔물결을 쳐다볼 때, 누군가 내 팔을 조심스럽게 건드린다. 이거, 받으세요. 옆에 앉아 있던 검정 양복의 남자가 손바닥 위에 동전을 올려놓은 채, 내 앞으로 팔을 뻗고 있다. 무슨? 나는 목소리를 제대로 내지도 못한 채 남자의 얼굴을 쳐다본다. 아까 공중전화 하신 적 있죠? 간 다음에 보니까 동전이 이렇게 많이 남아 있어서요. 나는 고개를 끄떡거리며 손을 내민다. 남자는 동전을 탑을 쌓듯이 하나씩 하나씩 내 손바닥 위로 올려놓는다. 여자의 마음을 잘 헤아릴 줄 아는 남자, 여자에게 상처 줄 얘기는 안 할 남자, 감정이입이 잘 되어 금방 연애를 할 수 있는 남자. 그런 부류에 분명하게 속할 남자일까. 아니면, 어떤 사랑도 아무것도 아닌 것으로 만들어 버리는 남자, 나머지 사랑은 그저 바람이라고 생각하는 남자, 사랑과 섹스는 별개라고 생각하는 남자, 헤어진 다음에도 똑같은 목소리로 전화할 남자. 그런 부류에 속할까. 남자의 동전이 내 손바닥 위에 다 쌓아지도록 가만히 있자 그 남자는 바지 주머니 속에서 있는 대로 동전을 꺼낸다. 동전들은 햇빛을 받아 보석처럼 빛난다. 동전이 제법 높게까지 올라가자 하나를 새로 올릴 때마다 남자는 긴장한다. 순수해 보인다. 속지 말아야 한다. 그런 기대 때문에 상처받는다. 그만해요. 나도 모르게 나온 날카롭고 단호한 목소리에 남자는 놀라서 나를 쳐다본다. 나는 쌓던 동전 탑이 무너지는 걸 보고 싶지 않다. 동전을 그대로 둔 채 조심스럽게 바다를 향해 섰다. 맨 위의 동전을 바다로 던진다. 그를 던진다고 생각했다. 두 번째로 그에게로 향했던 내 마음을 던진다. 그 다음, 나를 던지고 싶었다. 무슨 소망이 있는 건가요? 남자의 목소리가 조심스럽다. 나는 고개를 젓는다. 그가 떠나지 않게 해 달라고 빌지 않았어요. 처음 보는 낯선 남자에게 그렇게 말하고 싶었다.

혹시 영화 〈타이타닉〉을 보셨나요? 젊은 남자와 여자가 타이타닉의 주인공 남녀처럼 날아가는 장면을 흉내 내는 것을 본 남자가 묻는다. 빙산 조각이 떠내려 오는 건 아니겠지요? 내 엉뚱한 대답에 남자는 웃고 만다. 세 시간이 넘는 상영시간이지만 전혀 지루하지 않고 재미있게 본 영화였다. 영화를 볼 때면 우리는 서로를 자극했다. 거리낌 없는 키스와 애무 때문에 영화의 스토리는 중간 중간 잘려나갔다. 그의 손을 끌고 나가고 싶을 만큼 참기 어려운 적이 많았다. 가끔 난 내 뜨거운 피가 두렵고 싫을 때가 있었다. 그에게 향하는 주체할 수 없는 마음이 끓고, 폭발할 것만 같을 때가 있었다. 늦은 밤 카페에 앉아 그의 온기를 느끼고, 그의 커다란 손에 살아났던 내 몸은, 빈 아파트에 돌아와 어둠 속에서 찬물로 샤워를 하고 난 뒤에도 그를 원했다. 어머니가 지독하게 욕을 퍼붓던 색골 아버지의 피를 이어받은 건 나였다. 나는 아버지를 비난할 수 없다. 욕망이나 본능은 순간이지만 사랑이 아니라고 단호하게 부정할 자신은 없다.

그와 함께 온 밤을 보낸 적은 없다. 그는 늦은 밤에는 절대로 날 잡지 않았다. 컴퓨터 강사라는 직업은 그에게 너무 잘 어울렸다. 나는 컴퓨터에 대고 내 사랑을 바쳤다. 컴퓨터는 한 치의 오차도 없이 손익계산서를 쭉 뽑아냈다. 한꺼번에 청구된 세금 계산서를 보듯이 난 경악했다. 내 사랑은, 내가 생각하는 사랑은……. 그는 감정 없는 말투로 침착하게 말했다. 너도, 앞일을 생각해야지. 다른 것 생각하지 말고 학원을 어떻게든 정상 궤도에 올려놓도록 해. 나도 마찬가지야. 어쩌면 학원을 처분하고 다른 일을 할지도 몰라. 아내가 그걸 원해. 어차피 되지 않는 일은 하지 않는 게 좋아. 처음에는 그걸 몰랐던 걸까. 설명하면 할수록 어긋나버리는, 상처받는 마음 때문에 난 등을 돌렸다. 검정 양복의 남자는 돌아서지 않고 옆에 서 있다.

오랜 섬 생활로, 사나운 바람과 원색적인 태양 아래, 거칠고 검게 그을린 할머니와 할아버지가 나와 검정 양복을 이상하게 보다가 고개를 돌린다. 더 이상 동전을 던지지 않자 바닥에 주저앉아 아무 감흥 없이 바다를 보기만 한다. 바다는 조용하다. 규칙적이고 연속적인 물결들이 무늬를 이룬다. 나 역시 지금 내가 떠 있는 바다에 대해서 특별한 감동은 없다. 어렸을 적, 초등학교를 다닐 때만 해도 여름 방학이 되면 배를 타고 할머니 집에 갔었다. 섬에서 자란 섬처녀였던 엄마는 뭍사람인 아빠와 결혼을 해서 세 명의 자식을 낳았다. 엄마는 사람은 탄생을 잘 해야 하는데, 그 섬에서 태어나서 제대로 배우지 못하고 그래서 불행한 삶이 전 인생을 지배한다고 믿었다. 아버지는 끊임없이 바람을 피웠다. 엄마는 지치지도 않고 싸웠다. 나는 남자에 대한 불신을 보고 컸다. 그 때문에 남자를 만날 때는 늘 두려웠다. 의심했다. 온전한 내 사람을 기대하지 말자고 하면서 늘, 기대했다. 내가 믿음을 갖기도 전에, 내 불신을 견디지 못하고 남자는 떠나버렸다.

배에서 내려 사람들이 몰려가는 곳으로 따라간다. 바닷가 끝 해수욕장으로 가는 버스 역시 한 시간 간격으로 있다고 한다. 버스를 타려고 하자 검정 양복의 남자는 난감해 한다. 버스에 올라 타는 사람들에게 밀쳐지면서 남자는 말한다. 이따가 다시 만날 수 있을까요? 남자의 말뜻을 이해 할 수 없다. 이따가? 그때가 인제인지 짐작할 수 없을 뿐만 아니라 처음 보는 여자에게 선뜻 다가오는 남자를 믿을 수 없다. 나는 남자의 눈빛을 외면하고 버스를 탄다. 이런 단호함을 왜 진작 그에게 보여주지 못했는지 후회가 들었다. 남자가 서 있는 반대편 창가에 서서 손잡이를 잡는다. 흰색 옷을 입고 꽃다발을 든 여자가 검정 선글라스를 낀 채 창가에 앉아 있다. 그 여자는 언젠가 이 버스를 타본 적이 있는 사람처럼 느긋한 표정으로 들어오는 사람들을 훑어본다. 나는 그 여자가 앉아 있는 좌석 앞으로 옮겨 선다.

버스가 부두를 벗어나자 바다의 짠 냄새 대신 들판의 푸른 냄새가 가득 들어온다. 전문가가 설계하여 공들여 짓고 가꾼 집들이 많다. 그런 집들과 어울려 침대가 보이는 가구점, 실내장식집, 은행, 가든이라 이름 붙인 커다란 음식점들이 심심치 않게 이어진다. 버스는 막힐 것 없는 도로를 시속 80킬로미터 정도로 달린다. 버스의 속도에 기분 좋게 흔들리고 있을 때, 푸른 빛 속에서 그의 얼굴을 바라보고 있을 때, 갑자기 푸른빛이 없어지고 붉은 빛이 한눈에 들어온다. 나는 창가로 고개를 바짝 들이대고 버스 아래 은은하게 펼쳐진 붉은색 벌판을 본다. 나는 그게 나문재라는 걸 기억해 냈다. 언젠가 그와 함께 소래포구에 갔을 때, 그는 저게 뭔 줄 알어? 하면서 갯벌에 핀다는 나문재에 대해서 얘기했었다. 회갈색 가지가 한 뼘 정도 위로 뻗쳐 있고 그 밑에는 분홍빛 물감을 튕겨 놓은 것 같았다. 물에 푼 물감을 고운 채 위에 뿌린 것 같이 톡톡거리는, 고운 붉은 빛들. 나문재가 무리 지어진 그 사이로 바다에서 흘러 들어왔거나, 아니면 바다로 나가지 못한 물이 가늘게 홈을 만들었다. 버스가 달리고 있는 길을 중심으로 양쪽으로 나눠진 반대편을 바라보았다. 그곳엔 흰빛이 많이 섞여진, 전에는 갯벌이었을 갈라진 땅이 펼쳐져 있다. 기껏해야 오 분도 안 되는 짧은 시간이었다.

이번에는 사막에 온 것 같이 말간 모래가 쌓여 이루어진 산들이 보였다. 모래를 물에 씻고 행군 뒤, 햇볕에 오랜 시간 마르고 바랜 것 같은 모래더미는 커다란 벽을 이루고 있다. 그제야 나는 섬과 섬을 잇는 다리와 국제공항 건설이라는 낱말들을 연결시킨다. 그러면 처음에 바다였던 곳에, 물이 빠진 곳에 다시 나문재가 생겨난 것일까? 신기했다. 저 넓은 벌판이 바다였던 것도, 그곳에 나문재가 다시 자라나 붉게 물든 것도. 사랑도 지나가면 다시 오는 거야. 그가 왔더라면, 새로 핀 나문재를 보며 그렇게 말했을까. 꼭 그랬을 것만 같다. 열병합 발전소, 가건물로 지어진 여러 사무실, 건설회사의 이름들, 모래를 싣고 다니는 트럭들, 포크레인, 끝나지 않을 것만 같은 황량한 길. 그 길에서 젊은 남자들은 내렸다.

버스는 더 이상 가지 않는다. 사람들은 내리면서 돈을 낸다. 버스에서 내리자 안개가 낀 것 같은 회색빛 바다가 가득 들어와 있다. 섬에서 태어나거나 자라지 않은 사람들, 별것 아닌 것에 쉽게 감동받는 사람들이 바다로 몰려간다. 나는 잠시 막막해진다. 여기서 도대체 뭘 어쩌자는 건지, 마음속에 있는 그를 두고 갈 수 있는 것처럼, 배를 타고 여기까지 온 게 어처구니가 없었다. 그렇지만 흰색 옷을 입은 여자가 두 팔로 꽃다발을 안고 걸어가자 그 뒤를 쫓아가기로 마음을 정한다. 그 여자의 사랑을 보고 싶다. 매운탕과 회를 파는 쭉 이어 붙은 음식점 뒤편에는 여관들과 민박집이 보인다. 두 분은 이리로 들어오세요. 그 여자와 내가 일행이라고 생각했는지 음식점 여자들은 들어오라고 손짓한다. 호객 소리를 모른 체하고 느긋하게 여자를 따라간다. 아까 보았던 중년 남자와 여자는 바다를 한번 쳐다보고는 아무 곳이나 상관없다는 듯 고무통에 횟감을 담가둔 집으로 들어간다. 호스를 꽂아 둔 고무통에서는 물이 넘쳐 흘러난다. 당장 바닷물 속에 뛰어 들어가고 싶을 만큼, 날씨는 덥다.

해변이 끝나는 곳에서 오른쪽 인덕 위에 삼층 건물인 카페가 보인다. 그 여자가 가는 곳이 분명해 보인다. 장미꽃을 들고, 배를 타고 와서 만나는 사람이 누굴까. 새삼 궁금해진다. 여자는 숨이 찬지 한 차례 멈춰 서서 긴 숨을 쉰 다음 천천히 걷는다. 몇 번인가 이곳에 와서 사랑의 밀어를 속삭이고, 노을진 바닷가에 앉아서 부질없는 사랑의 맹세를 한 추억이 있는 걸음걸이다. 땅을 내려보고 걸어도, 지나가는 사람들을 스치기만 해도, 맑은 하늘을 쳐다봐도, 특히 저렇게 흐릿한 바닷가 앞에 있으면, 그 사람을 생각할 수밖에 없을 것이다. 카페의 왼편으로 바위 절벽 아래 바다가 보이고 카페의 뒤편으로는 산이다. 여자의 걸음걸이가 눈에 띄게 느려진다. 선글라스를 바로 잡고 먼지 없는 흰 칼라를 털고, 바다 쪽으로 돌아서서는 더 이상 올라가지 않는다. 나는 여자를 지나쳐서 천천히 걸어 올라간다.

발밑에서 굵은 모래알이 서걱거리는 소리를 들으며 나무 계단을 올라 카페의 문을 열었다. 한눈에 그 여자의 남자가 없다는 걸 알았다. 실망했다. 그 여자는 그래서 올라오지 않았던 것일까. 창가에 앉는다. 바위 절벽 아래로 음울해 보이는 회색빛 바닷물이 잔 파도를 친다. 검게 그을린 얼굴에 붉은 색으로 머리를 염색한, 탱탱해 보이는 몸매를 가진 젊은 남자가 주문을 받으러 온다. 커다란 벤자민 화분, 나무로 된 테이블과 의자들, 흘러간 팝송, 장식용 양주병들. 창 너머로 바다가 보인다는 것을 빼고는 특별할 것이 없다. 밍밍해 보이는 원두커피에 각설탕을 넣자 기포가 올라왔다 곧 가라앉는다. 어디서 왔는지 연한 갈색 털을 가진 고양이가 바닥에서 나를 쳐다보다 눈이 마주치자 곧바로 내 옆으로 뛰어 올라와 앉는다. 내가 모른 척하자 고양이는 내 엉덩이, 옆구리 등을 혀로 핥고 검정 카디건을 이빨로 잡아당긴다. 카페 남자는 내 몸에 달라붙어 있는 고양이를 선뜻 떼어내지 못하고 난처해한다. 내가 실짝 웃으며 가만히 있자 카페 남자는 어이없어하며, 괜찮으시겠어요? 한다. 내가 가볍게 고개를 끄덕거리자, 좋은 가봐요, 하며 돌아간다. 숫고양이일 거라는 생각이 들었다. 내가 커피를 마시는 동안에도 고양이는 쉬지 않고 청바지를 입은 내 엉덩이를 집요하게 핥는다. 내게서 잃어버린 짝의 암내라도 맡은 걸까. 고양이에게 나를 맡기고 천천히 커피를 마셨다. 장미꽃다발을 든 여자는 다시 돌아갔는지 들어오지 않는다.

내게 하루를 빼내어 어디를 갔다 오는 것은 일종의 모험일 수도 있다. 그의 학원이나 내 학원은 위기상태였다. 아파트 단지에서 조금 떨어진 쇼핑센터 삼층에 있는 그의 컴퓨터 학원은 한 명의 강사를 남기고 모두 내보냈다. 여차하면 그 강사도 내 보내고 부인이 컴퓨터를 배워서라도 나오겠다고 했다는 얘기를 들었다. 지금은 부동산에 내 논 상태였다. 위기상황이 벌어지면 부부는 결속력이 강해지고 애정노 생기는 빕인가 보다. 나도 지금은 하루하루를 최선을 다해 이겨내야 한다. 다른 학원은 수강료를 더 내렸던데요? 우리

아이는 도무지 성적이 오르지 않네요. 부모들은 수강료에 따라서 이곳저곳을 기웃거렸다. 저희 학원은 달라요. 믿고 보내세요. 상담 전화 한 통이라도 더 받아서 아이들을 확보해야 했다. 아버지의 정년 퇴직금을 뜯어낸 불효막심한 자식이 되어 시작한 중학생 대상의 속셈학원은 제 궤도에 오르기도 전에 아이엠에프를 맞았다. 내가 불신하고 미워했던 아버지의 돈을, 그것도 삼십년간의 모욕과 치욕을 감당해온 퇴직금으로 나는 학원을 차렸다. 아버지가 어떤 마음으로 돈을 내주었는지 나는 잘 안다. 아버지의 바람기와 여자 때문에 자살해 버린 엄마, 아버지에 대한 원망과 분노. 아버지 역시 어떤 부채감으로 시달렸을 것이다. 아버지는 엄마의 지치지 않는 악다구니에도 꿋꿋이 바람을 피웠다. 너희들만 아니었으면, 벌써 도망가 버렸을 거야. 엄마는 우리를 앞에 놓고 협박했다. 엄마는 서슴없이 우리들 앞에서 아버지의 치부를 거리낌 없이 내뱉었다. 그들 중 하나가 없어져서 평화롭게 살 수 있다면, 나는 차라리 그걸 바랬다. 아버지의 바람이 잔잔할 때면 둘은 다정한 부부였다. 그런 두 사람이 내게는 이해되지 않았다. 엄마는 아버지의 외도를 빼고는 무엇이든지 참아냈지만, 여자 문제만은 도저히 견뎌낼 수 없었던 모양이다. 엄마를 비롯한 우리가 아버지의 무능과 가난을 견뎌내는데, 불화를 몰고 오는 아버지의 바람은 나에게도 용서되지 않는 일이었다. 남자는 다 그렇게 믿을 수 없고 자기만 아는 이기적인 족속이라는 믿음의 뿌리가 박혔다. 결코 평온하고 안락하지 못했던 유년이었다.

이제부터 내 삶도 희망적이라고 새로 개원한 학원의 계단을 오르내리면서 휘파람을 불기도 했다. 결혼 같은 건 하지 않고 여유롭고 안락하게 살겠다던 바람이 이루어진 것 같았다. 내 학원 바로 위층에 자리 잡고 있는 그의 컴퓨터 학원도 새벽반부터 야간반까지 타이트한 수업이 진행되었다. 하지만 아이엠에프 이후 내 학원보다도 훨씬 더 학생이 줄어들었다. 나쁜 일은 한꺼번에 온다더니, 그즈음부터 그와 나의 관계도 조금씩 침몰의 조짐이 보였다. 현실을 왜 인정하려고 하지 않지? 난 아무것도 포기하지 않아. 너에게로 가지 않아. 그는 단호했다. 나, 그런 거 바라지 않아요. 정말, 한번도 그와 함께 하는 일상을 꿈꾸지 않았다. 어쩔 수 없잖아? 우리가 도대체 뭘 어쩌겠어? 그는 화를 냈다. 어떻게 하겠다고 생각한 적은 없었다. 언젠가는 헤어지리라는 걸 알았지만 그건 아니었다.

수강료를 내는 월초가 되면 아이들은 눈에 띄게 떨어져 나갔다. 월요일부터 금요일까지 수업을 했지만 시험기간이나 빠진 학생이 있으면 토요일도 보강해야 했다. 아직 젊고 꺼릴 것이 없는 젊은 강사들은 여자 원장인 나를 무시하는지 내가 없으면 불성실했다. 내가 먼저 나가 문을 열고 그들을 기다려 주고 내 마음에 들지 않으면 언제든지 그만두게 할 수 있다는 의지를 보여주어야 했다. 영어나

수학 같은 내가 감당할 수 없는 과목을 빼고는, 이른바 주변 과목은 내가 직접 강의해야 했다. 월 임대료를 내고 강사들의 월급을 주고 나면, 강사들의 월급에도 못 미치는 돈이 내 몫으로 떨어질 때도 있었다. 오늘 하루 내가 가르치는 과목은 휴강하라고 여덟 시까지는 가겠다고 했지만 다시 학원으로 가고 싶지는 않다. 이제 그와는 우연이라도 마주치고 싶지 않다. 그의 학원이 팔렸다면, 그와 난 그것으로 끝인 것이다.

버스의 창문은 쉽게 지워지지 않을 먼지의 더께가 끼여 있다. 부두로 가는 버스 시간과 배를 타는 시간은 서로 맞물려 있다. 버스는 거리낌 없이 달린다. 열린 창문으로 거친 바람이 들어온다. 바람은 나를 마구 때리고 할퀴고 밀어낸다. 도저히 어떻게 해볼 수가 없다. 숨이 막히고 현기증이 인다. 입을 열고 고개를 돌려도 소용이 없다. 바람은 나를 쓰러뜨리려고 안간힘을 쓴다. 내 인내심을 시험하는지 점점 더 사나워진다. 나는 고개를 돌리지 않는다. 부딪쳐와 봐. 나를 밀어 봐. 나는 눈을 감지 않고 바람에게 대든다. 난 피하지 않는다. 숨이 차서 입이 더 크게 벌려진다. 하,하,하, 숨이 멈춰버릴 것만 같은데 아카시아향이 나를 위로하듯이 스치고 나서야 버스는 멈춘다.

지금 가시나요? 표를 사서 돌아서는데 검정 양복은 다시 만나게 될 줄 알았다는 표정으로 웃는다. 놀라는 내 표정에 그는, 어려운 일이 아니에요. 이 배가 아니면, 다음 배, 그것도 아니면 그 다음 배까지 기다리면 쉽게 만날 수 있으니까요, 한다. 표를 사고도 이번에는 아무것도 적지 않는다. 나는 그의 말을 무시한 채, 또 너무 일찍 배를 탄다. 영화 타이타닉의 주인공 남자는 제일 늦게 탔지만 죽었다. 하긴 침몰하는 배에서는 살아남았다.

바다에는 목적을 알 수 없는 여러 종류의 크고 작은 배가 떠 있다. 혹시 저 중에서 보물선을 찾아 떠나는 배가 있을지도 모르겠다는 생각이 파도의 흰 거품이 사라질 때, 불쑥 일어난다. 우리같이 보물선이나 찾으러 갈까? 언젠가 그는 내 머리를 쓰다듬으며 말했다. 보물선이 어딨어? 애들 장난 같은 말을 툭 던지는 그에게 웃음이 나왔다. 정말 있어. 보물선을 찾으면 너와 함께 살 수도 있고, 평생 여행만 하면서 돌아다닐 수 있어. 근사하지 않아. 그는 눈을 빛내며 내게 동의를 구하듯 머리를 한 번 끄덕해 보였다. 수입이 뚝 떨어진 학원 때문에 속상해진 우리는 강사들이 퇴근한 밤, 내 학원에서 캔 맥주를 마셨다. 다 마신 캔을 찌그러뜨리며 한 말이 술기운 탓인지 조금 낭만적으로 들렸다. 나도 모르게 상쾌한 웃음이 터져 나왔다. 하지만 비현실적인 얘기 끝에 나를 들먹이는 것 때문에 씁쓸하기도 했다. 성말야. 웃음기 있는 일굴로 캔 맥주를 계속 미셔대고 있던 내게 그는 배 이야기를 했다. 그것도 보물선 얘기를. 그는 항상 들고 다니는 밤색 가죽가방에서 양장본으로 된 책을 꺼냈다. 배의 역사에 대한 책이었다. 아직도 바닷속에는 수백만 척의 배가 가라앉아 있어. 그 안에는 어마어마한 보물이 그대로 있어. 술기운으로 벌게진 얼굴이었지만 그는 내 눈을 뚫어져라 쳐다보며 말했다. 그렇지만 찾은 사람이 하나라도 있는 거야? 그런 일은 있을 수 없겠지만 정말로 찾을 수만 있다면. 나는 그의 말을 믿는 사람처럼 물었다. 그는 노란 끈을 끼워 두었던 페이지를 보면서 얘기했다. 1993년에 보물선 찾기에 성공한 사람이 있어. 1700년대에 세계 여러 나라에서 얻은 전리품을 싣고 스페인으로 돌아가다 침몰한 12척의 범선단을 발견했어. 수백 개의 다이아몬드를 비롯해서 200만 달러 상당의 보물을 찾아냈어. 그래? 난 고개를 끄덕거렸다. 200만 달러의 실체가 도무지 느껴지지 않았다. 그렇지만 즐겁고 신이 났다. 또 있어. 1985년도에 남지나해서 좌초한 동인도 회사의 상선을 찾아냈어. 이 배에는 중국의 귀중품을 싣고 있었지. 그런데 보물선을 찾으면 자기가 다 가질 수 있는 거야? 나는 실제로 그런 일이 일어나기를 바라는 희망이 섞인 목소리로 물어보았다. 물론이지. 찾는 사람이 임자야. 그것 때문에 국제법에 바다 밑에 빠져 있는 것은 무엇이든 발견한 자가 공정하게 취득한 것으로 인정한다고 되어 있어. 난 난파된 보물선 지도도 가지고 있어. 우리 같이 보물선 찾으러 갈까? 그는 내 몸 속으로 파고 들어왔다. 그가 들고 있던 책, 배의 역사가 바닥으로 떨어져 나는 소리가 배가 부서져 침몰하는 것처럼 아득하게 울려왔다.

아침 대신 먹은 당근 주스와 초콜릿 때문인지, 점심 때 먹은 커피 때문인지 속이 메스껍다. 멀미를 하나 봐요. 남자는 눈치가 빠르다. 빈속이라 토할 것은 없지만 속에 있는 것을 다 게워내고 나면 좀 편해질 것 같았다. 마스트로 올라가. 그가 옆에 있었으면 등을 떠밀어 마스트로 올려 보냈을 것 같다. 선원들도 배 멀미를 하는데, 극도로 강한 정신력을 가지면 멀미를 안 한다고 믿는다고 했다. 그래서 초급 선원이 배 멀미를 할 때면 마스트로 올려 보내서 극도의 공포심을 주어 배 멀미를 이기게 한다고 했다. 배 중앙의 꼭대기를 '마스트'라고 한다는 것도 그에게 들었다.

자살을 하려는 사람이 있다면, 배를 타라고 권하고 싶다. 흰색 페인트가 칠해진 난간은 산뜻해 보인다. 우러러보기에 너무 높고 빛이 강한 하늘과 부드럽게 감싸줄 것 같은 끝이 보이지 않는 바다, 누가 바다에 뛰어들려는지 관심 없는 사람들. 그냥 뛰어내리면 된다. 그대로 바닷속으로 쑥 내려가서 다시는 수평선 위로 떠오르지 못하면, 그것으로 모든 인연은 끊어지게 될 것이다. 바다의 물을 빼내고 그 모래를 깔아 육지로 만드는 무모한 일이 일어나지 않는다면, 그대로 바다 밑을 둥둥 떠다닐지도 모르겠다. 단, 승선하기 전

표 뒤에 이름이나 주민등록번호 같은 자기의 단서를 적지 말아야 하고, 배를 타러간다고 아무에게도 얘기하지 않았으면 된 것이다. 사람들은 다른 사람이 난간에 기대서거나 너무 많이 고개를 빼고 있어도 별 관심을 갖지 않는다. 그런데 엄마는 왜 아파트 옥상에서 뛰어내렸을까. 죽으면서까지 아버지를 용서할 수 없어서 그랬다면 엄마는 성공했다. 아버지를 비롯한 남겨진 우리는 충분히 괴로웠다. 엄마가 뛰어내렸던 아파트 시멘트 바닥의 핏자국은 오랫동안 완전히 지워지지 않은 채로 있었다. 그 옆을 지나가기가 싫어 우리는 한동안 밖을 나가지 않았다. 아버지에게 복수하고 싶었다면, 그것 역시 성공했다. 아버지는 엄마 대신 어떤 여자도 집에 들이지 못했다. 아버지의 그 여자, 삼익아파트에 살았던 여자 집으로 아버지가 갔지만 끝내는 헤어졌다. 아버지는 장례식 내내 아무 말도 하지 않았지만, 돌아오는 차안에서 끝내 통곡했다. 아버지와 우리는 엄마 때문에 앞으로 행복하지 않을 것 같은 무거운 예감을 받았다. 엄마가 자기가 태어났던 섬을 향해 가던 배에서 뛰어내렸다면, 우리는 더 가벼울 수 있었을까.

바다는 잔잔하고 고요하다. 사람들은 바다에 시선을 둔 채 말이 없다. 검정 양복을 입은 남자는 덥지도 않은지 옷 입은 그대로 서서 바다로 고개를 숙이고 있다. 갑자기 남자가 뒤를 돌더니 흰색의 사다리를 오른다. 흰색 페인트가 칠해진 그 사다리에는 일반인들의 접근을 금한다는 경고문이 붙어 있다. 그 남자가 사다리를 다 오를 동안 아무도 보지 못한다. 마스트로 올라간 남자가 허리와 무릎을 펴면서 중심을 잡고 똑바로 서려고 한다. 바람 때문에 남자의 머리칼이 이마를 덮는다. 남자의 검정 윗저고리가 계속 펄럭거린다. 드디어 남자는 바다를 향해 똑바로 섰다. 그렇지만 조금 비틀거린다. 휘청거린다. 저기서 떨어지겠다는 건가. 배에서 떨어지면 부력 때문에 아무리 수영을 잘해도 밖으로 나올 수 없어. 특히 큰 배 아래는 배를 떠받치는 부력이 강해서 사람이 떨어지면 배 밑바닥에 달라붙어 나올 수 없어. 조오련이라도 안 돼. 그래서 선원들은 절대로 슬리퍼를 신지 않아. 미끄러지지 않으려고. 영화 타이타닉에서 주인공 남녀가 배가 침몰하기 직전 뛰어내리는 장면을 보고 그는 그렇게 말했다. 그는 어디서든 불쑥불쑥 끼어든다. 사실은 그게 제일 힘들다. 그가 없어도 그를 느끼고, 그가 다시 너 없이는 도저히 안 될 것 같애, 그러면서 나를 기다리고 있을 것만 같은 기대 때문에 완전히 돌아서질 못한다. 한순간 그 남자가, 흔들리고 있는 그로 보인다.

그 착각 때문일까, 나는 사다리를 오르기 시작한다. 가만히 서 있을 때보다 심하게 배가 흔들리는 것 같다. 몸의 균형을 잡기가 어렵다. 이대로 서 있다가 조금이라두 센 바람에 중심을 잃으면 곧징 추락해버릴 것 같은 두려움으로 몸이 떨린다. 그 남자는 배의 움직임에 따라 조금씩 흔들렸지만 그대로 서 있다. 나는 똑바로 서지 못하고 기어서 그 남자에게로 간다. 남자는 검정 바지를 잡을 때까지 내가 오는 걸 눈치 채지 못한다. 왜, 여기까지 올라온 거죠? 뛰어내리기라도 하겠다는 건가요? 대답 대신 남자는 웃고 만다. 나는 중심을 잡고 두 팔을 벌렸다. 안정된 느낌이 들었다. 눈을 감는다. 두렵다. 이대로 주저앉으면 넌 끝이다. 너에겐 아무것도 없다. 아무것도 믿지 말고 일어서 봐. 아래를 내려다보지 마. 저기 멀리를 쳐다 봐. 너가 가질 수 있는 걸 포기하지 마. 그렇게 할 수 없다면 뛰어내려. 남자가 조심스럽게 내 손을 잡는다. 눈을 떴다. 아직 빛은 남아 있었다.

배가 천천히 돌기 시작한다. 뱃머리에서부터 흰 거품이 일면서 뒤로 밀려난다. 다시 돌아온 것이다. 떠날 때는 다시 되돌아올 수 없을지도 모른다는 불안과 어떤 기대를 갖기도 했지만 돌아 오고 말았다. 선착장에 있는 사람들이 작게 보이고 그 위로 갈매기들이 날아다닌다. 배가 계속 출렁거리고 흔들거리는 느낌이지만 앞쪽에서부터 사람들이 내리기 시작한다. 출렁임이 작아진 바닷물을 내려다보자 몸이 더 휘청거린다. 나는 난간을 꼭 잡고 배 안으로 고개를 돌린다. 검정 양복을 입은 남자가 예전부터 알던 사람처럼 내 옆에 서 있다. 어깨가 맞닿지는 않았지만 가까운 사이가 되려는 사람처럼 내 옆에 서서 앞을 바라보고만 있다. 조금씩 앞쪽으로 걸어가면 서도 남자는 내 발걸음에 맞춰 아주 천천히 걷는다. 이런 식으로 걸어가서는 안 된다. 내게 결단이 필요하다. 배를 탈 때는 가장 늦게 타고 제일 먼저 내려야 돼. 그 말을 믿지 않는 사람처럼 나는 더 이상 걷지 않는다. 나는 그 남자가 걸어가는 걸음에 한 발자국씩 뒤쳐지기 시작한다. 다른 사람들은 나를 밀치면서, 그 남자의 뒷모습을 가리면서, 끊임없이 섞여지면서 걸어간다.

그의 카메라

그의 카메라

그가 어느 날 갑자기 사라지리라는 건 정말, 예기치 않던 일이었다. 거기다 항상 품고 다니던 카메라를 두고 없어지다니 이상한 일이었다. 그렇기 때문에 처음 며칠간은 놀라움이나 당혹감 대신 어떤 신선함까지 느꼈다. 그는 다른 사람들에게 놀랄 만한 사건을 일으킬 만큼 대담한 사람이 못 되었다. 그러나 그런 편견이 얼마만큼이나 잘못되었는지 그녀는 서서히 깨닫고 있는 중이었다. 알 수 없는 게 사람의 속이라더니, 그를 아는 사람들은 그렇게 말했다. 그는 그날도 다른 날과 똑같이 자기 전에 맞춰 놓은 알람시계 소리에 간신히 일어났다. 입맛이 없다는 그를 위해 햄과 계란과 단무지만을 넣어 말은 김밥을 그는 텔레비전 앞에 앉아서 먹었다. 그러고는 신문을 들고 화장실에 들어가 오래도록 앉아 있었다. 다른 남자들처럼 반복되는, 아침마다 출근하기 싫은 제스처를 그녀를 꼭 껴안고 오랫동안 놓아주지 않는 것으로 대신했다. 그런 그가 안쓰럽긴 했지만 일상의 한 부분에 꼭 끼어 있어야 하는 섹스처럼 자연스런 일이라고 그녀는 생각했었다.

그녀는 전화기 앞에 앉아있는 일밖에 달리 할 일이 없었다. 그의 수첩에 적혀 있는 전화번호에 일일이 전화해서 그의 소재를 찾는 것은 무의미했다. 그의 친구들은 수첩의 여러 장을 차지할 만큼 풍성하지 않았다. 또 아무 연락 없이 그를 붙잡아둘 만큼 한가하거나 팔자 늘어진 사람들이 아니었다. 그야말로 불의의 시고가 아니라면 그가 원했던 일인 것이다. 혹시 사고가 났더라면 그가 타고 있던 자동차의 번호나 그의 수첩에 꽂혀 있는 여러 가지 증명 자료로 연락이 왔을 것이다. 혹, 그의 존재를 확인할 단서가 없다면 그의 지문을 채취해서라도 연락은 왔을 것이다. 그것은 그가 중상을 당했을 경우나 죽었을 경우에 해당하는 것이지만 그녀는 그런 상상을 하지 않을 수 없었다. 그녀는 그만큼 그를 믿어왔다. 더 이상 화가 나거나 분해서 얼굴이 갑자기 달아오르는 감정의 동요는 일어나지 않았다. 푸른색 자동응답 전화기를 앞에 놓고 그저 앉아 있을 뿐이었다. 그녀는 직접 전화를 받지 않았다. 그동안 잠도 자지 않고 전화에 매달려 왔었다. 더 이상 말 때문에 피곤하고 싶지 않다는 생각뿐이었다. 안녕하세요, 여기는 재희와 완이의 집입니다. 지금은 외출 중이

오니 메시지를 남겨 두세요. 꼭 연락드리겠습니다. 삑 소리가 나자마자 나야, 하는 희준의 목소리가 들렸다. 뭐 좀 먹었어? 괜찮아? 이 앞인데 나올 수 있겠어? 선뜻 대답하지 못하고 망설이는 그녀의 마음을 읽는지 희준은 더 이상 재촉하지 않았다. 그래, 그럼 그냥 갈게. 무슨 소식 있으면 나한테도 연락해줘. 끊을게. 희준은 항상 그랬듯이 조르거나 강압적이지 않았다. 그녀에 대한 배려로 생각하기에는 너무 미진한 무엇이 있었다. 희준은 그것을 알까. 문득 희준에 대한 의구심이 일었다. 희준은 그녀에게 쉽게 다가왔으면서도 그녀가 끝까지 다가갈 수 없게 가끔은 이성적인 남자가 되었다. 그녀는 그런 희준에게 가끔은 섭섭한 마음이 들었다. 그가 혹시 희준이라는 남자의 존재를 알았던 건 아닐까. 그런 일은 절대 없을 것이다. 괜한 양심이나 솔직함으로 그에게 상처를 주지 않아야겠다는 의지만으로 그녀는 교활했다.

누구도 그녀보다 더 절실할 수 없지만 사람들의 말은 풍성하고 화려했다. 스포트라이트를 받는 것처럼 한꺼번에 쏟아 내려진 말의 다양한 화려함 속에 그녀는 잠깐, 내가 지금 축하인사를 받고 있는 건가, 하는 착각이 들기까지 했다. 어떡해요? 사고가 아닐까요? 답답해서 잠깐 바람이라도 쐬려고 여행을 떠났나보죠. 사실 교사라는 게 그렇지 않니? 젊은 남자가 답답했겠지. 그런 사람으로 보이지 않았는데 혹시 여자가 있었던 게 아냐? 아이가 없으면 그런다니깐.

그녀는 사람들을 별로 신뢰하지 않았다. 그래서 사람들 말에 덜 상처받고 그냥 넘길 수 있었다. 그건 그도 마찬가지였다. 그래서 그와 그녀의 세상을 바라보는 색깔은 같은 수 있었고 더 친밀해질 수 있었다. 그녀는 그가 사람들에 대한 관심이 없다고 생각했다. 그녀보다 그와 가깝고 그를 잘 알고 그를 예측할 수 있는 사람은 없다고 생각했다. 그녀는 그의 단순함이 조금 걱정이 되었지만 그런대로 그가 그녀에게 보내주는 전폭적인 애정과 관심에 만족했다. 늘 카메라를 메고 다니던 그가 학교를 졸업하고 사립 중학교의 사회 교사가 되었을 때 그녀는 안심했다. 그의 성격상 내인 관계가 많고 적당한 아부와 타협에 사교성까지 갖추어야 할 직장 생활보다는 훨씬 더 수월할 거 같았다. 기말고사가 끝나고 방학이 시작되었기에 그의 무단결근은 아직 파면 처리가 되지 않은 채 보류 상태였다. 방학이 끝날 때까지 나타나서 시말서 한 장을 쓰고 나면 별 문제가 없도록 조치해두겠다고 교무과장은 그녀를 안심시켰다. 그동안 그의 두드러지지 않은 성격 덕분이었다.

그녀는 또다시 그를 뒤쫓기 시작했다. 그건 너무나도 간단한 일이었다. 그의 책상 서랍을 뒤지는 일밖에 없었으니까. 책상 위에는 그녀와 그가 껴안고 있는 사진이 컴퓨터 옆에 놓여 있었다. 둘이 똑같이 푸른색 체크 와이셔츠를 입고 찍은 사진을 엎어놓다가 그녀는 나보란 듯이 버티고 있는 카메라를 보았다. 그가 늘 끼고 다니던 카메라는 자신의 존재를 드러내고 싶어 안달하는 사람처럼 도드라져 보였다. 카메라 없이 그가 그동안의 시간을 어떻게 보냈는지 그녀는 짐작할 수가 없었다. 그와 결혼하기 전, 그녀는 내가 애인인지 카메라가 애인인지 모르겠다고 투덜댔다. 도대체, 그 카메라 좀 두고 다닐 수 없어? 친구들과 저녁을 먹기로 한 레스토랑으로 들어오면서도 그는 그것을 떨궈내지 않고 왔던 것이다. 적당히 물 빠진 청바지에 푸른색의 체크남방, 랜드로바라면 그런 대로 카메라를 메고 다녀도 어울릴 차림이었다. 그렇지만 그가 카메라를 가지고 다니는 모습은 어딘지 모르게 촌스럽고 부자연스러웠다. 또 그 카메라는 줌이 달린 전문가용도 아니었다. 그가 자기 카메라에 줌렌즈, 광각렌즈 망원렌즈, 초점 스크린, 삼각대 같은 액서서리를 구입하는데 신경을 쓰고 그녀의 도움을 원했다면 그게 더 자연스러운 일이었을 것이다.

첫 번째 책상 서랍을 열었다. 힘이 너무 들어갔던지 신경질적으로 잡아당긴, 길이 잘 들은 서랍은 단번에 그녀 무릎 위로 떨어졌다. 그녀는 아예 방바닥에 서랍을 내려놓았다. 그녀가 급히 뒤적였던 서랍은 어지럽게 흩어져 있었다. 무엇을 기대하지도 않고 단순히 무료함을 달래듯이 그녀는 서랍 속에 있는 잡동사니들을 되는대로 손으로 뒤적였다. 그것은 그의 서랍이라기보다는 그녀의 것에 가까웠다. 출판사를 다니는 그녀는 필요한 것은 무조건 서랍에 넣어두기 때문에 늘 서랍은 가득 찼다. 첫 번째 가장 큰 서랍은 그에게 쓰라고 내주었지만 어느새 그녀의 물건이 더 많아져 있곤 했다.

그녀는 서랍 깊숙이 손을 넣다가 무엇인지 모르지만 선뜻 만지기가 꺼려지는 것이 있는 것처럼 움찔했다. 전혀 짐작할 수 없는 무엇이 만져지기는 했다. 그녀는 고개를 들이밀고 그것을 정확히 보고 꺼냈다. 아! 망원경. 그녀는 머릿속이 텅 비어지고 목이 빳빳해짐을 느꼈다.

그는 누구일까?

망원경은 그가 결혼하기 전부터 갖고 있었던 것이다. 결혼해서 새 가구를 들이고 집을 꾸미고 난 후, 그의 짐도 옮겨왔다. 그 집에 있는 모든 것들은 그야말로 새 것뿐이었다. 가구에서는 칠 냄새가 아직도 빠지지 않았고, 그릇들은 백화점 매장에 전시된 그대로 놓여 있는 듯 반짝거렸고 싱그러웠다. 전화벨 소리조차 찰랑대는 느낌이었다. 맨살에 와 닿는 침대 위의 시트와 이불, 그의 살갗은 매끄러웠다. 그런데 옷장 한편에 그의 옷을 정리하면서 그녀는 고민하지 않을 수 없었다. 입지도 않고 한쪽 구석에 걸어 놓을 것이 뻔한 유행이 지난 트렌치코트, 보푸라기가 많이 인 카디건, 고무줄이 헐거워진 팬티조차 그는 버리지 않고 가져왔다. 그녀는 다 버리고 싶었다. 이제부터는 깨끗하고 좋은 옷을 입혀서 그가 충분히 사랑받고 있다는 것을 느끼게 해주고 싶었다. 그가 그녀에게 집착한 시간들이 힘들 때도 있었지만 그녀는 그게 사랑이라고 믿었다. 흰 달력을 깐 서랍에다 그의 옷을 다 넣었을 때, 몇 년 전 선거 때 선전용으로 쓰인, 여당의 이름과 마크가 찍힌 보자기 속에 허술하게 싸인 물건이 나왔다. 그건 뜻밖에도 망원경이었다. 검정 플라스틱, 렌즈, 두 개의 기둥, 그런 이미지들을 지닌 그것은 낯설고 불길해 보였다. 도대체 이게 왜 필요할까. 카메라라면, 그래 그건 당연한 일일 테지만 검정 망원경은 불쾌했다. 무심히 잠든 그의 얼굴을 쳐다보았다. 식은땀까지 흘리며 잠들어 있는 그의 얼굴이 초점을 제대로 맞추지 않고 찍은 사진처럼 아득히 멀어 보였다. 망원경은 다시 그 보자기로 싸서 서랍 속에 넣었다. 그녀는 그에게 물어보지 않기로 했다. 그래야 할 것만 같았다.

그는 그녀와 살 집이 아파트인 게 싫은 듯했지만 맨 꼭대기인 것에는 은근한 미소를 보였다. 베란다에 서서 얕지만 약수터로 오르는 길이 보이는 산과 비스듬히 바로 앞 동이 보이는 전망을 보고는 좋아하는 마음을 숨기지 못한 채 입을 벌렸다. 모든 아파트들이 그렇듯이 그녀와 그가 살게 될 아파트도 벽과 벽 사이는 보이지 않는 무수한 구멍들이 뚫려 있는 것처럼 갖가지 소리들이 들락날락거렸다. 어떻게 보면 빛까지도 들락날락거리는 것 같았다. 마음만 먹으면 옆집 부부의 정사 장면도 볼 수 있어. 그가 안이 텅 빈 벽을 두드리며 무심히 말했을 때, 그녀는 어이가 없었다.

세상에, 이제는 맘 놓고 화장실도 못 가겠다. 9시 뉴스에서 백화점의 화장실에 몰래 비디오카메라를 설치해 놓고 고객들을 감시하는 장면에 그녀는 소스라쳤다. 백화점 측은 감시의 차원에서 그렇게 할 수밖에 없음을 항변했지만 속옷을 치켜 올리는 것이 선명히 나타나는 것은 분명한 개인의 인권 침해라고 볼 수밖에 없다고 그녀가 흥분했을 때도 그는 묵묵히 지켜볼 뿐이었다. 어느 여대의 화장실에 설치했던 비디오테이프는 불법으로 판매까지 했다는 보도에 그녀는 사색이 되었다. 여대 출신이라는 것을 빼고도, 사람을 상대로 해서 사람을 속인다는 깃을 빼고도, 사람이 가장 편안하고 본연의 감정을 드러내고 본능을 처리하는 자유가 자기도 모르는 사이 누군가에게 노출된다는 사실만으로도 그녀는 소름이 끼쳤다. 그때도 그는 아무 대꾸도 없이 깡통에 들어 있는 해바라기 씨를 쉴 새 없이 가져다가 입에 넣었다.

그 망원경이 불길한 징조처럼 그와 그녀 사이에 끼어든 걸 확인한 건 결혼한 지 얼마 되지 않은 어느 밤이었다. 단행본을 주로 만드는 출판사를 계속 다니면서 그와의 단 둘의 생활을 유지하기에도 그녀는 항상 벅찼다. 책이 기획되어서 나오기 바로 직전에는 야근이 많았다. 다행히 그는 그런대로 이해를 해주었고, 밤을 새운 다음 날은 출근하지 않아도 되었다. 그날 그녀는 하루 종일 침대에서 뒹굴었던 까닭에 그와 함께 침대에 누워서도 쉽게 잠들지 못했다. 왜 그래? 안 자? 신경질적이고 짜증이 묻은 목소리를 고스란히 남겨둔 채, 그는 등을 돌렸다. 그녀 역시 별것도 아닌 것에 화를 내는 그 때문에 화가 나서 등을 돌리고 곧 잠이 들었던 것 같다. 그런데 그녀가 습관대로 다시 옆으로 누우면서 그의 몸을 더듬거렸을 때 느껴지는 그 황량함과 싸늘함에 움찔 놀랐다. 늘 거기 있어야 하는 따뜻함의 배반에 그녀의 맨살에 소르르 닭살이 돋았다. 귀를 세워서 그가 어디 있는지 포착해보려고 했다. 아무 소리도 나지 않았다. 잠깐 물을 먹으러 나간 거라면 너무 긴 시간이었다. 갑자기 탈이 났을까. 그녀는 화장실 문을 열었다. 안은 캄캄했다. 거실의 불도 꺼져 있고 작은 방도 불이 꺼진 채 꼭 닫혀 있었다. 그녀는 불을 켜지 않았다. 어둠의 한 가운데서 그를 찾아보았다. 처음으로 그녀에게서 멀어져 있는 그를 느낄 수 있었다. 어둠에 익숙해지자 커튼을 치지 않은 거실 문으로 엷은 빛 속에 서 있는 그의 형체가 들어왔다. 그런 그를 못 본 체하고 들어가야 하는지, 그의 어깨를 감싸 안으며 사랑의 밀어라도 속삭여야 하는지, 그녀는 망설였다. 그녀는 등을 돌리고 있는 그를 더 가까이 보고 싶었다. 조심스럽게 다가가 얼굴만 유리문에 들이대고 몸을 뒤로 뺀 채 그를 쳐다보았다. 등을 돌리면 남이라는 말이, 님이라는 글자에 점 하나만 찍으면 남이 된다는 유행가 가사가 헛된 말만은 아니구나, 그런 생각에 쓸쓸한 기분에 그녀는 방으로 돌아와 다시 자리에 누웠다. 한기가 느껴져서 이불을 목까지 끌어 덮고는 등을 돌리고 누웠다. 금방 들어오겠지 하는 그녀의 생각을 또 한 번 배반하고 그는 아주 오래도록 들어오지 않았다. 무슨 고민이 있는 걸까. 여자? 도박? 카드 대금? 불치의 병? 직장에서의 갈등? 그녀는 어느 것 하나도 연결시킬 수 없었다. 그중 어떤 것도 상관이 없었으면 좋겠다는 생각을 외면한 듯, 그는 조심스럽게 방문을 열고 들어와서는 등을 돌리고 누웠다. 그때 그녀는 묻고 싶었다. 무슨 일이 있는 거야? 하지만 며칠 뒤 다시 베란다 난간에 기댄 그를 보았을 때, 두 팔을 들고 있는 그가 하는 짓이 무엇인지 그녀는 정확히 알았다. 망원경이 원래 있던 곳이 아니라 서랍에 있다는 것은 그만큼 그가 자주 사용했다는 것인지 아니면 가지고 갈까 망설이다가 그대로 두고 간 것인지 그녀는 짐작이 가지 않았다.

그녀가 희준을 만났던 건 그때쯤이었다. 보통 작가들은 자신의 책표지에 대해서 까다롭지 않았지만 그녀가 삼류라고 여기는 소설가는 이렇게 책이 나올 거라고 예의상 보여준 표지에 대해서 불만을 표시했다. 이렇게 약해가지고 눈에 띄기나 하겠어요? 책 제목은 아예 보이지도 않고, 이거 아직 넘기지 않았으면 다시 해달라고 하세요. 다른 건 이미 다 된 상태였고 책표지의 원색분해 작업을 하고 넘길 참이었던 그녀는 이촌동 집까지 찾아갔다가 결국은 희준이 있는 마포의 오피스텔로 바로 와야 했다. 그녀가 다녔던 출판사에서는 거의 매번 희준에게 표지 디자인을 맡겼고 프리랜서인 희준은 바쁠 때는 그녀가 가도 제대로 쳐다보지도 않고 일을 했다. 그녀가 하나의 표지를 가지고 몇 번씩 찾아가기는 처음이었다. 어차피 다시 할 거라면 저녁 때라도 맡겨서 다음날 오전에 끝내야 했다. 본인이 색이 너무 밋밋하고 약해 진열대에서 눈에 띄지도 못할 거라고 이 상태에서 색만 더 강하게 바꿔 달래요. 그게 어려우면 제목을 더 진한 색으로 해서 쉽게 눈에 들어오게 해 달래요. 그녀는 미안하고 피곤하고 번거롭고 빨리 가고 싶은 마음을 적당히 섞어 얘기했다. 그녀의 얼굴은 쳐다보지도 않고 일에 열중하던 희준은 그 얘기가 끝나자 말없이 표지를 들여다보았다. 그녀에게 앉으란 말도 없이 담배를 피우다가는 밥이나 먹으러 가자고 했다. 선뜻 대답하지 못하는 그녀에게 어차피 오늘도 밤을 새워야 하니까 좀 쉬었다 해야겠어요. 퇴근한 거죠? 했다. 그녀와 희준은 오피스텔 지하에 있는 식당에서 소주를 곁들여서 고기를 먹었다. 그때서야 그녀는 희준이 생각보다 젊은 남자라는 걸 알았다. 중요한 건 책표지가 아니라 내용인데 말예요. 희준은 그 책 표지 안에 들어갈 얘기를 알고 있는 듯이 말했다. 사실 그녀도 몇 번의 교정 작업을 하면서 그 소설가의 소설이 얼마나 무성의하고 안일하게 써져 있는지 실망했었다. 경마와 관련된 신문에 연재했던 소설이라는데 주인공의 이름조차 헷갈리게 왔다 갔다 했지만 그녀는 고치지 않고 그대로 놔두었다. 보통, 사람들은 보여지는 걸 중요하게 생각하죠. 난 그걸 이용하는 거고.

그 소설가에게 말해 주어야겠네요. 아무리 선정적인 색을 쓰고 그 럴듯한 제목을 갖다 붙여도 소설의 본질은 바뀌지 않는 거라고. 절 대로 많이 팔리지는 못할 거라고. 그녀는 그렇게 말하는 희준이 마 음에 들었다. 그 이후부터 그녀가 가면 바쁘더라도 희준은 커피를 빼다주고 얘기를 하고 가끔은 차를 태워 그녀를 데려다주곤 했다. 그녀는 나쁘다는 생각보다는 그에게 떳떳하게 말하지 못하는 것이 미안했다.

그녀는 그가 돌아오지 않은 이틀까지는 출판사에 출근했다. 그녀 는 그가 곧 돌아오리라고 생각했다. 엘리베이터가 없는 낡은 건물 의 오층까지 걸어 올라가면서 그녀는 머리를 흔들어대야 했다. 머 릿속은 생각을 전혀 할 수 없는 진공의 상태였다. 한 발 한 발을 딛 을 때마다 빛이 들어왔다가 사라졌다. 빛이 들어오면 눈이 부셔 잠 깐 그대로 멈춰 있어야 했다. 조금 있다가 다시 눈을 떠보면 암흑이 었다. 습관처럼 내딛던 발걸음은 방향을 잃고 헛짚어졌다. 이대로 는 더 이상 갈 수가 없어, 그녀는 눈을 감아버렸다. 그가 떠난 이후 로 잠을 잘 수가 없었다. 혹 잠든 사이에 전화가 올까봐 거실 소파 에 얇은 담요를 덮고 잠깐씩 잠이 들었었다. 더 이상은 힘들었다. 그날도 그녀는 아침까지 전혀 그럴 생각이 없었지만 계단을 밟고 올라가면서 이제 출판사를 그만두어야겠다는 생각을 했다. 물론 여 러 가지 이유를 달면 달 수 있지만, 어느 날 이렇게 문득 계단을 올라가다가 더 이상 오르기가 싫다는 단순한 이유로 그만둘 수 있는 것이라고 그녀는 마음을 굳혔다. 어젯밤 너무 무리한 거 아냐? 아침부터 왜 이렇게 죽어가는 거야? 그녀는 출판사 동료들의 일상적인 농담을 묵살한 채, 서랍을 정리했다. 앞으로는 별 소용이 없게 된 잡동사니들로 서랍은 꽉 차 있었다. 다른 사람에게 내줄 수 없는 것들은 모두 버렸다. 나이 지긋한 사장은 이미 출근해서 아침회의를 기다리고 있었다. 한 달에 많아야 서너 권 책을 내는 작은 규모의 출판사였지만 사장은 하루도 빠짐없이 출판회의를 했다. 진한 커피를 한 잔씩 다 마신 후에야 회의는 끝나곤 했다.

그녀가 출판사를 그만두고 집에 있게 된 삼 일만에 그리고 짐작되는 전화가 왔다. 그녀는 다른 때와 마찬가지로 헛된 말을 소비하고 싶지 않아 전화기를 들지 않았다. 자동응답기의 메시지가 끝나고 삑 하는 소리가 끝나도 아무 말이 없었다. 집에 있으면 전화 받아. 살았냐? 죽었냐? 너 당장 받지 않으면 내가 쫓아간다. 여느 때 같으면 으레 들려왔을 희준의 말은커녕 나야 하는 한마디도 없었다. 그러나 그냥 테이프 돌아가는 소리만 헛헛하게 들린 게 아니었다. 그녀는 그 헛헛하게 들려오는 테이프 소리에서, 너 거기 있는 줄 다 안다. 네가 전화기를 들 때까지 나도 계속 들고 있을 거다 하는 고집스러움이 배어 나오는 그의 목소리가 들리는 것만 같았다. 서두르지 않고 그녀는 아주 천천히 수화기를 들었다. 전화를 받은 것은 그녀였지만 그녀가 그에게 전화한 것처럼 그녀는 먼저 말을 했다. 나야. 그래도 그는 대답을 하지 않았다. 당신인 줄 알고 있어. 그녀는 처음으로 그에게 당신이란 말을 썼다. 혹시 그가 자기가 아닌 다른 사람을 부르는 줄 알고 오해할까봐 예전에 그들이 사용했던 호칭을 찾아봤지만 그녀는 도저히 그렇게 말할 수 없었다. 그러기에 그는 너무 멀리 가버렸다. 대답해봐. 왜 대답하지 않는 거야. 나야, 나란 말야⋯⋯. 그녀는 어떤 말을 해야 할지 몰랐다. 그녀는 수화기를 내려놓았다. 가슴이 한없이 내려앉을 것 같아 그녀는 베란다로 가서 창문을 활짝 열어 제꼈다. 그러다가 그녀는 그에게 하지 않은 말이 생각났다. 카메라는 왜 가져가지 않았어? 그렇게 내 앞에서 사라져 버릴 거면 너의 존재처럼 버티고 있는 카메라는 왜 가져가지 않은 거야?

그녀는 카메라가 있는 방으로 뛰어갔다. 저 카메라를 부숴 버리고 말거야. 지금 그에게 할 수 있는 가장 잔인한 복수라는 생각으로 그녀의 앙다문 입술의 꼬리는 위로 치켜졌고 초점 없는 눈에도 그가 떠난 이후 처음으로 빛이 반짝였다. 그러나 막상 카메라를 보자 그녀는 확 집어 들지 못했다. 그 카메라로 그와 찍었던 사진 때문만은 아니었다. 그녀는 그가 카메라를 들고 다니는 것에 익숙해져 있어서 늘 그러려니 했다. 그녀 또한 사진 찍기를 좋아하지 않는 탓에 사진을 찍어달라고 조른 적도 없었다. 그래서 그가 어느 정도의 실력을 가진 아마추어인지 프로인지도 잘 몰랐다. 단지 그의 집 속에는 라면 상자보다 훨씬 깊숙한 상자 속에 그가 찍은 사진들로 채워진 앨범들이 있는 것만 알았다. 그는 밑이 빠질까봐 붉은 비닐 끈으로 몇 바퀴를 돌려 동여 맨 상자를 풀지도 않고 방구석에 놓아두었었다. 그녀는 신혼집에는 어울리지 않는 궁상맞은 상자라고 앨범들을 정리하자고 몇 번이나 신경질을 냈지만 그는 그럴 때마다, 알았어. 내가 알아서 할 테니까 그냥 놔두라는 말뿐이었다. 그녀는 지금이 절호의 기회라고 생각했다. 주방으로 뛰어가 물기 없이 번들대는 식칼을 집어 들었다. 그녀가 식칼을 끈에 갖다대자 먼지들이 가볍게 흩날리기 시작했다. 상자의 뚜껑을 젖혔을 때는 단단히 자리를 잡고 있던 먼지들이 기세 좋게 날았다. 콧속으로 들어오는 매캐한 먼지 때문에 그녀는 코가 맵고 눈이 시렸다. 끈이 벗겨져 내리고 뚜껑이 열린 상자를 보자 그녀는 무슨 암호를 해독할 실마리가 풀릴 것처럼 가슴이 설레었다. 풍경화가 그려진 앨범의 표지는 그녀의 어린 시절 앨범처럼 낡고 닳아 있었다. 앨범 속의 사진은 그렇게 오래된 사진들은 아니었다. 그녀는 천천히 앨범들을 넘겼다. 모두 비슷비슷해 보이는 흑백의 단체 사진에서 쉽게 자신의 모습을 찾아내듯이 그녀는 그의 모습을 찾을 수 있을 거라고 생각했다. 가족사진은 아닌 듯싶었다. 그녀가 아는 그의 돌아가신 부모도, 그의 누나도 여동생도 없었다. 이게 도대체 누구의 앨범이지? 그녀는 갑자기 낯선 사람들에게라도 둘러싸인 두려움에 빠졌다. 두 번째, 세 번째, 앨범에서도 그녀는 그의 얼굴을 찾아낼 수 없었다. 이제 그가 영원히 그녀에게서 사라져 버렸다는 확실한 증거가 생겨났다. 그의 사진이 없음으로써 더욱 분명하게 드러나는 그의 부재. 그녀는 햇빛에 노출된 필름의 형상이 희미하게 사라지듯이 그의 얼굴이 사라짐을 느꼈다. 이제 그의 얼굴이 어떻게 생겼는지 그녀는 안간힘을 쓰며 앨범 속의 사진들을 들여다보았다.

언젠가 대학로 마로니에 공원에서 그가 사진 찍는 모습을 본 적이 있었다. 그녀는 24방 짜리 필름을 넣으면 50장의 사진이 나오는 일제 자동 캐논 카메라를 쓰던 예전의 초보적인 수준에서 크게 벗어나지 않았지만 그의 사진 찍는 모습은 이상하다고 생각했다. 직사각형의 네모 안에 자기가 원하는 모습을 넣는 것으로 앵글을 잡았던 그녀는 카메라의 초점도 맞추지 않고 한 손으로 카메라를 받치고 천천히 걸어가면서 셔터를 눌러대는 그가 사진을 찍고 있는 줄 처음엔 몰랐었다. 앵글도 잡지 않고 렌즈의 초점도 정확히 맞추지 않은 것 같았지만 그는 분명 사진을 찍고 있었다. 토요일 오후 마로니에 공원에는 사람들이 많았다. 사랑에 빠진 젊은 연인들, 연극을 하는 사람들인 듯한 중년의 무리들, 무료한 노인들, 그야말로 어린아이부터 노인네들로 다양한 사람들이 자기들끼리의 대화에 빠져 있었다. 혼자서 빈 벤치를 찾아 돌고 돌아야 다른 일행이 앉아 있는 벤치의 한 끄트머리를 어정쩡하게 차지할 수밖에 없었다. 그녀 눈에 카메라를 들고 누군가 약속한 사람을 찾는 듯한 심상한 걸음걸이로 천천히 셔터를 눌러대는 그가 눈에 띈 것은 행운이 아닐 수 없었다. 그녀가 그 많은 사람들 속에 무슨 수로 아무런 특징이 없는 그를 찾을 수 있을까. 뭐해? 그녀는 그의 어깨를 쳤다. 어, 언제 왔어? 그는 처음 보는 낯선 여자를 만난 듯이 놀라워했다. 지금. 그녀는 그가 당황해하는 모습이 싫었다. 그는 잠바 주머니에서 카메라의 뚜껑을 꺼내 닫고는 항상 그랬듯이 카메라를 어깨에 메었다. 뭐 찍었어? 그녀는 그의 행동을 이해할 수 없다는 듯이 탐탁하지 않게 물었다. 찍기는 내가 뭘 찍어? 그는 갑자기 화를 내었다. 아까 보니까 사진 찍는 것 같던데? 아냐. 그는 완강히 고개를 저었다.

앨범 보기에 지친 그녀는 쉽게 잠이 들었다. 커튼이 없는 거실 유리문에서 비쳐 들어오는 햇빛에 그녀는 녹아들었다. 밤에 한껏 빠져드는 잠보다는 잠깐 빠져드는 잠에 그녀는 맥이 빠졌다. 왜 이래요? 사람들의 모습은 하나같이 이상했다. 사람들이 그녀에게 폭력과 폭언을 퍼붓지는 않았지만 왠지 묘한 분위기에 짓눌려 버릴 것만 같았다. 왜 이래요? 그녀는 비명에 가까운 소리를 질러댔다. 하지만 그녀에게 뭐라고 말하는 사람은 아무도 없었다. 주위에는 아무것도 없었다. 산인지 바다인지 집인지 땅인지 하늘인지, 전혀 분간할 수 없는 곳에 낯선 사람들뿐이었다. 암흑인 것 같기도 했지만 반대로 고개를 돌리면 눈이 부셔 도저히 쳐다볼 수 없었다. 그녀는 더 이상 낯선 사람들이 두렵지 않았다. 그 사람들이 그녀와 다르다는 것을 알아챘다. 그 사람들의 무표정과 말없음으로 인해, 어디인가에 갇혀 있다는 것이 느껴졌다. 외부적으로 보이는 압박은 하나도 없지만 그들은 하나같이 자유롭지 못했다. 고르지 못한 이와 잇몸을 드러내놓고 웃는 여자, 옆 사람의 얘기에 넋을 잃은 남자, 수줍은 듯 앉아서 간절히 남자의 얼굴을 바라다보는 젊은 여자, 불만이 가득 찬 중년 남자, 무엇인가를 발견한 듯 눈썹이 치겨 올라간 젊은 남자. 이런 모습들은 화면에 가득 찼고 선명했지만 알 수 없는 모습들도 많았다. 누구의 것인지도 모르는 다리들, 얼굴 없이 어딘가로 걸어가는 사람들, 누구에게 초점이 맞춰져 있는지 분간할 수 없는 표정 없는 많은 사람들, 고개 숙인 뒷모습. 그녀는 그를 찾았다. 그 사람들과 그하고는 무슨 관계가 있음이 분명했다. 그녀가 안심하고 낯선 사람들을 헤집고 다니자 죽은 사람들 같았던 낯선 사람들이 일제히 그녀를 향했다. 너는 그러면 안 돼. 그녀는 그런 표정을 짓고 있는 것 같은 사람들이 그녀에게로 서서히 걸어온다고 생각했다. 낯선 사람들이 가까이 다가올수록 그들은 사람과 짐승을 합성해 놓은 듯한 괴기스런 모습으로 일그러져 버렸다. 그녀는 끔찍해서 쳐다볼 수 없을 정도였다. 소름이 끼쳤다. 그녀는 도망치기 시작했다. 저쪽, 암흑인 쪽으로 숨어버리면 될 것 같았다. 그렇지만 그녀가 암흑 쪽으로 가자 그곳은 갑자기 빛이 쭉 뻗쳐 들어왔다. 괴기스런 낯선 모습을 한 사람들은 더 가까이 다가와 그녀의 팔을 끌어당길 듯하였다. 그녀는 눈을 꼭 감고 있는 힘껏 빛을 향해 뛰어내렸다.

전화벨 소리에 잠이 깬 그녀는 휴, 하고 깊은 안도의 숨을 내쉴 만큼 다행스러워 웅크리고 있던 다리를 쭉 뻗었다. 낯선 사람들에게 쫓기다가 도망치는 순간, 그 괴기스런 모습에 얼마나 놀랐던지 온몸에 땀이 젖어 있었다. 식은땀으로 척척해진 머리카락 속으로 손가락을 넣으며 그녀는 자동응답기에 녹음될 목소리를 기다렸다. 삑 소리가 나자 아무 말도 하지 않고 끊어졌다. 그녀를 비롯한 대부분의 사람들이 기계 속의 말소리는 별로 신뢰하지 않는 듯했다. 그녀도 그것을 알았지만 자잘한 일상에 빠져서 전화를 받지 못하는 일이 가끔 있었고, 거의 집을 비우고 있기 때문에 혹 놓쳐서는 안 될 중요한 일이라도 생기면 안 된다는 기우에서 마련한 것이었다. 희준도 더 이상 전화하지 않았다. 더 이상 그나 희준의 전화를 기다리지 않겠다고 그녀가 마음먹을수록 시간은 더디 흘러만 갔다. 환하게 비쳐오던 빛에 아주 조금 어둠이 섞이기 시작했다. 예민해진 신경 탓인지 그녀의 귀에 이상한 소리가 들렸다. 그녀는 잠이 덜 깬 상태에서 들리는 환청인가 했다. 하지만 분명 그녀 가까운 곳에서 나는 실제의 소리라는 걸 알았다. 그녀가 누워 있는 소파의 벽 너머에서 작지만 억제하지 못하는 본능의 숨소리가 들렸다. 부끄러움을 가리기에는 너무 밝은 빛이라고 그녀는 생각했다. 그녀와 같은 빛을 받으면서 벽을 사이에 두고 섹스에 열중하는 모습이 자극적으로 상상되기는커녕, 낯선 사람들의 괴기스런 모습으로 상상되어져 그녀는 저절로 고개가 돌려졌다. 그녀는 그 모습들을 잊어버리고 싶어 머리를 저으며 자리에서 일어섰다. 옆집이라고는 하지만 겨우 눈인사를 하고 지나칠 정도로 안면이 거의 없었다. 그렇지만 벌거벗고 있는 그들이 그녀를 쫓아왔던 낯선 사람들의 모습과 똑같다고 느껴졌다.

그녀는 낯선 사람들에게 또다시 시달리고 싶지 않았다. 일제히 그녀를 향해 쫓아왔던 그 무수한, 괴기스런 모습을 한, 낯선 사람들을 그녀의 집에서 쫓아내지 않으면 안 된다고 생각했다. 그녀는 상자를 향해 무릎걸음으로 다가갔다. 두 팔로 상자를 껴안기는 힘겨웠다. 할 수 없이 그녀는 상자를 바닥으로부터 끌어당겼다. 다행히 종이 상자가 바닥에 끌리는 소리는 부드럽고 은밀했다. 계단이 문제였다. 그녀는 계단 아래에서 상자를 한 계단씩 밀고 올라갔다. 별로 힘들지는 않았다. 옥상으로 통하는 철문이 열려 있는지 미리 확인했던 그녀는 마지막 힘을 모아 상자를 들어올렸다. 그리고는 구석 쪽으로 밀고 갔다. 캄캄한 밤에 피어오르는 연기를 보고 불안에 빠진 사람들이 화재 신고를 하는 걸 원치 않았기 때문에 그녀는 지금 이 시간, 빛과 어둠의 경계가 희미해지고, 사람들의 의식마저 서서히 풀어지는 이 때가 가장 좋은 시간이라고 생각했다. 바람은 불지 않았다. 그녀는 자기가 하고자 하는 일이 옳은 것인지, 나쁜 것인지 따지지 않았다. 낯선 사람들을 다시 보고 싶지 않았다. 더구나 괴기스런 모습을 했던 사람들이 난장이가 되어 촘촘하게 앨범 사이마다 꾸물럭거리는 것 같아 참을 수가 없었다. 다른 사람에게서 그가 보고자 했던 것이 무엇이었는지, 왜 그녀에게 자신을 감추었는지, 그러면서도 완벽하게 그녀를 믿게 하고, 그녀에게 집착한 것은 무엇인지, 무엇이 그의 마음을 닫게 하였는지 그녀는 알 수 없었다. 그녀는 주머니에서 라이터를 꺼냈다. 그가 쓰던 라이터를 켜는 그녀의 동장이 서툴렀다. 불은 금방 꺼져버렸다. 그녀는 더 힘을 주어 라이터를 켰다. 이번에도 쉽게 불이 꺼졌다. 망설이던 마음이 다시 살아났다. 이건, 네 것이 아니야. 그가 다시 돌아올 때까지 그대로 두어야 하는 거야. 그렇지만 참을 수가 없어. 왜, 내게 한마디도 하지 않았던 거지? 나의 무엇이 너를 불신하게 만들었을까. 용서할 수 없어. 희준 때문이었을까? 아냐. 희준을 만난 건 너와 전혀 상관없는 일이었어. 그녀는 그 자리에 그대로 서있었다. 어느새 하늘의 빛은 사라져 버리고 아파트 창문 네모난 사가의 앵글에서 뿜어져 나오는 불빛으로 그녀의 우울한 옆얼굴이 드러났다.

그녀는 옥상의 난간으로 다가갔다. 손에 쥐고 있던 앨범을 놓아 버렸다. 그녀는 고개를 숙여 아래를 내려다보지 않았다. 또 하나를 떨어뜨렸다. 접착력이 좋지 않은 앨범에 끼여 있던 사진들이 바닥으로 떨어지기도 전에 낱장으로 흩어져 날릴 거라고 그녀는 생각했다. 그러나 아니었다. 그것들은 그냥 아래로 사라져 버렸다. 그것을 본 그녀는 이번에는 다른 앨범을 집에 들어 아이들이 창가에서 종이비행기를 날리듯이 한 장씩 서서히 날려 보냈다. 그녀는 떨어뜨리는 재미에 빠져 점점 신이 났다. 그녀는 한군데로만 떨어뜨리지 않았다. 그래서 그녀는 뛰어다녀야만 했다. 이쪽으로, 저쪽으로 춤을 추듯이 그녀는 가볍게 뛰어다녔고 그의 사진들도 잘 날아갔다. 앨범 속에 끼워 있지 못했던, 비닐봉투 속에 넣어 두었던 사진을 한꺼번에 날릴 때는, 잠깐 그 사진을 다시 잡아보고 싶은 충동 때문에 그녀는 손을 내밀었다. 쉽게 잡힐 듯하면서도 영원히 잡아지지 않을 것이라고 비웃듯이 그것들은 한 번씩 빙 돌다가 이내 아래로 사라져 버렸다. 빈 상자를 보자 그것을 다시 집으로 가지고 가고 싶지 않았다. 상자를 둔 채 그녀는 옥상 문을 열고 계단을 내려왔다. 잠그지 않았던 현관문을 열면서 그녀는 다시 옥상으로 가져갈 것을 생각했다. 이번에는 그것들이 떨어지는 소리를 확실히 듣고 싶었다. 그녀는 서랍이 빠진 채 어지러워진 방 안에 섰다. 카메라를 찾았다. 그래, 저거면 되겠다. 그녀는 만족스러웠다. 그때, 망원경이 보였다. 그래, 저것도 가져가자. 그녀는 망원경을 집어 들었다. 그처럼 어깨에 카메라를 메고, 한 손으로 망원경을 든 그녀는 묵직한 무게를 느꼈다. 가벼운 것보다는 무거운 걸 들자, 불안한 마음이 조금씩 눌리는 것 같았다. 이런 무게를 느끼기는 처음이었다. 책이나 간단한 화장품이 든 가방을 들다가 손지갑 하나를 들고 슈퍼에 갔다 오는 가벼움과 달리 카메라와 망원경을 들고 있는 이 무거움의 안정감이 무엇인지 모르겠다고 그녀는 가벼운 한숨을 쉬었다.

그녀는 그가 그랬던 것처럼 불을 켜야 하는 시간에 불도 켜지 않고 베란다로 나갔다. 아직 불을 켜지 않은 몇 집을 빼고는 똑같은 크기에, 똑같은 정도만큼의 불빛이 있었다. 카메라의 초점을 맞추는 네모난 앵글에 들어가기 딱 알맞았다. 그녀는 카메라를 내려놓고 망원경을 목에 걸었다. 망원경의 렌즈에 눈을 대보았다. 그녀의 눈을 맞추기에 망원경의 렌즈가 조금 컸다. 초점이 맞지 않았는지 아무것도 보이지 않았다. 그녀는 망원경 렌즈 위에 숫자가 써있는 둥근 것을 돌렸다. 신기하게 어느 한 순간 너무 가까이 주차해 놓은 차가 보였다. 그녀는 망원경을 점점 위로 들어 올렸다. 불 켜진 거실 문이 확 들어왔다. 그녀는 당황했다. 이렇게 쉽게 다른 사람을 엿볼 수 있구나. 그녀는 내려놓은 망원경을 다시 들어 올려 초점을 맞췄다. 거실과 베란다의 불도 커지 않고 텔레비전도 켜지 않은 그녀의 집은 밖에서 보면 아무도 없는 빈집 같았다. 그녀는 안심하고 망원경을 이리저리 돌려보았다. 그녀는 가장 반듯한 자세에서 정확하게 초점이 맞는 곳에서 멈췄다. 텔레비전 화면이 번쩍이고 불이 켜진 채였다. 청바지에 흰 셔츠를 입은 여자가 나타났다. 그녀는 가슴이 뛰었다. 계속 보고 있어야 할지 그만두어야 할지 그녀는 판단할 수 없었다. 그녀는 영화를 보듯이 그 다음 장면은 그 여자와 남자가 아무 거리낌 없이 벌이는 섹스일 거라고 상상했다. 그녀는 그런 상상을 하는 자신을 이해할 수 없었지만 어쩔 수가 없었다. 그가 망원경으로 보았던 것도 이런 그림에서 많이 다르지 않다는 생각에 헛웃음이 나왔다. 왜 그토록 다른 사람들에게 집착했는지 그녀는 전혀 이해할 수가 없었다.

그는 언젠가 이런 말을 한 적이 있었다. 내가 원하지 않았지만 그 사람의 본질적인 모습을 볼 때가 있어. 뭐라고 할까? 누구나 다 그렇겠지만 무방비 상태로 풀이질 때가 있어. 난 사람들의 표정에서 진짜와 거짓을 읽을 때가 있어. 그걸 모른 척해야 하는 괴로움도 커. 난 항상 혼란이 와. 사람들의 어떤 게 진짜일까. 어떤 때는 그 사람의 허위와 거짓이 그대로 보일 때가 있어. 하지만 어쩌겠어. 당신은 지금 거짓말을 하고 있어. 그렇게 말할 수는 없잖아. 내가 사람들을 별로 신뢰하지 않는 이유 중의 하나 일거야. 그의 말을 듣자 그가 메고 다니던 카메라가 생각났다. 그가 함부로 이리저리 눌러대던 카메라, 마음대로 돌린 앵글, 무제한적인 초점의 렌즈, 그녀는 그가 원하는 것이 무엇인지 몰랐다. 그렇기 때문에 그가 사람들의 외면과 내면세계를 실질적으로 쉽게 드러낼 수 있는 사진을 찍는다고 했다면 그녀는 그를 충분히 이해했을 것이다. 그때 그녀는 뭐라고 했던가. 그렇지만 항상 솔직하게 감정을 드러낼 수 없잖아. 우리 사장한테 아침마다 시간 낭비하면서 회의를 하는 건 불필요하다고 해서 그 앞에서 인상을 쓸 수 없잖아. 오히려 인격이니 자기 절제 뭐 이런 것들하고 어느 정도 관련이 있는 거 아닐까. 너는 네가 얼마만큼이나 네 모습을 본다고 생각하니? 아무 때나 보여지는 네 모습이 어떨 거라고 생각하니? 난 자기한테는 솔직하잖아. 이렇게 맨몸으로 있어도 창피하지 않고……. 그녀는 별 생각 없이 그렇게 말해버렸었다. 그래? 그는 그녀의 눈을 오래도록 쳐다보았다. 그녀가 그 힘에 굴복해서 사실은 요즘 누군가를 만나고 그 사람을 쉽게 져버리지 못할 것 같다는 말을 내뱉을 뻔했다. 그게 그가 갑자기 사라져 버린 이유가 될 수 있을까? 그러면 내게 말했어야지. 너의 거짓이 참을 수 없어. 아무런 말도 없이 사라짐으로써 나에게 보여주었던 무시와 배신이 진실과 솔직함의 표현은 아니잖아. 그녀는 그에게 그렇게 말해주고 싶었다. 너도 역시 마찬가지야. 너도 똑같아.

그녀의 상상은 맞았다. 그녀는 정말 놀랐다. 거실 문도 열어놓은 채, 그들은 사랑에 빠져 있었다. 붉은 빛 아래에서 그들의 알몸이 비현실적으로 느껴졌다. 그들을 보자 그녀는 갑자기 쓸쓸해져서 견

딜 수가 없었다. 그녀는 망원경으로 여기저기를 기웃거렸다. 밤의 빛들이 그녀를 향해 오는 것만 같았다. 왠지 조금 두렵기도 했다. 그녀는 바닥에 내려 두었던 카메라를 집어 들었다. 망원경과 카메라를 들고 그녀는 다시 옥상으로 올라갔다. 닭살이 돋고 목이 자꾸 움츠려들고 이가 부딪쳐질 정도로 추웠지만 그녀는 난간 앞에 서서 꼼짝도 하지 않았다. 한참을 그러고 있자 다리가 저려서 한쪽 발을 번갈아가며 바닥에 대고 탁탁 털기도 했지만 되돌아 나가지 않았다. 카메라와 망원경을 꼭 쥔 손에 힘이 들어갔다. 그녀는 그것들을 멀리 내던졌다. 그러고 나서 그녀는 자동 응답기에 녹음할 말을 생각했다.

여기는 아무도 없습니다. 다시 전화하지 마세요. 연락드릴 수가 없습니다.

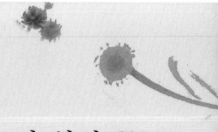

길 위의 꿈

길 위의 꿈

나는 지금 걷고 있다. 다른 날 같으면, 저녁을 먹고 텔레비전 뉴스를 보고 샤워를 할 시간이 지나 있을 것이다. 헤드라이트를 컨 자동차들의 행렬과 거리에서 뿜어져 나오는 오색 찬연한 불빛들이 낯설기만 하다. 그리고 내 옆에는 남자가 있다. 나는 그 남자와 손을 잡은 채 걸어가고 있다. 곧 개통을 할 지하철 공사가 아직 끝나지 않은 곳, 차도와 인도의 구분이 확실하지 않은 길이 나타났다. 모래더미와 위험표지판 옆을 걸어갈 때, 택시가 내 옆을 아슬아슬하게 스치며 달려갔다. 나는 남자에게 몸을 바짝 붙였다. 다시 중심을 잡고 똑바로 걷기 시작했을 때, 맥주 상자가 층층이 쌓인 트럭이 위협적으로 경적을 누르며 스쳤다. 순간, 나는 남자 옆으로 몸을 기울였다. 남자 역시 그악스럽게 내 손을 꽉 잡아서 자기

쪽으로 끌어들였다. 경적소리보다 더 큰 울림이 가슴속으로 뛰어들어왔다.

이제 배는 고프지 않다. 참을 수 없을 정도의 배고픔 뒤의 무감각 때문에 오히려 몸이 가볍게 느껴졌다. 칼로 머리를 관통해 내리꽂는 듯한 통증을 느끼게 하는, 물기를 쭉 빨아들여 온몸을 말라 비틀어버릴 것 같은 햇볕이 완전히 사라진 밤이 더 안정적인 기분을 가져다준다. 그리고 건장한 남자의 힘줄이 도드라진 커다란 손은 든든하다. 바지 주머니엔 아직 동전이 남아 있다. 마음만 먹으면 동전을 넣고 그와 통화할 수 있는 공중전화박스를 찾아낼 수 있다. 남자의 핸드폰을 빌릴 수도 있다. 지금쯤, 그의 핸드폰은 연결이 잘 될 수도 있다. 어쩌면 먼저 집으로 돌아와 전화를 기다리고 있을지도 모른다. 그런데도 나는 자꾸만 앞으로, 앞으로만 천천히 걷는다. 여전히 남자의 손을 잡은 채, 가방이나 손지갑 하나 들고 있지 않은, 작고 가느다란 손 하나는 맘대로 흔들면서 걸어간다.

나는 남자를 조금 전에 만났다. 내가 남자와 만난 건 우연도 아니고 아무것도 아니다. 나는 기운이 다 빠져 스러질 것만 같았다. 한 걸음, 한 걸음, 떼어지지 않는 걸음을 주술을 걸 듯, 내 자신에게 협박과 격려를 하면서 겨우 공중전화박스가 있는, 내가 되돌아갈 곳과 가까이 있는 버스 정류장까지 왔다. 몇 정거장을 더 가면 오늘 아침, 이스트 팩을 메고 나온 집이었다. 나는 엉덩이가 바닥에 닿지 않게 앉았다. 손을 턱에 괸 채로 하늘을 올려다보았다. 푸르스름한 빛의 하늘이 낮게 내려와 있었다.

나는 참을 수 없을 만큼 오줌이 마려웠다. 공중전화박스가 바로 뒤에 있고, 그 뒤에는 24시 편의점이 있었다. 내가 있는 곳은 조금 어두웠다. 나는 편의점 옆, 건물로 들어섰다. 사람들이 퇴근하고 난, 무슨 일이 벌어져도 아무도 모를 것 같은 건물에 나는 거리낌 없이 들어갔다. 출입구 반대편 구석에 여자와 남자의 출입구가 양쪽으로 나눠진 화장실이 있었다. 청바지 벨트에 손을 얹은 채, 화장실 안으로 들어갔다. 항상 지독한 악취와 메스꺼움이 이는 도서관의 화장실보다는 훨씬 깨끗했다.

거울 속의 핏기 없는 얼굴을 한 번 들여다보고 찬물에 손을 씻고, 입을 헹구고 나니까 조금 개운해졌다. 물기가 있는 양손을 늘어뜨리고 방심한 듯 느린 걸음으로 화장실을 나올 때, 반대편 남자 화장실 입구에서 나오는 남자와 마주쳤다. 나는 별로 놀라지 않았다. 너무나 지쳤기 때문에 다른 것에는 신경을 쓸 여유가 없었다. 내게는 가방이나 지갑도 없고, 설사 남자가 무슨 짓을 하더라도 막아낼 힘도 없었다. 나는 남자의 한쪽 손에 들려 있는 책을 보았다. 책을 들고 서 있는 손, 큰 키, 건장한 체격, 허벅지 근육을 조여 주는 청바지, 흰색 반팔 티셔츠 위에 받쳐 입은 회색 니트 조끼. 내게 남자의 모습은 진한 청록색의 싱싱한 넓은 잎사귀의 이미지로 찰칵, 하고 찍혀졌다.

나는 무엇보다도 생명력이 강한, 굵은 나무를 연상시키는 남자의 허벅지에 눈길이 쏠렸다. 젊고 건강하고 아직 정의감을 잃지 않고 있을 것 같은 남자는 어떤 남자 가수를 연상시켰다. 노래보다도 춤을 내세우는 다른 가수들의 혐오스러운 노래처럼 그 가수의 히트곡조차 썩 좋지는 않았다. 그렇지만 흑인 음악의 강한 박자와 서정적인 멜로디, 솔직한 자기표현에서 우러나오는 개성, 그리고 성적인 냄새가 물씬 풍기는, 검은 빛이 도는 탄탄한 몸과 자신감 있는 말투는 좋았다. 허리와 엉덩이의 움직임이 격렬한 춤을 출 때의 열정, 사랑에 대한 솔직한 감정표현, 대중문화에 대한 자신감, 나는 그 가수의 그런 여러 가지 것들에 호감이 갔다.

나는 그 가수와 비슷한 인상의 남자보다 먼저 돌아서서 걷기 시작했다. 남자는 느린 내 걸음을 참고, 나를 지나치지 않고 뒤에서 따라왔다. 뒤에서 걸어오는 남자의 운동화를 신은 발자국 소리가 들려왔다. 아무것도 들고 있지 않은 맨 손이 거추장스러웠다.

건물 밖으로 나오자 어둠 속의 푸르스름한 빛은 더 진해져 있었다. 주머니 속의 동전을 만졌다. 아직 그대로 있었다. 나는 공중전화박스의 손잡이를 잡아 옆으로 밀었다. 문은 빡빡해서 잘 열려지지 않았다. 뒤에서 어떤 팔이 대신해서 문을 확 젖혀 잡아주었다.

조금 전의 그 남자일 거라는 생각을 하며 뒤를 돌아보았다. 남자의 가슴이, 근육질의 상체를 조여 주는 회색 니트의 무늬가 보였다. 나는 고맙다는 인사를 보내고 전화박스 안으로 들어갔다. 안으로 들어서자 문은 확 닫혀졌다. 밀폐된 공간 특유의 쉬고 텁텁한 냄새와 답답함으로 속이 울렁거렸다.

'이제 나는 지쳤어. 정말, 집으로 가고 싶어. 데리러 와 줄 거지?'

전화를 하기도 전에 그에게 할 말들이 머릿속에서 빙글빙글 돌았다. 나는 아주 빠르게, 남아 있는 힘을 손가락 끝에 모아 숫자 버튼을 눌렀다. 수화기 속, 컴퓨터로 조정되는 여자의 목소리가 흘러나왔다. 언제나 나를 거부하는 것처럼 들리는 목소리는 여전히 불쾌했다. 어쨌든, 지금은 연결이 안 된다는 거였다. 수화기를 내려놓자 백 원짜리 동전이 튕겨져 나왔다. 막막했다. 조금만 가면 되는데, 도저히 걸어갈 자신이 없었다. 더 이상 걸을 힘이 없다고, 스스로 포기해 버리려는 마음이 들어찼다. 이런 일은 없었다. 집에 갈 차비가 없어서 걷고, 또 걸은 적은 없었다. 집에 가는 일이 이렇게 힘든 적은 없었다.

나는 문을 열고 공중전화박스 밖으로 나왔다. 남자는 책을 옆구리에 끼고 전화박스 옆에 서 있었다. 빈속이라서 그런지 속 안에서 울컥하고 뭔가 치밀어 올라왔다. 토할 것만 같았다. 순간적으로 한 손으로 입을 틀어막고 어두운 곳으로 뛰어갔다. 자꾸 몸이 휘청거려 앞으로 엎어질 것만 같았다. 입을 크게 벌리고 무엇인가 뱉어내고 싶었다. 그렇지만 아무것도 나오지 않았다. 마른 구역질만 나왔다.

"괜찮아요? 괜찮아요?"

남자는 고개를 숙인 내 머리에다가 굵은 목소리를 던졌다. 나는 앉은 채로 고개를 끄덕였다. 목소리까지도 내가 좋아하는 그 가수와 비슷했다. 또, 남자가 나를 도와줄 거라는 이상한 믿음이 생겼다. 나는 괜찮다고 간신히 말했다. 이제 아무 힘도 남아있지 않았다. 그냥 자리에 주저앉았다. 입 안의 침을 몇 번 뱉어내고서야 나는 일어설 정신을 차렸다. 남자가 쳐다보고 있다는 생각에 빨리 일어서고 싶었다. 그리고 다른 날이었다면, 나는 분명, 남자의 손을 거절했을 것이다. 그렇지만 오늘, 지금, 난, 너무 지치고 피곤했다. 그 가수와 비슷한 남자가 굉장히 기분 좋게 느껴졌다. 그래서 일어서려는 내 앞에 남자가 내미는 손을 잡았다.

오늘, 나는 다른 날과 마찬가지로 이른 아침, 도서관에 갔다. 도서관에서 가방을 잃어버렸다. 배고픔과 졸음을 간신히 참고 있다가 정면에 있는 시계가 열두 시를 조금 지나자마자 소리 나지 않게 조심스럽게 의자를 뒤로 빼고 자료실 밖으로 나왔다. 바지 주머니에서 열쇠를 꺼내 사물함을 열었을 때, 가방을 넣어둔 사물함 안이 비어 있음을 알았다. 나는 아무것도 없는 사물함 안에 손을 넣어 깊숙이 훑었다. 가방이 없어진 게 믿기지 않을뿐더러 어이가 없었다. 나는 혹시 번호를 잘못 안 게 아닐까, 하고 숫자가 거의 지워져 있는 분홍색 플라스틱 열쇠고리를 들여다보았다. 7자에서 앞부분이 지워져 언뜻 보면 1자 같지만 분명 가방을 넣어둔 사물함을 잠근 열쇠임이 틀림없었다. 그리고 번호가 다른 사물함의 열쇠로는 열려지지 않을 것이 분명했다.

나는 황당했다. 도서관에서 가방을 잃어버린다는 게 그만큼 내가 허술하고 바보 같다는 생각이 들었다. 나는 잠시 생각했다. 그렇지만 어떻게 해야 할지 금방 판단이 서지 않았다. 지하철이나 버스 안에서 지갑을 잃어버린 적은 있었다. 나는 이상하게도 한 해의 마지막 날에 지갑을 잃어버린 적이 여러 번 있었다. 그런 날은 사람이 많고 복잡하기 때문에 조심성 없는 나의 부주의 때문이라고 해도 오늘처럼 도서관에서, 그것도 사물함에 넣어둔 가방을 잃어버리기는 처음이다.

당장, 컴퓨터 모니터 앞에 앉아 스포츠 신문의 낱말 퍼즐을 풀고 있는 남자와 어깨 위에 수화기를 끼고 있는 자료실 여자 직원에게 가지 않은 건, 그래봐야 아무 소용이 없다고 이미 체념했기 때문이다. 누가 일부러 가방을 가져갔다면, 찾을 수 없을 거다. 별 귀중품도 없는 가방을 가져간 누군가가 우습기도 했다.

그땐, 점심시간이 시작되는 시간이었다. 자료실에 있던 사람들이 밥을 먹으러 몰려나왔다. 각자 열쇠를 가지고 사물함을 열고 가방을 가지고 갔다. 내 것과 똑같은 이스트 팩으로만 보였다. 사물함에 비스듬히 기대 서 있던 나는 갑자기 아무 데나 주저앉고 싶을 정도로 피곤했다. 바로 옆 휴게실로 갔다. 휴게실은 남자들이 피워대는 담배연기가 스며 있었다. 뿌연 연기가 빠지지 못하고 선풍기 바람에 따라 날렸다. 검정 레자 소파에 푹 파묻혀 앉은 내 앞으로 담배를 피우는 남자의 등이 보였다. 휴게실과 이어져 있는 흡연실은 거친 시멘트 바닥에 의자도 없이 유리창 너머 주택가와 플라타너스 나무들이 보이는 삭막한 곳이다. 외로움과 고독을 견디며 시험공부를 하는 사람들이 쉴 때마다 쳐다보기에 어울렸다.

나는 소파에 앉은 채로 바지 주머니를 눌러보았다. 지폐와 동전이 만져졌다. 일어서서 동전을 꺼냈다. 이 정도의 돈이라면 충분하다고 안심했다. 집으로 갈 차비, 그에게 전화할 돈과 자판기 캔을 빼먹을 수 있는 돈이면, 정말 괜찮을 거 같았다. 차가운 캔 커피 대신 조금 싼 자판기 커피는 컵이 나오지 않은 채 갈색 물만 바닥에 흘러내리고 말았다. 나는 조금씩 짜증이 나기 시작했다.

나머지 동전을 바지 깊숙이 찔러 넣고 다시 소파에 앉았을 때, 냉방이 제대로 되지 않는 낡은 도서관 건물의 환기되지 못한 공기의 냄새가 참을 수 없을 만큼 역겹게 느껴졌다. 처진 어깨를 보이며 담배를 피우는 남자의 뒷모습이 권태로워 보였다. 짧은 커트 머리에 은테 안경을 쓴 여자의 어제와 똑같은 분홍색 티와 검정 반바지가 지겨웠다. 도대체 무엇 때문에 저렇게 참고 견뎌야 하는지 알 수가 없었다. 여기서 빨리 나가야겠다는 생각만으로 도서관을 나왔다. 도서관을 나와서 보낸 시간들이 이렇게 많이, 빨리 지나가 버렸다. 집으로 가는 길은 점점 더 멀어지고 힘들었다.

처음엔 집으로 가는 가장 빠른 길을 선택했다. 분노를 삭이기 위해서는 집으로 가는 게 가장 좋았다. 항상 그랬던 것처럼 라면에 밥을 말아 먹고, 쓰러져 잠을 자고 나면, 끓어올라 있던 것이 잠잠해져 있곤 했다. 집으로 가는 길을 눈으로 좇아 방향을 가늠해보고는 고개를 숙이고 발밑을 쳐다보며 걷기 시작했다. 보도블록의 무늬와 색깔을 무심히 보다가 틈새에 낀 마른 흙과 달라붙은 껌들을 밟았고, 그러다가 사람들과 마주쳐 고개를 들기도 했다. 그때 햇빛은 여전히 눈을 찌르고 입 안으로 들어왔다. 너무 더웠고 목이 말랐다. 빨리 집으로 돌아가고 싶다, 오로지 그 한 가지 생각만이 간절했다. 그러나 길을 걸으며 마음이 달라졌다. 갈증과 허기에 익숙해진 다음에는 느긋하게 거리를 구경했다. 사람들을 쳐다보았다. 짜증나고 표정이 없는 듯한 사람들하고는 눈이 마주치는 게 싫었다. 한낮에 누군가를 사냥하는 듯한 눈길에는, 먼저 고개를 돌려 피했다. 아직, 순수하다고 할, 젊고 어린 여자와 남자는 인정사정없는 태양 아래 더 돋보였다. 그런 눈길은 내게 와 닿지 않았다. 시간은 금방 지나 가버렸다. 잎이 무성한 가로수 아래, 사람들 눈에 띄지 않는, 대리 석으로 만든 긴 의자에서 깜빡 졸았던 시간이 조금 길었던 탓도 있었다.

나는 일어서며 남자의 손을 잡았다. 남자는 흑인 음악의 강렬한 사운드에 젖어 선정적인 춤을 추는 가수를 자꾸 연상시켰다. 남자의 커다란 손과 센 힘에 오늘 하루의 불안감과 위기감이 완전히 사라지는 것만 같다. 남자에게서 어떤 위협에서도 안전하게 보호받을 수 있다는 확신도 든다. 이럴 수도 있을까. 나는 그런 의아함에 빠지지 않는다. 남자를 불순하게 생각하지도 않는다. 남자의 손을 놓아야 한다는 생각도 들지 않는다. 내 손을 잡은 남자의 수그러들지 않는 힘에 나는 예전에 항상 잡았던 손처럼 친근함과 애정에 휩싸여 그냥 가만히 있다. 순간의 진실, 이라는 말을 너무 남발했던 바람기 많은 남자친구가 떠오른다. 이럴 때, 그 말이 딱 맞다.

남자는 집이 어디냐고, 공손히 묻는다. 나는 걸어가면 된다고 작은 소리로 대답한다. 남자는 충실한 보디가드처럼 내 손을 단단히 잡고 걷기 시작한다. 허기와 더위와 피곤에 지친 내 걸음은 느리다.

남자는 내 걸음에 속도를 맞춘다.

나는 내 손을 꽉 잡고 걷고 있는 남자의 얼굴을 자세히 보고 싶어졌다. 남자에 대해 아는 게 하나도 없다. 나는 한순간, 걸음을 멈추고 남자를 향해 고개를 돌린다. 남자 역시 그 자리에 그대로 선다. 그리고 나를 바라본다. 남자는 키가 너무 크다. 그래서 고개를 뒤로 젖혀서야 남자의 얼굴을 처음으로 정면에서 본다. 얼굴이 조금 크고 까맣고, 눈이 작지만 불빛 때문인지 빛난다. 이제 스무 살에 몇 해를 더 보탠, 한창 젊고, 이상적인 희망을 품고, 조절이 안 되는 열정을 가득 담고 있는, 나보다 훨씬 나이 어린 남자라는 걸 알수 있다.

나는 침묵의 시간에도 무슨 얘기를 할까, 고민하지 않는다. 그냥 걷기만 해도 기분이 좋다.

"뭐 시원한 거, 마실래요?"

남자의 목소리가 습하고 더운 공기 속에서 상쾌하게 내 귓속으로 날아온다. 다시 한 번, 나는 남자와 마주 선다. 나는 무조건 좋다.

"나, 아무것도 없어요. 가방을 잃어버렸거든요."

나는 맨 손을 남자에게 들어 보인다. 남자는 무슨 일이냐는 듯한 표정을 짓는다. 나는 남자에게 뭐라고 할 말이 없다. 말하기도 번거롭고 귀찮다. 나는 괜찮아요, 하고 더 이상 말을 하지 않는다. 남자도 대단한 일이 아니라고 짐작했는지, 다른 사람에게 설명하는 걸 싫어하는 내 성격을 파악했는지, 더 이상 묻지 않는다. 지갑 속에 있던 주민등록증과 신용카드, 직불카드, 증명사진. 그런 것들은 다 별 문제가 없을 것이다. 오히려 바로 얼마 전 그가 선물로 사준 빨간색 가죽 지갑이 아깝다. 가방 안에 있던 아직 반납하지 못한 도서관 책도 걱정이 된다. 알았다고, 살짝 웃는 남자의 얼굴이 푸르스름한 하늘에 잘 어울린다.

남자는 뒤로 돌아서 겨드랑이에 낀 책을 한 손에 들고 긴 다리로 바람처럼 가볍게 휙 달려간다. 남자의 등 뒤에 아까 미처 보지 못한 이스트 팩이 매달려 있다. 아까 그곳, 세상을 향해 완전히 열려 있는 것처럼 눈이 부시게 밝은 편의점을 향해 남자는 갔다. 나는 또, 육각형 붉은색 보도블록 한 칸에, 엉거주춤 쭈그리고 앉는다. 한낮 동안 맹렬해 달궈진 아스팔트의 열기가 바람에 따라 흘러온다. 후덥지근한 냄새와 물기가 밴 바람은 살갗을 따끔거리게 한다.

남자가 뛰어온다. 나는 일어선다. 남자가 거친 숨을 쉬며 내민, 입구를 활짝 핀 비닐봉투에는 이온 음료와 캔 맥주가 사이좋게 두 개씩 있다. 나는 고맙다는 말 대신에 남자에게 어울릴만한 웃음을 지어 보인다. 나는 선 채로 차갑게 냉장된, 물방울이 흐르는 이온음료를 꺼낸다. 나는 편하게 앉아서 마시고 싶다. 주위에는 의자나 커다란 바위 같은 건 없다. 할 수 없이 나는 내 손가락 다섯 개로 감싸지지 않는 남자의 팔뚝을 잡고 차도와 인도의 턱에 앉는다. 남자와 나의 상체와 하체는 빛의 경계로 나누어진다. 빛에 드러난 남자와 나의 다리들을 치고 달릴 만큼 차들은 가까이 오지 않는다.

팍, 하고 캔을 따는 소리가 시원하다. 텔레비전 광고에 세뇌 당한 나는, 음료수를 마시자마자 몸속으로 수분이 쫙 퍼져가는 기분이 든다. 허리도 꼿꼿이 세울 수 있다. 한 번도 쉬지 않고 마신 나를 위해 남자는 이번에는 캔 맥주를 따준다. 나는 빠르게 맥주를 마신다. 아침에 우유에 모닝빵 하나를 먹고, 점심에 흑맥주 캔 하나를 마신 후, 아무것도 먹지 못했던 빈속에 차갑고 톡 쏘는 맥주가 잘 받는다. 금방 술기운이 돈다. 기분은 최고조에 가깝다. 그래서 도서관에서 가방을 잃어버린 얘기를 아무렇지 않게 말한다. 그리고 나는 남자의 나이와 이름을 물어본다. 남자는 이름 뒤에 '입니다'를 붙여 정중하게 대답한다. 나는 열심히 들었지만 머릿속에 분명하게 새겨지지 않아 다시 묻는다.

"아, 참, 몇 살이라고 했죠?"

남자는, 몇 년 생입니다, 하고 대답한다. 그러고는 몇 학번입니다, 하고 덧붙인다. 숫자 계산이 더딘 내 머리를 복잡하게 만들어버린다. 나는 내가 몇 년생이고, 몇 학번이고, 그러면서 나를 기준으로 몇 살 아래인지 따져보다가 그만둔다. 나는 남자의 말투에 항상 예, 입니다, 가 붙는 걸 알아차린다. 남자가 자기보다 나이 많은 여자에 대한 예의를 차리는 것이라고 생각한다. 기분이 나쁘지는 않다. 남자의 이름도 다시 묻는다. 들을 땐, 좋은 이름이라고 생각했는데 금방 잊어버렸다.

그때, 남자의 굵은 팔뚝 옆에 똑바로 놓여 있는 책이 보인다. 남자의 뒤로 팔을 돌린다. 팔이 짧다. 간신히 책을 집었다. 책을 들고 책장을 넘겨보려다 바닥에 떨어뜨린다. 술기운 때문이라고 생각한 나는 얼른 책을 집어 든다. 다시 책장을 넘긴다. 빳빳한 겉표지를 넘기자마자 책장은 단번에 넘겨져 버린다. 책 모서리에 도서관 이름이 찍힌 마크를 본다. 오늘 내 가방이 없어진 그 도서관 마크다. 책 제목은 요즘 유행하고 있는 성공하는 사람들의 처세술에 관한 거다.

"나도 이 도서관 다니는데."

나는 오늘, 가방을 잃어버리고 나왔던 도서관을 남자도 간다는 데에 일종의 동류의식을 갖는다.

"도서관, 자주 가요?"

이스트 팩을 멘 남자는, 일주일에 한 번 정도, 책을 빌리러 도서관에 간다고 한다. 남자의 말소리가 낮게 가라앉아있다.

"나는, 나는요, 매일 가요."

요즘 나의 일상은 그랬다. 매일 칸막이가 쳐진 열람실이 아니라 넓은 책상이 있는 자료실에서 수험서를 읽는다. 보다 안정된 직장, 많은 보수, 정년의 보장, 긴 방학, 이른 퇴근 시간 등 직업으로서 교사를 선택하는 것이 가장 낫다는 결론을 내린 게 얼마 전의 일이다. 적당히 다니면서 즐기자는 안일한 발상 때문인지 시험공부의 진척은 별로 없었다.

"시험 준비를 하십니까?"

나는, 남자의 질문에 바보처럼 웃었다. 나는 아직 시작에 불과했지만 오랜 시간 시험 준비를 하러 도서관에 다닌 건, 지금쯤 나를 기다리고 있을 그였다. 내가 가방을 잃어버린, 내 옆에 있는 남자가 책을 빌린 도서관에서 한여름에 흰 러닝셔츠에 긴바지를 걷어 올리고 슬리퍼를 신은 채 담배를 피우고 있는 그는 우울하고 쓸쓸해 보였다. 그는 한동안 시험공부를 하기 위해 매일 도서관에 다녔다. 회사에서 오래 견디지 못하는 그에게 맞는 일을 찾아주자고, 그가 좋아하는 일을 하면서 돈도 벌 수 있으면 좋겠다고 생각했었다. 그러나 그건 환상이었다. 그리고 그것은 그에세만 해낭하는 일이 아니었다.

"하고 싶은 일이 뭐야?"

괜한 짜증이 나면 나는 그를 건드렸다. 없어. 그에게서는 쉽게 대답이 나왔다.

"왜 없어?"

흥분한 나는 소리쳤다.

"없는 걸 어떡해? 너는 뭐가 하고 싶은데?"

그는 나보다 더 큰 소리로 말했다. 언제나 그렇듯이, 아무렇게나 해대는 말이라고 넘어가기에는 뭔가 꺼림칙하고 껄끄러운 게 있었다. 나는, 딱히 뭐라고 대답할 수 없었다. 아무것도 아닌, 그냥 평범한 일상을 그와 함께 살고 있다는, 왠지 하찮고 별 볼일 없는 인생을 살고 있다고 느꼈다.

나는 그를 이용해, 그를 성공시켜, 더불어 나도 뭔가 다른 인생을 살고 싶다는, 떳떳치 못한 욕망이 숨어 있었다. 나를 무시하고 하찮게 여기는 인간들을 향해 보란 듯이, 나서고 싶었다. 그래서 나는 그를 관찰했다. 성공시킬 가능성이 있는지 알고 싶었다. 그는 늦게 자고 늦게 일어났다. 섹스와 비디오와 고기를 좋아하고 대화와 쇼핑과 산책을 싫어했다. 그런 그에게 어울릴 만한 직업으론 공무원이 제일 알맞겠다고, 나는 확신했다. 성공보다는 안정을 택해야 했다. 더군다나 그의 아버지와 형 역시 공무원이란 직업을 가지고 별 탈 없이 잘 살고 있어 보였다. 그 정도로 만족해야 했다. 나는 그를 설득했다. 일찍 끝나고 늦게 나가고 자기 스타일에 딱 맞아. 그는 내 기세에 눌려 수험공부를 시작했다. 물론 그동안의 생활은 내가 책임지기로 했다. 그리고 그가 시험에 붙은 후, 나는 내 목적을 이루기로 했다. 그 목적이라는 게 구체적이고 명확한 것은 아니었다. 다만, 그가 자기 앞가림을 한다면, 나는 좀 더 가볍게 내 마음대로 하고 싶은 일을 할 수 있을 거라고 생각했다.

그가 먼저 시험을 포기했는지, 내가 먼저 제풀에 꺾여 시들해졌
는지는 중요하지 않다. 다만, 나와 그는 일찌감치 패배감에 사로잡
혀서 시험에 붙지 않을 것이라는 암시에 서로 동의했다. 나는, 그가
자기 자신을 마음속으로 믿지 않고 있다는 것을 알고 있었다. 마찬
가지로 그도, 내가 자기를 믿지 않고 있다는 것을 느꼈다.

요재지이(聊齋志異)의 포송령처럼 만년 낙방생이 되는 것을 그와
나는 두려워했다. 본격적 시험공부에 들어가기 전, 그와 난 여행사
를 다니는 내 여동생이 준 50프로 할인 일본행 티켓을 받았다. 새
출발의 의미로 우리는 의기양양하게 여행을 떠났다. 그것이 우리
의 실패를 확실하게 예상해 주고 말았다. 교토시 오카자키의 간제
회관 옆에 중국의 골동품을 모아놓은 박물관이 있었다. 거기서 우
리는 이상한 속옷을 보았다. 그 속옷엔 아주 작고 가는 글씨가 빈틈
없이 써 있었다. 개미 군단이 빽빽이 들어찬 것 같이 징그럽기까지
했다.

"이게 뭐지?"

그와 난 어리둥절했다. 안내자의 설명으로 우리는 그것이 사서오
경과 주석을 속옷 안팎에 전부 써 놓은 것이라는 걸 알게 되었다.
수험생이 그것을 입고 과거 시험장에 갔다는 것이다.

"일종의 컨닝 페이퍼인 셈이었죠."

안내자는 웃으면서, 요재지이의 포송령 얘기를 해주었다. 포송령

은 과거 예비시험인 현시, 부시, 원시에서는 모두 수석 합격했지만 과거의 본 시험 1단계인 향시에는 계속 실패해서 결국 51세에 과거를 포기한 사람이다. 그와 난 포송령의 얘기를 듣고는 씁쓸해질 수밖에 없었다. 이제 곧 시험공부에 전념해야할 그와 그를 위해 당분간 모든 걸 뒷받침할 마음의 준비를 단단히 한 나는 어떤 암시를 받은 기분이었다. 도저히 붙을 가망성이 없는 취직시험을 치르기 위해 헛된 노력을 하게 되는 것인지, 진로의 방향을 완전히 잘못 잡은 것인지, 헷갈렸다. 힘이 빠졌다. 아마 그때, 그와 난 이미 시험에 대한 희망을 포기해 버렸는지도 모른다. 그가 얼마 안 가서 시험공부를 그만둔 것은 역시 잘 한 일이라고 다시 한 번 인정할 수밖에 없었다. 그렇지만 한편으로는 그가 포송령처럼 공부를 열심히 하는데도 운이 없어서 시험에 떨어지는 것이 두려웠던 게 아니라, 포송령의 아내처럼 무능력한 남편 대신 생활을 떠맡아야 한다는 것에 미리부터 겁을 먹고 회피하려고 했던 마음이 있었던 건 아닐까? 나는, 나의 나약하고 비겁한 마음을 인정해야 했다. 그리고 그와 나의 친구들이 조금씩 사회적 성공을 거두면서 애써 겸손한 웃음을 지으며 악수를 청할 때, 그와 나는 조급한 마음이 들기도 했었다.

나는 빈 캔을 찌그러뜨린다. 시간이 지나가고 있다는 게 느껴진다.

"더 드실래요?"

남자가 멍하니 앞을 바라보고 있는 내게 묻는다. 처음 같지 않게 남자에게서 활기차고 당당한 기운은 사라져 보인다. 남자 역시 얼굴을 들고 바로 전의 나처럼, 현실에서 존재하지 않는, 자기만의 어떤 곳에 젖어 있는 듯하다. 이스트 팩을 메고 있는 남자의 두껍고 단단한 어깨는, 불빛에 드러난 표정 때문에 더 무거워 보인다. 이럴 때, 익명성과 낯설음에 기대어 다시는 만나지 못할 사람에게 무엇인가 쏟아내고 나면, 조금 더 가벼워지지 않을까?

나는 남자가 지나친 업무와 스트레스에 시달릴 직장이 없는 사람이란 걸 알아차린다. 그리고 남자가 가난한 집의 기대를 받고 있는, 누나와 여동생을 두고 있는 아들이라고 짐작한다. 어쩌면, 예전의 그처럼 도서관에 나가 가망성 없는 취직시험공부에 지쳐 있을지도 모른다. 나는 남자에게 선물을 주고 싶다.

"혹시, 배냇저고리 가지고 있어요?"

나는 남자가 희망 없는 수험공부를 하고 있을 거라고 믿고 묻는다.

"네? 아기들이 입는 거, 그거 말하는 겁니까?"

남자는 무슨 말이냐는 표정을 짓는다. 언젠가 엄마가 장롱 속을 정리하면서 오빠의 배냇저고리를 꺼내들고 했던 말을 나는 기억하고 있다. 그걸 왜 여태껏 가지고 있냐고 하니까, 엄마는 시험을 볼 때 이걸 안주머니에 넣고 가면 꼭 붙는 거라고 했다. 그래서 그랬던지 오빠는, 대학에도, 대학원에도, 연구소의 면접시험에도 단 한 번탈락 없이 붙었다. 그랬던 엄마가 내 배냇저고리는 한 번도 챙겨주지 않았다.

"그게 행운을 가져다준대요. 시험을 볼 때, 몸 안에 지니고 가면, 꼭 붙는대요."

남자는 어이없는 웃음을 힘없이 흘려보낸다. 무슨 말을 할 듯하던 남자는 아무 말도 하지 않고 내 손을 가져다 꼭 잡는다. 남자와 나는 어둑한 배경 속에 어떤 일체감으로 완전히 동화된 듯하다.

나는 남자의 손을 놓고 일어선다. 그리고 집을 향해 걷기 시작한다. 남자도 바로 옆에 와서 걷는다. 남자가 내 손을 잡았고 나는 남자의 커다란 엄지손가락을 꼭 쥔다. 남자도 내 손을 더 꽉 잡는다. 나는 남자의 팔에 내 머리를 조금 기대고 의지하며 걷는다. 한여름, 아직 잠을 자기엔 너무 이른데, 지나가는 사람은 아무도 없다. 바로 위의 하늘은 푸른빛 속의 엷게 펼쳐진 구름까지 모두 다 보인다.

또, 화장실을 가고 싶다. 나는 주위를 둘러본다. 이상한 곳이다. 길이라곤 서로 다른 아파트 단지를 이어주는 보도블록이 쭉 깔린 길뿐이다. 멋대가리 없는 플라타너스가 계속 이어져 있고, 아파트의 높은 몸체로 둘러싸인 이 거리가 정말 마음에 들지 않는다. 그런데 희망의 암호처럼 빛이 보였다. 얼마 전, 새로 지은 가톨릭 계통의 남자 고등학교다. 공사를 하는 내내 시끄럽고 먼지가 많이 날린다는 이유로 아파트 여자들이 소리 지르고 싸웠던 적도 있다. 그러나 학교가 완전히 이사한 후, 아파트 관리실 앞에서 남학생들의 사물 공연을 보고나서 여자들의 마음은 누그러졌다. 한창 물이 오른 그들의 힘차고 생동감 있는 연주와 젊은 육체가 여자들을 감동시켰다.

"잠깐, 저기 들어갔다 가요."

나는 남자의 손을 학교 쪽으로 이끈다. 아직 불 켜진 창이 많다. 보충수업이 끝나고 자율학습하는 학생이 이렇게 많나, 나는 새삼 놀랐다. 아직도 좋은 대학에 들어가, 대기업에 취직해서 샐러리맨으로 살아야 한다는 부모와 그걸 당연하게 생각하는 청년이 있을까, 의심스럽다. 지금은, 마음껏, 되는대로, 인생을 낭비해도 다시 되돌릴 수 있는 힘과 시간이 충분히 있을 때인데. 어서 뛰쳐나와라. 초원 위를 달리고, 파도치는 바다에 뛰어들고, 춤을 추고, 부드러운 육체를 만지고 마음껏 즐기고 놀아라. 나는 그렇게 소리치고 싶다.

나는 기분 좋게 취해 있다. 더 이상 참을 수 없을 만큼 오줌이 마렵다. 건물 안으로 들어가 화장실까지는 시간이 너무 촉박하다. 나는 모래밭 옆, 나무들이 심어져 있고, 긴 의자가 있는 곳으로 남자를 데리고 간다. 바로 앞에 백 미터 달리기 출발선 표시로 일직선으로 박아놓은 흰 심이 흐릿하게 보인다.

"백 미터 몇 초에 뛰어요?"

남자는 그런 것쯤이야, 아주 쉽다는 듯이 주먹을 쥐고 뛰는 폼을 잡는다. 나는 남자에게 여기 출발선에서 저쪽 결승선까지 뛰어보라고 한다. 나는 초를 재보겠다고 시계를 푼다. 초침은 잘 보이지 않는다. 나는 망설이는 남자의 등을 두 손으로 민다. 남자의 형체가 점점 희미해지는 것을 보고 나는 바지의 벨트를 풀고 앉는다. 남자는 어둠 속에 녹아든 것처럼 금방 보이지 않는다. 눈을 가늘게 뜨고, 뻥 뚫린 대지처럼 보이는 운동장을 집중해서 보자, 남자의 이스트 팩에 가려지지 않은 흰색 소매만 흔들려 보인다.

남자가 다시 내 쪽을 향해 뛰어온다. 흰색 소매가 더 커지기 전에 나는 일어서 옷을 추스른다. 더없이 상쾌한 기분이 됐다. 나는 남자에게로 뛰어간다. 몸이 가볍게 날려진다. 높이뛰기 선수처럼 발이 높이 올라간다. 바람이 일어난다. 바람을 가르는 소리가 난다. 오르가즘과 비슷한 희열이 몸속을 한 번 돌아 자궁 밖으로 빠져 나온다. 남자도 조금 긴 앞머리를 휘날리며 달려오고 있다. 나와 남자는 피하지 않고 서로의 몸을 합친다. 남자와 나는 거침없이 숨소리를 뱉어낸다. 남자와 나의 맥박이 뛰는 템포가 들쭉날쭉 이어진다. 남자의 다져진 근육과 튼튼하고 단단한 뼈, 순도가 불분명한 영혼, 그리고 터질 듯한 풍선처럼 팽창된 내 가슴이, 습기 차고 뜨거운 운동장 위에서, 길 위에서 맞부딪쳐 있다.

나는 넘쳐나는 아름다운 기분에 빠져 있다. 천천히 운동장을 걸을 때마다 모래에 발이 빠져 삐걱댄다. 흰색의 난간 아래, 벽돌을 쌓아올리고 시멘트를 덧바른, 국기 게양대가 있는 구령대 앞에서 남자는 섰다.

"저기에 올라갑시다."

남자가 말한다. 남자가 내게 어떤 행동을 요구하기는 처음이다. 나는 모든 게 재미있다. 내 몸에 알맞게 퍼져 있는 적당량의 알코올 때문에 가볍게 느껴지는 몸, 요의를 빼 날아갈 듯한 기분을 가지고 나는 건들대며 뛰어올라간다. 남자는 구령대 아래에서 나를 올려다본다. 올라와요. 나는 손짓한다. 남자는 고개만 끄덕인다. 나는 넓지도 좁지도 않은 이 공간이 천연의, 오염되지 않은, 나만을 위한 무대인 것 같은 착각에 사로잡힌다. 나는 천천히 고개를 까닥거리며 몸을 흔들기 시작한다. 텔레비전에서 보았던 대로 테크노 춤이라도 추는 것처럼 두 손을 앞으로 뻗고 고개를 양 옆으로 빠르게 돌려댄다. 눈을 감으니까, 바로 여기가 그 가수가 춤을 추는 곳이다. 길거리에서 저절로 익힌 노랫소리가 들려오는 것처럼, 바로 옆에 켜진 수은등에서, 나를 위한 스포트라이트를 받은 것처럼, 마약을 먹고 노래하는 가수처럼 나는 길지도 않은 머리채를 마구 흔들어댄다.

흰색 민소매 위에 덧입은 긴 소매 셔츠를 벗고 입을 벌려 숨을 쉴 때, 나는 옆에 와 있는 남자를 본다.

"나는 꼭 유명한 사람이 될 거예요."

남자의 결의에 찬 목소리에 나는 진정이 된다. 어떤 유명한 사람을 말하는지 나는 감이 잡히지 않는다. 남자에게 있어 유명한 사람이란 부와 명예를 한꺼번에 거머쥔 사람을 말하는 것일까? 그 유명한 사람은 텔레비전을 통해 사람들에게 알려지고, 선망의 대상이 되는 사람, 이를테면 불굴의 의지로 자수성가해 재계의 신데렐라라고 신문에 실리게 될 사람, 아니면 한국 최초의 노벨상을 수상할 유력한 후보로 지목될 만큼의 연구업적을 남길 학자, 가수나 영화배우, 나는 남자가 어느 쪽으로 유명한 사람이 되든지 별 관심은 없다. 단지 정말로 남자가 원하는 대로 그런 유명한 사람이 되면 좋겠다는 마음뿐이다.

"내가 유명한 사람이 되면 찾아오세요."

남자가 유치하지만 웃을 수만은 없다. 남자는 맥주 캔 하나에 취할 사람은 아니다. 나는 굳은 듯이 서 있는 남자의 얼굴을 올려다본다. 먼 곳, 결코 도달하지 못할 곳을 쳐다보는, 검은 얼굴 속의 남자의 흰자위가 빛나 보인다. 나는 그 눈빛에서 좌절과 분노와 버리지 못하는 꿈같은 걸 본다. 대학을 졸업하고 안정된 직장을 구하지 못하고, 연인 앞에서도 자신을 내세우지 못하고, 자신의 인생에 대한 확신을 갖지 못한 채, 애매모호한 입장에 처해 있는 남자의 현실을,

나는 내 마음대로 만든다. 나는 아직 가라앉지 않은 열이 남아 있는 얼굴을 두 손으로 가만히 두드린다.

"여기에 올라 가보고 싶은 적이 많았어요."

남자의 욕망은 어릴 때부터 시작된 것인가. 뙤약볕 아래에서 잘 떠지지 않는 두 눈을 부릅뜨고 이 위를 쳐다보며 다진 꿈 같은 걸 아직도 품고 있다면, 그래도 남자에게는 가능성이 있다. 나는, 서른 살이 되기 전에는 자신의 꿈을 이루기 위한 고독한 강을 건널 수 있다고 한 어떤 작가의 말을 믿는다. 서른 살이 넘어서는 절대 그 강을 건널 수 없다고 단언한, 그 작가에게는 화가 났지만 남자에겐 아직 희망이 있다고 용기를 주고 싶다. 서른 살이 넘은 나는······.

"요즘에는 화가 날 때가 많아요."

사소한 것에 목숨 건다는 어느 책의 제목처럼 남자 역시 조그만 일에 참을 수 없이 화가 난다고 한다. 아까 내가 남자를 만났던 회장실, 그 건물에 남자의 선배 사무실이 있다고 했다. 일상이 무료할 때나 선배가 부탁을 하면 가끔 나가서 일을 도와주고 한 끼의 식사를 얻어먹고, 약간의 용돈을 받아쓴다고 했다. 주로 상가의 인테리어를 하는 선배의 심부름으로 구청에 가는 길. 남자는 낮게 경사진 길을 올라간다. 차 지붕을 열어젖힌 빨간 스포츠카가 더 이상 갈 곳이 없는데도 비키라고 경적을 계속 울려 댄다. 민소매의 하얀 원피스와 푸른 색 선글라스를 낀 긴 머리. 그 옆에 검정 선글라스의 보이지도 짐작할 수도 없는 눈빛. 남자는 알 수 없는 적개심으로 얼굴이 훅 달아오른다. 여자의 긴 머리채를 휘어잡아 땡볕에 내동댕이치고 싶은 마음이 든다.

남자의 말에 돌려줄 말이 없다. 남자는 생각보다 소심하다.

"나는 열심히 노력했는데 아무것도 보이지 않습니다. 이제 학교 도서관엔 가지 않아요. 그래요, 내가 시험에 합격한다 해도 희망의 빛이 비치는 건 아니지 않습니까? 고작 보통사람으로서의 생활인으로 살아가기도 힘든 세상, 싫습니다."

그렇게 말하는 남자는 조금 격앙되어 보인다. 남자에게 살아나갈 힘은 불확실해 보인다.

그는, 시험은 아예 보지도 않았다. 하지만 운이 좋았던 건지 호텔에 설치하는 컴퓨터 프로그램을 만드는 벤처기업에서 남들이 부러워할 정도의 연봉을 받고 힘들고 바쁘게 일한다. 그게 하고 싶었던 일인지는 몰라도 전에 없던 활기와 자신감을 찾은 것만으로도 나는 조금 자유로워질 수 있었다.

나는 남자의 얘기에 대해, 남자의 인생에 대해, 아무 말도 할 수가 없다. 나도 남자와 별반 다를 게 없으니까. 참고 기다리다 보면 언젠가 좋은 일이 찾아올 거예요. 그렇게 말하고 싶지는 않다. 나는, 이 젊은 남자의 피어나지 못하는 욕망과 가난, 그리고 아직 간직한 순정, 그런 것들 때문에 콜라를 마신 것처럼 가슴이 싸해온다.

나도 모르게 가늘고 싶은 한숨이 나온다. 남자가 처져서 한쪽으로 완전히 고개를 기울고 있는 내 머리를 쓰다듬고는 나를 쳐다본다. 푸르스름한 빛에 드러난 남자의 얼굴이 멀리, 아득하게 느껴진다.

남자는 다시 기분 좋은 남자로 돌아왔다. 흰 철제 난간을 잡고 있는 남자의 손, 커다랗고 마디가 굵고, 예민하게 각이 진 손가락, 남자다워 보이는 손을 나는 한참동안 쳐다본다. 남자가 그런 나를 바라보는 것을 알면서도 나는 남자의 손을 계속 감탄스럽게 본다. 저 손안에 있으면, 냉기가 도는 손이 금방 따뜻해질 것 같고, 편협하고 좁은 내 마음의 응어리도 풀어질 것 같고, 무엇보다도 마르고 거친 내 몸에 분홍빛 혈색이 돌아올 것만 같다. 그리고 서른 살이 넘으면 결코 건널 수 없다는 강을 건널 수 있는 에너지를 옮겨 받을 수 있을 거만 같다. 남자는 내 마음을 알았다는 듯이 손을 내게 준다. 나는 두 손으로 남자의 손 하나를 받는다. 나는 남자의 손가락 하나하나를 차례대로 만진다. 다섯 개의 손가락을 다 지나치고, 또다시 손가락 하나의 강건한 뼈를 확인한다. 남자는 가만히 있다. 어느 순간, 남자의 손은 내 턱을, 내 뺨을, 몇 번이고 쓰다듬었다가 감싼다. 나는 작고 여린 잎사귀처럼 고개를 숙인 채 그대로 있다.

습기 찬 뜨거운 대기가 격렬하게 정염을 부추기는 여름밤, 나는 남자의 손을 잡은 채 다시 걷기 시작한다. 이스트 팩을 멘 학생의 뒷모습이 희미하게 보인다. 몇 년 전, 이렇게 늦은 밤, 집으로 가기 위해 무거운 걸음을 옮겼던, 남자와 나의 모습이다. 그때, 어떤 희망이 있었는가?

집이 가까워져 있다. 야성적이지만 천박해 보이지 않는 품성을 가진, 평범한 운명을 살아갈 젊은 남자를 만난 오늘밤을 두고두고 추억하는 일은 좋을 거라는 생각에 내 가슴은 한껏 충만해 있다. 남자 역시, 지치고 힘들어 보이는 여자를 그냥 지나치지 못한 것이라고 생각한다. 아버지나 어머니의 삶처럼 살지 않겠다고 다짐했던 헛된 소망이, 결국은 그렇게 되리라는 걸 인정할 수 없는, 무기력한 남자의 눈에 비친, 자기와 비슷해 보이는 여자에 대한 호의 정도라고 나는 생각한다. 그렇지 않다고 해도 어쩔 수 없다. 나는 집으로 들어가고 남자는 다시 되돌아가면, 그뿐인 것이다.

그런데 나는 여전히 남자의 손을 잡고 있다. 손을 잡은 채 아무도 없는 길 위를 걷고 있다.

부재를 증명하는 시간의 기표

― 김경해 소설집 『드므』

한 원 균

(문학평론가 · 한국교통대학교 한국어문학과 교수)

> "사랑은 승화, 아니면 비극, 그 두 가지 중의 하
> 나라고 누군가 말해주었을 때 그래 내 사랑은 확
> 실한 비극이라고, 나는 참담하게 인정했다."
>
> ―「위대한 유산」 중에서

1.

시간이란 무엇인가라는 질문만큼 답하기 어려운 물음도 없을 것
입니다. 흘러가는 것, 되돌릴 수 없는 것, 늙어가는 것, 사라지는 것,
그 어떤 답을 내놓아도 시간을 제대로 정의한 진술은 아닌 듯합니
다. 시간을 단순히 자연의 질서 혹은 거역할 수 없는 우주의 원리로
만 이해한다면 삶은 아주 재미없을 것입니다. 인생이 무엇보다도 아
름다운 것은 그 시간을 자기만의 논리로 대체하거나 의미 부여할 수
있다는 것이지요. 형식의 창조는 시간이라는 엄격한 거울 앞에서만

유의미할 것입니다. 그것을 두고 운명의 형식이라고도 할 수 있지요. 작가는 그 운명을 자기만의 담론으로 보여주는 아주 매력적인 존재가 아닐까 합니다. 그는 근본적으로 시간을 응시하는 자이며, 시간을 언어의 공간으로 전환하려는 사람일 것입니다.

2.

김경해의 소설들은 이 지상 위의 시간에 대해서 묻고 있습니다. 그런데 그 질문은 대체로 '부재'에 대한 이야기로 수렴되고 있습니다. 부재는 비어 있음, 사라짐, 상실의 기표이지요. 사랑의 문제로부터 파생되고 의미가 부여된 시니피앙을 통해 세상을 바라보는 자의 눈빛이 처연하게 드러나고 있습니다. 롤랑 바르트[1]의 흥미로운 전언에 의하면 부재는 몇 가지 의미를 형성합니다. 첫째, 부재는 모든 버려짐의 시련으로 변형된다는 것, 둘째, 떠나는 사람이 아니라 남겨진 사람으로부터 발화된다는 것, 셋째, 부재의 담론은 항상 여성, 혹은 여성적 화자로부터 생산된다는 것입니다. 바르트는 사랑의 부재를 말한다는 사실 자체는 이미 여성화된 화자의 몫이라고 주장합니다. 기다리고 있고 괴로워하는 남자조차 놀랍게도 여성화되고 있다는 것이지요. 그래서 부재와 관련된 담론은 그 기원도 미래도 여성

· · · · ·

1) 이 글에서 언급된 롤랑 바르트는 모두 「부재자」(『사랑의 단상』, 문학과지성사, 1991)에서 인용되었음을 밝힌다.

적인 주체에 속해왔고 또 속할 것이라고 합니다.

3.

『드므』의 작품들 속에 등장하는 '그'는 상실의 기표로 작용하고 있습니다. '그'는 떠나가거나 옆에 없거나 혹은 기억 속에만 존재합니다. 화자는 '그'를 생각하면서 현재의 시간을 견디고 있습니다. 화자는 "망각하지 않는 연인"이지요. 그래서 그녀는 "지나침, 피로, 추억의 긴장으로 죽어갑니다. 베르테르처럼" 말이지요.(바르트) 헤어진 남자를 잊기 위해 바다로 간 여자가 낯선 남자와 만나지만 여전히 그녀는 '그'에 대한 생각에서 완전히 벗어나지 못하지요. 그래서 여자는 말합니다.

> 그는 어디서든 불쑥불쑥 끼어든다. 사실은 그게 제일 힘들다. 그가 없어도 그를 느끼고, 그가 다시 너 없이는 도저히 안 될 것 같애. 그러면서 나를 기다리고 있을 것만 같은 기대 때문에 완전히 돌아서질 못한다. 한순간 그 남자가, 흔들리고 있는 그로 보인다.
> ─「보물선을 찾아서」 중에서

부재에 대한 확인은 망각의 불가능성으로부터 옵니다. '그'가 없다는 사실에 대한 확인조차 어렵다면 그것은 부재에 대한 인식이 아니겠지요. 없다는 사실에 대한 확인은 아직 잊지 못하고 있다는 뜻이지요. '그'를 잊기 위한 여로에서 새로운 남자를 만나는 일도 아직 잊지 못하고 있다는 점에 대한 반증이면서 농시에 불안한 자신을 확인하는 행위일 것입니다. '그'가 아닌 새로운 남자에 대한 화자의 경험이 본질적이지 못하거나 일회적인 관계 혹은 자기 욕망을 확인하는 수단으로 드러나고 있다는 사실이 이를 반증합니다.

4.

그래서 바르트는 계속 말합니다.

나는 부재하는 이에게 그의 부재에 관한 담론을 끝없이 늘어놓는다. 이것은 요컨대 놀라운 상황이다. 그 사람은 지시물 *referent*로는 부재하지만 대화 상대로서는 현존한다. 이 이상한 뒤틀림으로부터 일종의 감당하기 어려운 현재가 생겨난다. 나는 지시의 시간과 담화의 시간 사이에 처박혀 꼼짝 못한다. 당신은 떠났고 (그 때문에 내가 괴로워하는), 또 당신은 여기 있다(내가 당신에게 말하고 있으므로). 그러면 나는 현재가, 이 어려운 시간이 무엇인지를 알게 된다. 그것은 고뇌의 순수한 한 편린이다.

'그'의 부재, 다시 말해 물리적으로나 육체적으로나 내 옆에 없다는 사실은 일종의 사라진 기호로서 그가 '존재한다'는 역설적 상황을 만들어냅니다. 사랑하는 대상이었던 '그'는 이제 그 사랑의 의미를 부재로써 증명합니다. 그런데 어떤 특정한 '그', 육체적으로 존재하여 사랑을 나누었던 그, 손을 맞잡고 몸을 어루만지던 '그'는 내 사랑의 욕망을 현현하게 했던 기호가 됩니다. '그'가 사라짐으로써 확인한 것은 사랑에 대한 순수한 욕망의 근원은 그가 아닌 나였다는 점이지요. 그래서 나는 다시 사랑의 기호를 찾아 헤맵니다. 문득 만나는 다른 '그', 소설에서는 남자로 자주 등장하는 바로 그 다른 '그'는 바로 사라진 '그'였다는 것입니다. '부재로써 현존'하는 '그'를 감당하기 위해 김경해의 소설은 존재하고 있습니다.

김경해의 화자가 놓인 뒤틀린 상황은, 집 짓기를 꿈꾸었던 '그'를 기다리는 시간(「드므」), 망원경과 카메라만 남기고 사라진 '그'(「그의 카메라」), 잊기 위해 떠났던 여행지에서 새로운 나를 확인하는 경험(「보물선을 찾아서」), 헤어진 남자를 위하여 그의 집 앞에 나무를 심는 행위(「자귀나무에 새기다」), 갑작스런 이별을 감당해야 하는 어느 일요일의 산책(「아카시 무덤의 우울한 일요일」), 성기중심적 사유에 몰입했던 '그'에 대한 기억(「내 무덤 속으로」), 취직 공부에 모든 것을 걸고 있는 시간 위의 삶(「길 위의 꿈」) 등으로 변주됩니다. 하지만 여전히 모든 이야기의 근저에는 '당신은 떠났고 또 당신은 여기 있다'는 고뇌의 편린이 깊게 박혀 있지요. 김경해의 글쓰기는 이런 뒤틀린 욕망의 현존성을 확인하는 일이라고 볼 수 있습니다.

5.

남자는 처음 만나던 날처럼 여자를 똑바로 바라보지 않고 옆으로 시선을 두며 얘기를 시작했다. 여자는 남자의 얼굴을 똑바로 쳐다보았다.
— 「자귀나무에 새기다」 중에서

김경해 소설의 주인공들, 남자와 여자의 시선은 자주 어긋납니다. 바라보는 위치가 다른 것이지요. 그것은 물리적 공간이 아니라 내면적 정황, 관계를 인식하는 태도의 차이에서 비롯되는 것이겠지요. 여자는 늘 남겨진 자입니다. 떠난 남자를 향하는 시선이 언제나 발화의 시작점이 되고 주체가 되겠지요. 그래서 여자의 내면은 더 공허하고 함몰되어 있습니다. '그'의 부재로 인하여 그녀의 내면은 더 알 수 없는 상황에 직면하게 됩니다. 깊은 상실감은 죽음에 대한 인식, 죽음에 대한 비유를 생산하지만, 이때 죽음은 오히려 살고 싶은 욕망, 삶에 대한 충동을 역설적으로 드러내는 장치로 읽힙니다. 모든 상실의 기표에 대한 의미 부여 작업의 정점에 성적 충동에 대한 자기 묘파가 등장한다는 점은 자연스러운 결과로 보입니다. 이렇게 말하는 화자가 있습니다.

> 나는 이미 사랑의 헛된 망상 따위는 가지고 있지 않았다. 나는 순간적이지만 한순간, 나를 완전히 무너뜨리고 죽음 뒤의 낙원에라도 가는 듯한 짜릿짜릿한 쾌감을 주는, 건강하고 힘찬 성기의 순간의 진실을 믿는 게 더 옳을 듯싶었다.
> "나는 성기숭배자야."
>
> —「내 무덤 속으로」 중에서

시신을 두었던 거대한 옹관묘의 모습에서 남성의 성기를 연상하고 있군요. 이를 통해 남성성이 성기중심으로만 형성된다는 잘못된 신념에 대한 비판적 의미를 드러내고 있지만, 에로스적 욕망으로 충만된 상태가 사회적 단절감을 연결하여 죽음(타나토스)을 넘어서는 은유로 작용할 수 있다는 점에서 강한 성적 욕망의 분출이야말로 '그'의 부재와 상실감을 대체하는 기호가 아닐 수 없습니다. 그 자리바꿈은 '현'을 향한 자기주도적 욕망의 확인 행위로 나타나고 있지요.

6.

그의 부재는 모든 상실감의 기표이자, 시간의 흔적을 고통스럽게 증명하는 방식으로 다가옵니다. 가령 이런 장면은 어떻습니까.

> 덕수궁 정문, 대한문을 들어선다. 조금만 곧장 걸어간다. 궁중유물관, 함녕전 표지판 뒤로 자귀나무가 보인다. 지난 여름, 풍성했던 자귀나무 잎은 말라 비틀어져 떨어져 있다. 서로 마주보면서 촘촘히 달려 있던 자그마하고 길쭉한 잎들은 더러는 산 철쭉 위에서, 흙바닥에서, 금방이라도 바스러질 듯 날아갈 듯 겨우 제 모습을 간직하고 있다. 어긋나기로 마주보던 잎들 사이, 새로 자란 어린 가지 끝에 달려 있던 꽃들은 흔적도 보이지 않는다.
> — 「자귀나무에 새기다」 중에서

이 소설집에 자주 등장하거나 배경을 이루는 고궁이나 오래된 소재 등은 어찌 보면 시간의 흔적들, 추억 속에나 존재하는 경험들, 혹은 '그'의 부재를 철저하게 증명하려는 듯한 상실과 함몰의 장소로 작용하고 있습니다. 한때 타올랐던 사랑의 기억은 어긋난 시선들을 회상하게 합니다. 김경해의 담론틀은 그래서 사랑이 사라진 지점, 공동화된 공간에서 생성됩니다. 다시 바르트식으로 말하면 "언어는 부재에서 태어난다'라고 할 수 있습니다. 감경해 소설 속의 '그'는 자주 부재하고 있지만, 또 다른 이름의 남자가 등장하는 것은 그 부재가 갖고 있는 이중성, 혹은 부재를 인식하는 방법론에서 기인합니다. 부재는 "결핍의 문형이다. 나는 욕망하며 동시에 필요로 한다"는 사실에서 비롯되는 것이지요. 결핍을 이해하는 자에게는 동시에 필요에 대한 갈망도 존재합니다. "욕망이 필요 위로 내려앉는다. 바로 거기에 사랑의 감정의 집요함"(바르트)이 존재하는 것이지요. 그런데 그 사랑의 감정을 확인하고자 하는 욕망은 오래된 고궁의 시간 속에서 속절없이 무너집니다. 하지만 그 무너지는 경험이야말로 김경해 소설이 서 있는 아름다움이자 상상력의 수원(水源)이라고 볼 수 있습니다.

7.

김경해의 창작집 『드므』는 오래된 시간에 대한 기록이라고 할 수 있습니다. 가장 오래된 기록, 혹은 그 기록 행위 속에 담긴 '어떤 부재'에 대한 인식을 가장 극명하게 드러내는 것은 사랑의 담론일 것입니다. 사랑만큼 철저하게 시간의 논리 위에 서 있는 것도 없지요. 그 열정이 시간 속에서 사라지기도 하고 나타나기도 합니다. 그런데 사랑의 현존 혹은 사랑의 의미는 부재로부터 기원한다는 것 또한 사랑을 이해하는 또 다른 방법론일 것입니다. 사랑을 완성하는 것은 만남에 있지 않고 사랑을 영원한 기억 속으로, 부재의 시간 속으로 되돌려버림으로써 가능하다고 바르트는 믿고 있습니다. 창문 밖에서 100일 동안 공주를 기다렸던 왕자가 100일이 되는 날 아침 창문 앞을 떠나버리는 일과 같은 것이겠지요. 하지만 사랑의 열정, 부재로 증명되는 사랑의 방식이 김경해에게는 퇴락한 시간의 흔적, 고궁과 오래된 물건들의 기억 속에서만 나타납니다. 그것이 김경해가 읽어내고 현재화하려는 사랑의 존재 방식입니다. 낡고 스러져가는 사물과 시간 속에서만 사랑의 본질은 드러나는 것이겠지요. 그것을 감당하는 자는 온전히 그 운명을 형식화하려는 자의 몫일 것입니다.